自 序

关于《海昏侯三部曲》的那些事

看惯春去秋来，任凭花谢花开，这世界有太多无奈。
谁能问鼎天下？我欲威震四海，这境界有几人能明白！
多少英雄汉，身前豪气在。千古帝王侯，身后黄土埋。
得意休任性，有梦要澎湃，好叫天地留精彩！

——田信国《好叫天地留精彩》

上面的这首词，是江西南昌一位名叫田信国的先生所作，写的是两千多年前的一个千古帝王侯。那是田先生在 2016 年 3 月 6 日那天晚上，一口气看完了我的"海昏侯三部曲"的第一部《千古悲摧帝王侯——海昏侯刘贺的前世今生》一书后，情不能已，当晚创作出来的。

这个海昏侯是怎么回事呢？以至于有作家要为他写书，有歌者愿为他写词！

说起这个海昏侯啊，他是西汉时期的一个官爵名。海昏侯是多大的官呢？毛主席不是说过"粪土当年万户侯"吗？可见万户侯是个很大的官。海昏侯虽然够不上万户侯的规格，却也相差不是太大。据史料记载，西汉时期，海昏侯封国的范围在当年的豫章郡海昏县、也有是今天的江西省南昌市一带。当年的豫章郡下面设了 18 个县，海昏县就是这 18 个县之一，范围相当于今天江西省的五六个县那么大。根据地方志记载，海昏县包括了我的老家江西省武宁县，还有永修县、靖安县、奉新县、安义县、新建区等 6 个县区的大部分地方。根据史料记载，海昏侯国最初的食邑人口有四千户之多。所谓食邑，也就是指封地的人口了，四千多户虽然比不上万户侯那么气派，却也是当年长江以南最大的侯了。如果对比今天的行政区域设置，我们还会发现这个海昏侯国相当于是今天一个中等市区的规模。如果把海昏侯放到今天来对比，那么这个侯爷就相当于今天一个中等规模的城市市长了。由此可见，海昏侯的官爵并不小啊。海昏侯国的都城在今天的南昌市新建区一带，这个地方已经发掘出了第一代海昏侯的家族墓园和海昏侯国都城紫金城的遗址，成为中国考古史上的重大发现，引起了全世界的关注。

我所写的海昏侯这个人他是谁呢？他姓刘，单名一个贺字。说起这个海昏侯刘贺，可了不得！他竟然是中国上下几千年历史上唯一的一个集帝、王、侯于一身的传奇人物！因为 2015 年南昌汉代海昏侯墓的考古大发现，竟然将这个一生跌宕起伏的千古帝王给发掘出来了。海昏侯墓入选了 2015 年度"中国十大考古新发现"，海昏侯刘贺随后成了一个大"网红"，吸足了世人的眼球！

评书典藏版

布衣天子刘询

从一介布衣到君临天下

延续汉武盛世 比肩文景之治

黎隆武◎著

武荣涛◎演播

北方文艺出版社

图书在版编目（CIP）数据

布衣天子刘询 / 黎隆武著；武荣涛演播 . —— 哈尔
滨：北方文艺出版社，2019.6（2020.2 重印）

ISBN 978-7-5317-4494-8

Ⅰ.①布… Ⅱ.①黎… ②武… Ⅲ.①评话 – 中国 –
当代 Ⅳ.① I239.8

中国版本图书馆 CIP 数据核字 (2019) 第 031629 号

布衣天子刘询
Buyi Tianzi Liu Xun

作　者 / 黎隆武　　　　　　　　演　播 / 武荣涛

图书策划 / 安　璐　　　　　　　责任编辑 / 安　璐　滕　蕾

装帧设计 / 安　璐　　　　　　　营销执行 / 华文阅享

出版发行 / 北方文艺出版社　　　网　址 / www.bfwy.com

邮　编 / 150080　　　　　　　　经　销 / 新华书店

发行电话 / (0451) 85951921 85951915　　地　址 / 哈尔滨市南岗区林兴街 3 号

印　刷 / 三河市双峰印刷装订有限公司　　开　本 / 880×1230　1/32

字　数 / 247 千　　　　　　　　印　张 / 13

版　次 / 2019 年 6 月第 1 版　　　印　次 / 2020 年 2 月第 2 次印刷

书　号 / ISBN 978-7-5317-4494-8　　定　价 / 35.00 元（平装）

说起这个海昏侯刘贺，他的身世十分的奇特。刘贺是被誉为"千古一帝"的汉武大帝刘彻嫡亲的孙子，为武帝第五子昌邑哀王刘髆所生，而且是独生子。刘贺5岁那年，因为父亲早逝，按照规制，他承袭了父亲的昌邑王位，成为了第二代昌邑王。5岁就称王，小小年纪就是王二代啊，那滋润的日子不用细说我们也能想象得到！刘贺19岁那年，因为当朝皇帝刘弗陵驾崩无子，刘贺作为死去的皇帝刘弗陵的侄子，被当朝辅政的大司马大将军霍光以上官皇后的名义征召入朝典丧，之后接班当了皇帝。但是，谁都没有想到，刘贺当皇帝只当了27天，那个当初拥立他为帝的霍光又将他废黜为民，刘贺因此也成为了西汉一朝在位时间最短的皇帝。屁股都还没坐热呢，就被人赶下了台，可谓是悲摧得很哪！但是，刘贺虽然被废黜，却留得一条命在，被遣送回昌邑老家，幽禁在昌邑王府过着忍辱偷生的生活。经过了十年的煎熬，他被后来的皇帝汉宣帝刘询封为了海昏侯，被迫离开生活了30年的老家山东，迁徙到当年还属偏僻之地的豫章海昏就国。刘贺任海昏侯仅4年，就在海昏侯的任上离开了人世，年仅34岁，英年早逝，令人唏嘘。

　　关于刘贺的从政、做事、为人，历史上多有争议，民间更是众说纷纭。有说刘贺当皇帝是因为昏庸无道而被废黜的，也有说刘贺是当年朝廷宫斗的牺牲品的，也有说刘贺历经了王、帝、民、侯的跌宕人生，逐渐从帝王时期的极端任性走向心智趋于成熟的。总而言之，关于刘贺有各种各样的说法，仁者见仁，智者见智，吵吵嚷嚷，不一而足。我于2016年3月出版了《千古悲摧帝王侯——海昏侯刘贺的前世今生》一书，依据史料的记载和对出土文物的研究，真实地还原了海昏侯刘贺的传奇人生，及时回应了世人的关切。这本书被业界称为"海昏侯原创第一书"，后来进入了中国畅销书排行榜。

田信国先生的这首《好叫天地留精彩》是因为我的《千古悲摧帝王侯——海昏侯刘贺的前世今生》这本书而起，也是因为海昏侯刘贺这个人而作。随后两年，我又将与刘贺关联最紧密的两个人霍光与刘询也写成了书，分别是《隐形天子——霍光的前世今生》《布衣天子——刘询的前世今生》，形成了"海昏侯三部曲"系列。随着"海昏侯三部曲"的陆续问世，我更感到，田信国先生的这首词，又不光是为海昏侯刘贺而作，更是为那个年代众多的历史人物而作。比如，我称之为"隐形天子"的大将军霍光、"布衣天子"的汉宣帝刘询，还有刘贺的祖辈和叔伯辈的那些人：汉武帝、李夫人、陈阿娇、钩弋夫人、戾太子刘据、燕王刘旦、广陵王刘胥、昌邑王刘髆等，以及西汉众多的名臣，如卫青、霍去病、李陵、李广、司马迁、苏武、张安世、邴吉、杨敞、张敞、上官皇太后等。写完"海昏侯三部曲"再回过头来吟唱这首《好叫天地留精彩》，更加感慨历史的沧桑与无奈。我在沧桑与无奈中感受历史就是历史，有无奈就有精彩。

"海昏侯三部曲"写的是西汉中期从汉武盛世到昭宣中兴这段近百年灿烂历史中的三个紧密关联的人物：汉废帝刘贺、汉宣帝刘询，以及决定了他们称帝命运的当朝大司马大将军霍光。刘贺因为只当了27天皇帝就被废黜为民，我把他称为"悲摧天子"；刘询因为在襁褓中就被囚于狱中，4岁出狱后一直在民间长大，直到17岁接过刘贺的班称帝，最后成就了史称"孝宣中兴"的一段伟业，我把他称为"布衣天子"；而霍光因为能够决定皇帝的立与废，在长达19年的辅政期间，上管天子，下管群臣，是大汉朝的实际当家人，我把他称为"隐形天子"。刘贺、霍光、刘询，这三个人串联起了两千多年前的一个大时代。

我之所以创作"海昏侯三部曲"，完全是因为一次偶然。记得那是在2015年国庆节前后，我因为一个很偶然的机缘得以进入到正在发掘的海昏侯墓考古现场，瞬间就被出土的巨量文物所震撼，那十几吨重的铜钱堆积如山，整箱整箱的金器，极为罕见的麟趾金、马蹄金、金饼，还有竹简、木椟，等等，沉寂的文物仿佛在无声地告诉世界，墓主人的身份极不简单！那个时候，大家并不知道这座墓的主人就是后来震惊了世界的海昏侯、汉废帝刘贺，但是全世界都在根据出土的文物猜测大墓的主人极有可能就是第一代海昏侯刘贺，因为出土的好几件文物中都有"昌邑"字样，这与曾经当过昌邑王的第一代海昏侯刘贺关联紧密。因为海昏侯刘贺曾经当过14年的昌邑王和27天皇帝，是中国历史上唯一的一个集"帝、王、侯"于一身的传奇人物，同时，更因为大墓出土了巨量的珍贵文物，对于研究我国西汉的政治、经济、社会、文化，以及人们生活的各个方面，都具有十分重要的意义，因而引起了全球瞩目。

正是在这样的大背景下，我对大家猜测中的那个墓主人——

千古"帝王侯"刘贺产生了浓厚的兴趣，并开始收集所有与刘贺有关的资料，不管是正史的记载还是野史的八卦，通通收集过来。结果，越收集整理刘贺的资料，就越好奇。因为正史里对刘贺的记载非常少，而且对刘贺的评价基本上都是负面的，比如，他荒淫昏庸，不堪社稷重任，等等；野史里有关刘贺的说法更糟糕，直接说这个人仅仅当了27天的皇帝，却干了1127件坏事，平均下来每半个小时就要干一件坏事，竟然是个专门干坏事的皇帝；而从海昏侯墓出土的文物来分析墓主人刘贺，按照汉人"事死如事生"的丧葬习俗，出土的竹简竟是儒家典籍《论语》《礼记》《易经》《孝经》，还有最早的孔子屏风像、精美无比的编钟、青铜器、玉器等，从刘贺随葬的文物推测出的形象却似乎是一个崇儒重礼、兴趣高雅之士。这让我大为好奇！假如刘贺是史书上和野史中所记载的那个很不堪的人，为什么他能够当上皇帝？为什么他被废黜后竟然没有杀他而是留下了他，在被废黜庶民的十年似乎还过得不错？为什么他在被废黜十年后竟然又能够被封为侯？一个个疑问在我心中翻滚，让我抑制不住有了想写一写刘贺的冲动。我试图结合史料记载和出土文物来还原一个真实的刘贺。我当时就想，我心里的谜团一定也是当时很多人心中的谜团，如果我能够率先把刘贺的人生写出来，那一定是一件很有意义的事情。

后来，我偶然与二十一世纪出版社社长张秋林先生聊过一次刘贺，马上引起了这个职业出版家的浓烈兴趣。在他的筹划下，我在二十一世纪出版社有着"梦之队"美称的编辑团队帮助下，开始创作还原海昏侯刘贺一生跌宕命运的历史纪实文学作品《千古悲摧帝王侯——海昏侯刘贺的前世今生》一书，并得到了时任江西省委常委、省委秘书长、南昌汉代海昏侯国遗址文物保护领导小组组长的朱虹先生的鼓励和帮助。到2016年2月，这本书几经修改终于完成创作，由二十一世纪出版社出版，成为"海昏侯原创第一书"。2016年3月2日，国家文物局和江西省人民政府在北京首都博物馆联合举办"南昌汉代海昏侯国考古成果展"，向全世界宣布这座大墓的主人就是第一代海昏侯、汉废帝刘贺。同一天，我的《千古悲摧帝王侯——海昏侯刘贺的前世今生》一书也在首都博物馆同步首发，创造了中国出版史上同题材图书与重大事件的发生同步出版发行的一个纪录，迅速引起了广泛关注。借着海昏侯考古热席卷全球的东风，《千古悲摧帝王侯——海昏侯刘贺的前世今生》出版后，在短期内就创造了畅销近二十万册的佳绩，迅速进入中国畅销书排行榜，成为当年度历史传记类图书中现象级的出版物。不久，又在香港特区出版了这本书的繁体字版，在韩国出版了韩文版。

在写海昏侯刘贺的过程中，我对与刘贺命运关联最紧密的两个人产生了浓厚的兴趣。这两个人一个是决定了刘贺帝位立与废的当朝大司马大将军霍光，另一个是刘贺的继位者汉宣帝刘询。如果说霍光决定了刘贺皇位立废命运的话，刘询则决定了刘贺最终封侯的命运。将刘贺、霍光、刘询这三个人物关联起来看，便能更好地理解刘贺堪称千古悲摧的跌宕起伏的命运，也能更好地理解刘贺人生中迥然而异的上下两个半场：上半场的帝王生涯任性至极，下半场的庶民到侯的过程性格渐趋成熟。我在写刘贺的同时，又开始与二十一世纪出版社社长张秋林先生同步筹划写霍光与刘询这两个人，"海昏侯三部曲"系列的轮廓逐渐清晰起来。一年后的2017年，我创作了《千古悲摧帝王侯——海昏侯刘贺的前世今生》的姊妹篇《隐形天子——霍光的前世今生》。又一年后，"海昏侯三部曲"的第三部《布衣天子——刘询的前世今生》问世。至此，我完成了一个心愿，将海昏侯题材以"三部曲"的形式做全景式的展现。同时，通过这"三部曲"，以史为鉴，告诉当下的人们我对那段波澜壮阔历史的思考，也就是我在《千古悲摧帝王侯——海昏侯刘贺的前世今生》一书末尾所总结的"六个不可任性"，即"有权不可任性、年轻不可任性、有颜值不可任性、有功劳不可任性、有靠山不可任性、有冤屈不可任性"。

除此以外，我与二十一世纪出版社一道策划开启了"讲好海昏侯故事"系列文化讲座活动。我利用休息时间访媒体、进高校、走基层、入厂矿、奔军营、赴海外……在两年多的时间里不知不觉竟讲了两百余场。去了全国三分之一以上的省市，做客都市文化讲堂，到了五十多所高校与师生互动交流，以平均每周一场多的节奏，始终保持了"讲好海昏侯故事"的温度不减、热度不降。为此，我几乎投入了全部的休息日，乐此不疲。在一场又一场演讲中，我的"海昏侯文化讲座"内容不断升级，渐成系列。比如面对大学中文系的学生，我主要讲"海昏侯的文学之美"，将那个时代的"金屋藏娇""倾国倾城""勇冠三军""芒刺在背""姗姗来迟""千金求赋""伊霍之事"等文学典故娓娓道来，让学子们一下子就迷上这段历史；面对银行、保险等金融系统的人士，我主要讲"海昏侯的财富之谜",让文物和史料说话,揭开海昏侯巨量财富的秘密,满足公众的好奇心;面对大学历史系师生,我主要讲刘贺的"称帝之谜、不杀之谜、封侯之谜",拨开历史的迷雾,揭开尘封的面纱;面对旅游系统优秀导游员队伍,我主要分享"如何讲好海昏侯故事"的心得,从"讲好历史人物的故事、出土文物的故事、地方风物的故事"等方面,提出文化与旅游融合的建议;面对国家公务员队伍时,我主要讲"以史为鉴说刘贺",把历史和现实贯通起来,让历史成为最好的清醒剂……我在每一场讲座中都必讲的、也最能引起大家共鸣的,是我对那段历史的总结和思考——"六个不可任性"。朱虹先生在给我的"海昏侯三部曲"第三部《布衣天子——刘询的前世今生》一书作序时说,这"六个不可任性"是"海昏侯三部曲"的魂,也是"讲好海昏侯故事"的魄。诚哉斯言,朱虹先生的话说到了我的心坎里。

我大学毕业就加入了警察队伍,有过25年的警察生涯,曾经当过市和县一级的公安局局长。因为一次偶然机遇,我离开了警察队伍进入到宣传文化队伍行列,并因此有机会接触到了举世瞩目的南昌汉代海昏侯墓考古发掘工作。我走到文学创作的路上纯属偶然,能够完成"海昏侯三部曲"的创作出版,可以说是我的机缘,也是我的幸运。这是我第一次尝试写书,而一写就是三部,自感不足多多,唯勇气可嘉!多年的从警经历让我能够以一种破案的视角来还原刘贺等历史人物的人生,"海昏侯三部曲"在篇章结构上也有点现代章回体的味儿。《北京晚报》记者李峥嵘女士在 2016 年 3 月对我的海昏侯创作做专访报道，并在同年 3 月 4 日发表了专访文章《像破案一样写海昏侯》；著名评论家李朝全先生在 2016 年 3 月 5 日点评我的《千古悲摧帝王侯——海昏侯刘贺的前世今生》时，说我的创作体现了"写独特"和"独特写"，符合文学创作的定律。我深知，这些都是对我的鼓励。我感悟，如果没有 25 年的从警经历，我可能写不出这"三部曲"；而如果没有进入宣传文化队伍，我更不可能接触到海昏侯。有朋友开玩笑说，冥冥之中好像有股神秘的力量让我与海昏侯牵上了手，两千年等一回，从此，我就成了宣传海昏侯的志愿者，成了海昏侯的第一宣传员。这虽是笑谈，却道出了某种机缘。

在创作"海昏侯三部曲"的过程中，朱虹先生、张秋林先生和二十一世纪出版社给了我很大的帮助。朱虹先生给我的"海昏侯三部曲"的每一部都写了序，令我十分感动；张秋林先生的职业敏感和精心策划，让"海昏侯三部曲"有了不一样的出场和气场，令我十分钦佩；二十一世纪出版社的编辑团队始终围绕着我这个初入门者对接服务，付出了极大的辛劳和努力，令我心生敬意。

北方文艺出版社的安璐同志独具慧眼，她看了我的第一本书后就开始与我沟通，建议我将海昏侯作品改编成适合评书演播的版本，请评书名家来播讲以扩大影响。我的"海昏侯三部曲"全部面世后，安璐同志又建议我将"三部曲"一并改编成评书，做成一个评书系列，以增加历史厚重感。为此，在炎炎酷暑中，她不辞辛劳特地从哈尔滨赶到南昌同我见面，接洽改编评书及授权出版等事宜，让我好生感动。好在小时候听单田芳、袁阔成等老前辈说过很多评书，后来又读过《三国演义》《七侠五义》等评书版本的名著，对评书这种形式不算陌生。因此，我便试着将"海昏侯三部曲"改编成了评书版本，并且把原"三部曲"的书名改成了《悲摧天子刘贺》《隐形天子霍光》《布衣天子刘询》，冠之以"海昏侯三部曲"的总名称。这是我的又一次尝试，自感有诸多不足，希求证于方家。

　　　看惯春去秋来，任凭花谢花开，这世界有太多成败。
　　谁能问鼎天下，我欲纵横四海，那境界有几人能明白？
　　多少英雄汉，身前豪气在，千古帝王侯，身后黄土埋。
　　得意休任性，有梦要澎湃，应叫天地留精彩！

　　我将序言开篇中田信国先生《好叫天地留精彩》的歌词略改了几个字，竟感觉意蕴又有了些许的不同。
　　是为序。

目

布衣天子刘询

录

第 壹 回

信佞臣武帝昏聩　沉冤狱遗孤抱憾

今天开始我给大家再说一部由黎隆武先生著作的现代历史评书，叫《布衣天子刘询》。这部书是黎先生"海昏侯三部曲"系列的第三部书了。北方文艺出版社继续取得授权并委托我用传统评书的形式讲出来，欢迎您连续收听，多提宝贵意见。

这个故事发生在公元前91年，就是汉武帝征和二年的秋天。

这一天，长安城里的大火和喊杀声喧嚣了一周方才渐渐平息，空气中仍然弥漫着血腥气味，这座繁华的大汉都城依然沉浸在惶恐不安之中。

这天的深夜，月光透过薄薄的云层，惨淡地映照着长安城郡邸狱。郡邸狱就是汉朝时候各诸侯王、各郡守、各郡国在京都长安的府邸官舍中临时设置的羁狱。在这幽暗的月色下，囚室四周冰冷的墙壁泛出暗淡的绿光。除了偶尔传出几声蟋蟀的鸣叫声外，整座郡邸狱死寂得几乎没有一丝声响。

囚室的一角蜷缩着一个女囚，口中含混不清地发出一阵阵呓语，身子不停地瑟瑟发抖，好似着了梦魇。

同一间囚室还有另外两个女囚，皆已熟睡。突然，其中的一个女囚，在沉睡中猛然翻了一个身，嘴里咕噜一声发出了一声沉重的叹息。这叹息，如同是野兽被困在陷阱里拼命挣扎不得脱身，而发出的绝望的哀号。在寂静的囚室里，这声哀号似的叹息，透出绝望和无奈，让黑夜中的郡邸狱陡增了几分恐怖和不安。

蜷缩在角落里瑟瑟发抖的女子，猛然被惊醒。她坐起身子，茫然四顾，似乎依然沉浸在梦魇中，身子兀自控制不住地颤抖。

她是从梦中惊醒的。在刚才的梦中，她梦见自己正轻歌曼舞，而夫君正击缶而歌。两人相视而笑，虽然不发一言却已眉目传情，说不尽千言万语。

就在千般温柔万般恩爱时，她又梦见自己和夫君被五花大绑跪倒在地上，刽子手环伺左右。惨叫声不绝于耳，地上已经滚落了好几颗人头。又是一声惨叫传来，她瞅见刽子手已经砍落夫君的人头，那喷着鲜血的头颅竟滚到了自己的面前。自己还来不及挣扎惊叫，刽子手的鬼头刀已照着自己的脖颈砍来。

就在此时，她却因这叹息声从梦中惊醒了过来。

女子摸着仍在怦怦乱跳的心，看着另两个仍在继续熟睡的女囚，眼中满是绝望。

她忆起来，自从被投进郡邸狱的那天起，一切的荣华富贵就离自己远去了。刚入狱的时候，婆婆还在身边，现在也不知道到哪里去了，说不定就像刚才所梦见的那样，早已经身首两端了。夫君已随他当太子的爹爹赴黄泉而去，只留下了自己和襁褓中的孩子被投进郡邸狱中。连日来精神和身体的折磨，已让她疲惫不堪。她几次想到了自杀，以免继续遭受这无休无止的煎熬。可是一想到怀中的孩子，又不得不将自杀的念头掐灭。

女子望向射进栏栅的月光，目光呆滞，魂不附体。不知过了多久，只听"哇"的一声，传来了一个婴儿响亮的啼哭声。女子回过神来，眼中顿时有了生气，涌起无限的爱怜。她揭开怀中盖着的布毡——一个生动的小脸，两个拳头向上挥着。

那是一个只有几个月大的婴儿，估计是饿了，正哭着在嗷嗷地寻哺。但是，她身体虚弱，少有奶水。之前她是皇孙的妻妾，有奶娘喂养这孩子，如今在狱中就只能靠自己了。她解开衣襟，将婴儿放在自己胸前。孩子猛力地一吸，她就觉得一阵阵生痛，没奶，干嗫能不疼吗！但哭闹声却很快平息了下去，这让她心中稍稍感到一丝慰藉。

她知道留给自己的时间已经不多了。也许就在明天，梦中的砍头情景就会降临到自己身上。待孩子过了点儿奶瘾沉沉睡后，女子再也无法入睡，抱着孩子来到窗前。

窗外的月色惨淡如雾。透过窗户，只能看到不远处高高的院墙。关在这囚笼里，即使是插上了翅膀，只怕也飞越不出去。女子不时地望望高墙，又不时地看看怀中的孩子，陷入了深深的绝望中。她实在不知道，如果明天自己死了，这个可怜的孩子会遭受什么样的磨难。

就在女子望着窗外胡思乱想的时候，天色逐渐蒙蒙亮了起来。囚室外走廊的尽头出现了些许火光，紧接着又有许多杂乱沉重的脚步声传了过来，同时伴随着锁链的哗啦声。这嘈杂的声音在黎明时分寂静的狱中显得分外地刺耳，响声离女子所处的这间囚室越来越近了。

终于，杂乱的声音停在了女子所在的这间囚室的门前，门上传来了哗啦啦开锁的声音。

女子的耳朵却似是被塞住了一般，依然沉浸在漫无边际的绝望中，外界的一切纷扰似乎都与她毫不相干。想着随时可能到来的灾难，女子把怀里的婴儿紧紧地护住。

"咣当"一声，囚室的门打开了。一个狱吏大声叫着"王翁须"，嘴里叽里咕噜地说了几句什么话。

听到有人叫自己的名字，女子猛然一惊回过神来，条件反射似的下意识地应答了一声。几双粗壮有力的手就将她粗暴地拎了起来。

女子惊觉，意识到自己生命的最后时刻已经到来。她拼命挣扎着，口中撕心裂肺般地哭喊："病已、病已……"

惨厉的喊叫声在狭窄的囚室里发出了嗡嗡的回响，不知是有意的还是无意中，裹着婴儿的包袱从她的怀中滑下来了。

两个凶悍的狱吏拖拽着她，离开了囚室。她的身影消失在漆黑的走廊深处，呼喊声越来越远、越来越弱，最后，消失在一片死寂中。

然而那位婴儿却依然在沉睡着。在刚才的惊天哭喊和扰动中，这孩子竟一点儿也没受到打扰。有人说了，说书的你别瞎说了，几个月的孩子在大人怀中掉下会摔不着，还继续睡觉？其实这里有缘故——有一双大手及时地托住了从女子怀里掉下来的婴儿。那双大手的主人穿着官服，将孩子轻轻地抱在怀中，轻轻地摇动，仿佛怕惊扰了这孩子的睡梦。两滴眼泪落在了包裹着孩子的襁褓上，发出"噗噗"两声闷响……

谁这么大胆子敢接罪犯的孩子呢？这个人名叫邴吉，字少卿。鲁国（今属山东）人，也是后来的西汉名臣。邴吉少时研习律令，初任鲁国狱史，累迁廷尉监。汉武帝末期奉诏治理巫蛊郡邸狱，就是这个监狱的监狱长，要不他怎么敢接这个孩子呢？

这个孩子又是谁呢？孩子的身世可是相当显赫，敢情他就是当今天子汉武帝刘彻的嫡曾孙叫刘病已，他的爷爷就是当今太子刘据，父亲叫刘进，刚被带走的就是他的生母王翁须。

身为廷尉监的邴吉接过了襁褓中的皇曾孙后，意识到这个才出生仅仅几个月的婴儿，离开了母亲便难以存活，不禁忧心忡忡。

邴吉一向敬服性格仁厚的太子刘据，也知道太子在巫蛊案中蒙冤在身。一想到太子含冤自杀，连累到母后卫子夫也自尽身亡，邴吉心中就悲愤不已。太子对自己不薄，邴吉一直感恩在心。然而，当时长安城中人人自危，谁都不敢和太子有牵扯，邴吉也不敢公然为太子说话。

当太子的孙媳王翁须带着襁褓中的孩子被拘押在郡邸狱中时，邴吉便在考虑怎么样才能为太子留下血脉。最后，他不顾身家性命，将襁褓中的孩子隐匿了下来。

邴吉拼着性命为太子刘据留下了最后一根血脉，他又发现要想把孩子养大成人还有一件天大的难事摆在面前。

第 贰 回

郡邸狱女囚哺幼　巫蛊事太子树敌

　　郡邸狱邴吉舍命救幼孤，救完了也傻眼了。孩子太小了，这是监狱，哪有现成的奶水喂养？邴吉看着怀中的小生命，实在是给为难坏了。

　　邴吉安排自己的亲信狱吏悄悄地察看了一遍狱中，看是否有刚刚生下孩子不久的女囚。历经寻找，竟在狱中找到了几个。其中有两个有奶水的女囚，一个叫赵征卿，一个叫胡组，都是太子门客的亲属或是太子府上的用人。这二人也都是因为巫案的牵连才入狱的。

　　邴吉沉思良久，觉得这两个人都与太子有些关系，便让手下亲信将二人带来。

　　两位女囚被狱吏带着，出了囚室。她们本以为会被带去施加酷刑，一路上哭天喊地。到了邴吉面前，二人见是郡邸狱当官的，以为命数将尽，更是垂泪哭泣，鸣冤叫屈。

邴吉挥手让狱吏离去。注视两位女囚良久，缓缓说道："我邴吉受陛下命令，治理郡邸狱，只知尽职尽责。然而史皇孙有一子，也收在狱中，其母王翁须已经生病过世。我想陛下的刑罚尚不及这个婴儿，只是狱中条件艰苦，我担心无法养活他。我知道你们也是和太子有关系的人，希望你们二人，能作为他的乳母，抚养他长大。"

说到这儿，邴吉竟跪了下来对二位妇人行礼。赵征卿和胡组都是普通的妇人，根本没想到邴吉会是这个架势，一时间竟说不出话来。

胡组稍早一些回过神来，颤悠悠地问道："王夫人……已经过世了？"邴吉沉痛地点了点头。

胡组俯下身子，哭泣着说："王夫人对待我们下人十分照顾。这么好的一个人，怎么就会这样了呢？"胡组的哭泣既是为故主王翁须悲痛，也是为自己不明所以就被投入狱中而悲伤。

泪眼朦胧之中，胡组看到眼前的官员抱着一个襁褓，轻轻地塞进了自己怀中，说道："我身为朝廷官员，因为职责所在，实在是难以抚养好这孩子。太子对你对我都有过恩典，眼下这孩子是太子存于世的唯一血脉，我只能将孩子拜托于你了。"

说完，邴吉对着胡组又是深深地一揖。

胡组慌忙抱起襁褓，却见一个婴儿正在熟睡中。一旁的赵征卿虽然和太子刘据一家关系本不是十分亲密，见到眼前这番情状却也是忍不住垂泪而泣。赵征卿从胡组手中接过孩子仔细端详，朝着邴吉不住地点着头，和胡组一起算是应承了邴吉的请求。

见二位妇人默许了自己的请求，邴吉最终将皇曾孙刘病已托付给了她们。

为了方便二人抚养，邴吉特地在狱中腾出了一间宽敞的房间给她们居住，好哺育皇曾孙。虽然狱中环境终究不佳，皇曾孙的身体也很是羸弱，但在两位妇人的照料下，终究还是挺了过来。

这一时期在郡邸狱中关押的犯人，大多都是巫祸的牵连者。巫案蔓延全国，而朝廷对太子刘据，却始终没有个明确的定论，导致了对巫案的审理一拖再拖，被关在郡邸狱中的许多人，好几年也结不了案。

皇曾孙从嗷嗷待哺的婴儿，到蹒跚学步咿呀学语，在郡邸狱中一晃就待了近四年，此时已经快 4 岁了。幸亏邴吉用心关照，这个靠吃女囚奶水才活下来的皇曾孙，总算没夭折在郡邸狱中。

刘病已既然身世这么显贵，他们祖孙三代犯了什么大罪给投入郡邸狱中呢？

说起来也不为怪。

汉武帝刘彻在位的晚年，身体每况愈下，且越来越迷信长生之术。皇帝迷信神仙，当然是祈求长生不老，他就迷信方士巫师给自己灌输的那一套。

巫师们见治不好武帝的老年病，害怕皇帝问罪，便找出了一个治不好病的理由。当时民间流行有"巫蛊"一说，即用一种特殊的巫术来诅咒人，被诅咒者轻则身体害病，重则一病不起。巫师们糊弄武帝说是有人对皇帝行了巫蛊之术，将治不好病的责任推得一干二净，武帝却信以为真起来。

自从怀疑是有人对自己行了巫蛊之术后，武帝的性格便变得越来越喜怒无常，对事对人都更加敏感而多疑。除了身边少数几个亲信外，武帝几乎怀疑长安城中所有的人。在武帝的疑神疑鬼中，他身边的一个亲信大臣，就是鼎鼎大名的江充，登上了大汉的历史舞台。

要说起这个江充来，还真是一个狠角色。他本是赵国邯郸人，出身于市井，却心狠手辣，颇善察言观色，投机取巧。江充的妹夫就是赵太子刘丹，江充与赵太子刘丹因一件小事发生了争执，江充这家伙翻脸不认人，竟跑到长安举报自己的妹夫，历数赵太子刘丹的种种不法之事，引起了武帝的重视。最终，刘丹因江充的举报而获罪，死于狱中。江充也因此入了武帝的法眼，成了武帝身边的红人。很快就被武帝任命为直指绣衣使者，专门负责监督王公贵戚和近臣的言行。

江充有一次惩办了在御用驰道中奔驰的太子刘据的使臣。当时的太子刘据，等于是未来的国君。皇帝正逐渐衰老，太子接班是早晚的事。

见江充要惩办自己的使臣，太子刘据担心让父皇知道后面子上下不来，便亲自出面向江充求情，让江充不要禀告武帝。而江充不仅不给太子刘据丝毫的面子，还故意大做文章，将太子门客违反律令使用驰道的情况奏报给了武帝知晓，太子刘据也因此受到了武帝的责罚。

当时，武帝和太子刘据在有关朝政的许多问题上已经产生了分歧。武帝治国属于严刑峻法，而太子刘据治国则温厚宽容得多。武帝每次离开长安都城时，都命太子监国，也就是把朝堂上的事委托给太子处理。刘据每每利用监国的机会，纠正父亲武帝过于严厉的处罚。武帝尽管心里不高兴，却因为是太子做出的决定，顾着太子的面子，很多事情上便也不再坚持己见。但太子诸如此类的事情干多了，却让武帝心里落下了疙瘩。

在处罚太子使臣的事件中，江充一方面巩固了自己在武帝心目中的地位；另一方面却和太子刘据结下了难以解开的梁子。

江充心想："日后太子刘据接班当了皇帝，那时，自己的地位恐将不保，弄不好小命都得丢。只有设法将太子扳倒，自己的将来才有希望。"他发现武帝对太子监国期间的许多作为，已经渐渐心生不满，对太子的母亲卫子夫皇后也没有像过去那样宠信了。江充猜度，武帝与太子，父子俩已经产生了嫌隙和隔阂，这就为自己设法扳倒太子提供了可能。

江充就让巫师们持续不断地向武帝进言，说陛下身体多病是因为有人在行巫蛊作祟。正被病痛折磨得日夜不宁的武帝，闻言大怒。他召来江充，任命江充为使者，专门典治巫蛊。江充的手里有了武帝所赐的权力，终于可以实施扳倒太子刘据的阴谋了。

获得武帝的钦命后，江充马上大做文章。他先从外围入手，借整治巫蛊，到处收捕民众，严刑逼供，强迫认罪。一时间，官员之间，百姓人等，一旦有了仇怨，就竞相举报对方行巫蛊。长安城中因为巫蛊被牵连下狱而死的，竟达数万人。偌大一座繁华都市，一时间凄风惨雨，几成人间炼狱。

这一天，武帝决定离开未央宫去往长安城外的甘泉宫。这是他常去的地方，那里有他曾经的宠妃李夫人的画像。这些年，每当身体有恙的时候，武帝便会想着去甘泉宫每天看着李夫人的画像，休养一阵，回忆往昔的美好时光。这几乎成了他治病的一服良药。

武帝一离开未央宫，江充就迫不及待地先从后宫中不受宠幸的嫔妃开始查办巫蛊之事，然后依次搜寻，最后竟然一直搜到卫子夫皇后和太子刘据的宫中。

第 叁 回

未央宫江充掘地　长安城太子起兵

　　未央宫中无端遭祸殃，江充命人把很多地方的地面纵横翻起，尤其皇后卫子夫的后宫和太子的东宫更是被掘地三尺。宫中一片狼藉，以至于太子刘据和皇后卫子夫连放床的地方都没有了。卫子夫和刘据对江充恨得咬牙切齿，却因江充是按照武帝的命令行事，因此也只能是干着急，却毫无办法。

　　征和二年（前91年）秋七月，江充和手下一干人等设局，终于在太子东宫的地下深处"挖"出了桐木人偶，这可是太子行巫蛊之事的"铁证"。

　　江充扬言，在太子宫中找出的人偶最多，还有写在丝帛上的文字，内容大逆不道，应当奏闻陛下。

　　太子刘据知道后，十分愤怒，也十分恐惧。他终于领教了江充的厉害，也终于明白了江充此次整治宫中巫蛊的目标，其实一开始就已经锁定了自己。江充这是铁了心要将自己往死里整啊！江充在太子宫中挖出的桐木人偶，明摆着是有人做了手脚，悄悄给自己设了局，做了套，现在套绳已上了自己的脖颈。事情到了这一步，只怕自己是百口莫辩了。

刘据想亲自到远离长安的甘泉宫向父亲自辩清白，但是江充却仗着武帝的诏令，对他步步紧逼，压根就不放刘据离开，不让刘据有面见父皇的机会。

困窘不安的刘据找来自己的老师少傅石德，商量应对的办法。石德见江充这次明显是有备而来，害怕因为自己是太子的老师而受到牵连被江充诛杀，便极力鼓动太子刘据杀掉江充等人，先下手为强，后下手遭殃。

石德对太子说："先前那些被指犯有巫罪的人，无论是皇亲还是国戚，无一幸免都被江充杀了。如今江充仗着自己是皇上派出的整治巫典的使臣，在殿下的宫中挖出了木偶人，虽然我们清楚，这一定是有人故意栽赃陷害殿下，但是，事情发展到这一步，仅靠殿下自己却无法解释得清楚。为今之计，不如先下手为强。眼下，殿下仍然受陛下诏令监国，有先斩后奏的权力。请殿下即刻安排人假传陛下的圣旨，将江充等一干查办巫案的人，全部逮捕下狱，宣布彻究其奸谋，永除后患。杀了他们以后，再向陛下禀报。"

为了让太子刘据早下决心，石德又进一步鼓动说："现在陛下有病去甘泉宫有好一阵子了，皇后和殿下派去请安的人都没能见到陛下，陛下是否还健在，谁也不知道。眼下，江充他们逼迫得这么紧，可谓是来者不善啊！江充他们不过是做臣子的，太子明摆着将来是要登大位的，可江充他们竟敢这么去做，这后面是不是有其他文章啊？殿下可千万不能忘了前秦太子扶苏的教训啊！"

少傅石德所说的扶苏是秦朝太子，被秦二世假传始皇帝圣旨被逼自杀。提到扶苏的教训，这下可深深地打动了刘据。

刘据于是又去找母后卫子夫商量。卫子夫正对江充痛恨万分，见局势紧迫，护子心切的卫皇后决定支持太子起事，先弄掉江充，解决眼下危机再说。

在母后的支持下，太子刘据利用监国的权力，安排自己的亲信门客，冒充武帝的使臣，假传圣旨逮捕并杀死了江充，烧死了协助江充办案的一帮胡巫帮凶，狠狠地出了一口胸中的恶气。

在这场剿灭江充及其同党的争斗中，却有一个人漏了网。这个人就是奉武帝之命协助江充查办巫蛊之案的黄门苏文。苏文在混乱中逃出长安，径直到甘泉宫向武帝报告，说太子在长安城造反，夺了他的天下。

武帝听到苏文的禀报后，以他对儿子的了解，认为太子不会干出这等悖逆之事，不但没有谴责太子，还为他辩解："太子肯定是害怕了，又愤恨江充等人，所以才发生这样的变故。"武帝还派使臣前往长安召太子刘据前来问话。

把使臣派出去之后，武帝在甘泉宫等着吧，心想："我儿子什么样我还不知道吗？他根本不可能造我的反。"武帝正想着呢，派出的使臣去的麻利回来的快，进宫直接禀报武帝："大事不好，太子果然起兵反叛了。"

汉武帝听说太子真的反了。这才相信太子刘据真的是造反了，他是勃然大怒，下令剿灭太子及其追随者。他令丞相刘屈氂，领兵五万进发长安城围剿太子一党。太子刘据则把长安城郡邸监狱中的犯人都武装了起来，加上自己的太子宫和母后的卫队，与刘屈氂的军队在长安城大战五昼夜。

一霎时，长安城中杀声不断，血流成河，腥风血雨，百姓叫苦不迭。双方血战的最后结果，太子一党终究抵挡不住武帝派出的正规军。太子刘据兵败后，不得不走上逃亡之路。

知道太子逃亡后，武帝雷霆震怒，下令严惩太子宾客和捕杀为太子效力的大臣，决心置自己悉心培养多年的接班人太子刘据于死地。在得知太子起兵有卫皇后支持后，还下诏派人收回了皇后用以帮助刘据起兵、象征皇后实权的玺绶。卫皇后或是希望自己的死能令儿子免责，或是希望自己的死能使兵戎相见的父子冰释前嫌，或是为了证明自己的清白并非谋反，选择了自尽而亡。

卫皇后死后，有谏臣冒死上书为太子辩白，认为江充在陷害太子，太子被逼得走投无路才起兵，建议武帝尽快罢兵，不要让太子长期逃亡。武帝虽然有所感悟，可是并没有马上赦免刘据。最终，太子刘据逃到湖县时走投无路，被人告发遭到围捕，绝望之下，自杀而亡，随同刘据一起死去的还有两位皇孙。而另一位皇孙，即史皇孙刘进，与其母亲史良娣、妻子王翁须等家人留在了长安，却也在这场祸乱中遇害。

太子刘据这一脉只有刘进和王翁须刚出生不过数月的儿子，

因为当年郡邸狱廷尉监邴吉的一念之慈，才得以留下一条活命。皇曾孙被邴吉偷藏在郡邸狱之中，靠喝女犯人的奶才活下来。

转眼间，席卷长安城的"巫蛊之祸"已经过去快四年了。也就到了公元前87年，正是冬末早春之时。

这年的天气比往年都格外的寒冷。往年的郊野，此时不过是会在田野上铺上一层薄薄的雪，过不了几天就会融化。可是今年的长安城郊，多日之前下的一场大雪，已经过了十好几天了，一直没化。尽管连续几个冬日都是暖阳普照，却依然有残雪留在片片枯林上，放眼望去，到处都是冰天雪地的景致，给冬日里的暖阳添了几分寒意。

在冰天雪地之中，有一支数百人的车马队伍，浩浩荡荡、旌旗蔽日地在驰道上行驶。最中间的车辇，由六匹高头大马拉着，正是当朝天子武帝刘彻的座驾。

到今年，汉武帝刘彻已经在位54年，他已经是一位须发皆白的70岁的老人了。虽然近年来，朝野内外都传说他已经身体虚弱、行动不便，但是他经过连续一段时日在甘泉宫的休养后，到了一月中旬，又能够走动起来，看上去身子骨还硬朗得很。

武帝在甘泉宫内待得有些烦闷，便让大臣们准备车马，执意要去五柞宫。

离目的地五柞宫尚有一段距离，驰道旁的景致渐渐变得萧瑟起来。武帝看着外面的景色，忽然对身旁一人说道："这大雪多日不化，你觉得是什么征兆啊？"

武帝口中呼唤的人，即是随武帝同车而乘的奉车都尉霍光。

霍光字子孟，官职是奉车都尉，是负责掌管皇帝乘坐舆车的近侍。

　　武帝此次出游五柞宫，作为近侍的霍光就随侍在同一辆车上。见武帝发问，霍光不知道武帝突然发问是何用意，沉吟了一下这才回答："臣素来愚钝，实在不知。"

第 肆 回

游五柞奇云罩顶　起惶惑剑指囚徒

　　武帝移驾五柞宫，他跟霍光说："朕即位以来，已经五十四年了。这五十四年，朕见过的臣子中，有人刚直，有人谄媚，有些人以忠言得赏，有些人因圆滑受宠。有人说朕不善用人，朕并不是不辨忠奸啊！只是刚直者易折，谄媚者易用；以忠言进谏者易树敌，而以圆滑周旋者善处事。这些都是外人所不能体会的啊！朕还以为，能对外征讨四方、开疆拓土，能对内兴盛文学、规范礼仪，本来都是朝廷所需要的。但是朕也知道，有民众因为对匈奴的连年征战而被征钱粮以至于生计窘迫；有读书人说朕是在玩弄愚民之术。有时候朕也不知道，朕登上帝位五十四年来，做的究竟是对的多，还是错的多啊？"

　　见武帝一时间感慨起来，霍光不知道武帝此时所说的一大段话，与之前所问的积雪不化的征兆有何关联，只好保持缄默不语。

武帝叹息感慨了一阵儿，仿佛谈兴正浓，又继续说道："朕年少时也见过此等景色。大雪多日不化，于是召来方士们算卦，多数人都说这是国家昌盛的征兆。却有一人说这大雪不化，是在预示帝王有法令不合情理。朕不知道说这番话的这个人，他是故意这么说以哗众取宠呢，还是确实是朕的法令不合情理。过去这么多年了，这会儿，朕忽然又想起了当年那个人所说的这件事，真是感慨良多啊！你对此有什么看法啊？"

霍光见武帝又再次提起了大雪多日不化的征兆，只得对武帝拜了拜，接过话头说道："陛下方才所说的，有人说忠言，有人说谄言，而陛下均能用。这是因为陛下圣明，犹如海纳百川，用人所长而已。不过臣以为，说'帝王有令不合情理'这番话的人，也未必一定是忠言。臣虽然愚钝，但是也曾经听闻古人说'上有所好，下必甚焉'。有君王好奉承之言，也有君王好谏诤之语。陛下常常自省，且又能听进逆耳之言，因此这个人或许是取他人不敢言语的事情，铤而走险，想与众不同，靠哗众取宠来讨得陛下的赏识。若真的是这样的话，那此人也不过是一个敢于舍命投机取巧之人，就好像从前的栾大之流一样。"

霍光所说的栾大，是武帝曾经接触过的一个方士，曾被武帝以为能通神仙而十分地信任。后来武帝发觉栾大的方术并不灵验，感觉自己受到了栾大的欺骗，便将栾大腰斩了。

武帝看了看霍光，又问道："那么，子孟是说，那个说大雪不化是帝王法令不合情理的人也是谄媚之人了？"

霍光这下却没有迟疑，立刻答道："臣绝不敢这么定论。臣只是觉得，要知道一个人的品性究竟如何，只有时间久了方才能够看得出来啊！"

武帝点点头，说道："你说得好啊！时间久了，方才能知道一个人真正的品性，所谓日久见人心哪！也只有知晓了一个人的品行端正后，方能放心地将重任交给他。"武帝说完这句话，意味深长地看了霍光一眼，便不再开口。

霍光对武帝所发的感慨有些不解，但是他在朝中服侍武帝多年，早已见惯不怪。见武帝不再说话，便也不再开口，始终保持着恭谦的神情。

车马队伍又行了一段时间，到达五柞宫时，已是黄昏时分。

下了舆车，武帝回望甘泉宫方向，只见远处薄雾如纱似水，漫过了宫殿，隐约只能看见一些轮廓的影子。再往远处，往长安城的方向，灰色的云层与天地雪原若即若离，变幻出破碎如羽毛状的片片景致。

武帝仿佛是第一次见到这种景色。他眯起眼睛端详了好一会儿，转头对随行的侍臣问道："这云层无依无靠，无始无终，朕觉得十分怪异。你们可知，这是什么征兆啊？"众臣面露惊疑之色，大家谁也摸不准武帝此时到底怎么想的，一个个把头一低是默不作声。

看大伙谁都不言语，武帝倒也没怪罪。他让太仆上官桀派人去唤随行的望气方士过来。所谓望气，是风水学上的名词，是根据云气的色彩、形状和变化来附会人事，预言吉凶的一种占卜法。很快，几位穿着羽衣的方士被侍臣带了过来。

栾大因为预测不准被武帝杀掉以后，跟随武帝的方士们就时刻处于惊恐之中，不知道什么时候会惹上杀身之祸。见武帝问的是虚无缥缈的云层之事，方士们实在不知该怎么解析这破碎似羽毛的云象。

方士们像煞有介事地对着远处的云朵端详了一会儿，窃窃私语地商量着应对之策。最终，方士们商定，不如把武帝的注意力引到长安的监狱里去，就说监狱中有天子气，让皇帝去找那些犯人的晦气好了。

众人商量好后，一起露出恐惧的神色。接着，大家跪倒在地，其中一人说道："臣等不敢明言。但据臣等反复观望，此云上不着天，下不着地，变幻莫测，一定为龙之吐雾，有龙潜藏于其中。然而此云又形态不详，定是为枷锁所困，或许是，或许是……"

武帝不耐烦了，心想干脆说不就完了吗，他断喝一声："到底是什么！？"

方士战战兢兢，差点话都说不出来："……小人观察到的，是长安城中，有天子……天子之气，而那天子之气，就在长安城的郡邸……郡邸狱中！"

听闻方士的话，武帝脾气又上来了，厉声怒吼："朕乃是皇帝，这次不过是外出巡游，不在长安城中，竟有人敢说长安的监狱中有什么天子之气，这意思岂不是说我这大汉江山要让给一个囚狱之人吗？"

转念一想，又觉得方士所言也不得不防，不管长安城郡邸狱中的天子气是真还是假，都必须要马上采取预防措施，斩草除根。

想到这儿，武帝马上派内谒者令郭穰回长安传旨，将郡邸狱中的囚犯无论罪行轻重，无论男女老幼，一律斩杀，不得有误。

当天，郭穰手捧着圣旨，直奔长安城。

主管长安城郡邸狱的廷尉监邴吉，这几日有些心神不定。

邴吉正在办公房内批复公文，却又不自觉地走到外面的庭院中，慢慢地踱着步。一阵冷风吹来，邴吉打了个冷战。他叹了口气，想到这几日来，天气越发寒冷，不知道那郡邸狱中的皇曾孙有没有冻着？想到这儿，他唤来手下小吏去狱中察看。

小吏去了不久，回报说胡组、郭征卿两位乳母将自己的衣物均给了皇曾孙，因此虽然寒冷异常，不过皇曾孙竟未生病。邴吉这才稍稍安心。又派了人去买些米、肉，送到皇曾孙所住的囚所。

邴吉处理完公事，已经是傍晚时分。想到最近公务繁忙，已经有好些日子没有去看皇曾孙了，眼下严寒料峭，囚室如同冰窟，邴吉还是有些担心，决定去狱中亲自查看一番。

郡邸狱虽然是监狱，却是用郡国在长安的府邸改造的，条件还不错。邴吉来到狱中皇曾孙的处所，只见一位妇人正准备生火做饭，是抚养皇曾孙已经好几年的乳母胡组。看到胡组，邴吉不由得又想起了四年前自己将皇曾孙藏匿下来的那个血光之夜。

一见到胡组，邴吉便急切地问道："皇曾孙何在？"

胡组对邴吉行了礼："赵氏在屋中陪皇曾孙读书呢。"

赵征卿认识一点儿字，邴吉便让她陪着皇曾孙读些诗书。邴吉在房间外悄悄地看了看，见皇曾孙正在专心读书，看上去身体无恙，这才放心地转身悄悄离去。

邴吉回到值班住处，已是凌晨时分。他正准备休息，忽然跑来一名狱吏，气喘吁吁地禀报邴吉，皇帝有圣旨下，请大人到门外接旨。

第 伍 回

拒杀戮邴吉抗旨　存遗脉武帝留情

邴吉听说有圣旨，吓了一跳，赶紧问："都这么晚了，怎么还会有陛下的圣旨到来？难道说出了什么大事不成。那传达圣旨的是谁？"

狱卒回禀："是内谒者令郭穰。"内谒者令就是汉代专门掌管内外传旨通报之事官。一般多由宦官担任。

邴吉觉得很不寻常。郭穰是侍奉皇帝多年的一位宦官，深受皇帝信赖，常常被交办去完成一些重大事情。

忽然间，邴吉的心头涌出了一丝不祥之感："自己刚探视完皇曾孙回来，就有陛下的使臣赍夜赶到郡邸狱，莫不是会和皇曾孙有关？"邴吉不敢怠慢，赶紧来到监狱外。

深夜的长安城一片死寂，邴吉和狱吏打着灯笼来到郡邸狱外。见门外站着内谒者令郭穰，邴吉连忙躬身作揖，问道："不知内谒者令深夜前来，邴吉迎候不及，还请内谒者令恕罪。内谒者令辛苦了！"说完客套话，邴吉便跪拜领旨。

郭穰将武帝的圣旨宣读了一遍，然后对邴吉叮嘱道："陛下听方士们说长安城的郡邸狱中有天子之气，觉得十分不祥，已经下令将狱中所有的犯人一律处死。希望廷尉监半刻都不要耽搁，尽快处置完毕为好。"

将所有犯人一律处死？这岂不是连皇曾孙也包括在内了吗？皇帝在巫案中已经逼死了自己的儿子太子刘据，现在难道连自己儿子的最后一根血脉也不放过吗？邴吉险些喊叫了出来。摆在自己面前的，现在只有两个选择。一个是按照圣旨，马上调集人手，将这座郡邸狱内上千号人全部处决。另一个则是抗命不从，然而那样做的结果很难预料，不仅自己有可能会丧命，皇曾孙也不见得就能保得住，而且还会连累自己的家族，连累狱中其他官吏。

是生，还是死？是将那孩子，将太子的最后血脉断送，还是舍生取义？忠义的邴吉左右为难，这可如何是好？

黑夜中，火把的光线若明若暗，仿佛随时可能湮灭于无尽黑暗之中。邴吉又仿佛看到了王翁须从囚室中被拉出去时那撕心裂肺地不甘心地哭喊，又一次撕破了夜空，撕碎了人心。

邴吉心中涌出一股寒意。郭穰急促地催促道："我希望能尽早给陛下复命，不知道廷尉监还在犹豫什么，难道是担心这三更半夜的，人手不够吗？"

邴吉心一横，暗暗一咬牙。他仿佛刚刚回过神来一样，在火把下冲着郭穰一抱拳，缓缓地说道："内谒者令，我现在便去召集人手、做好准备。请内谒者令在外面稍做停留。"

说完，邴吉便带着自己的属官回到监狱中。一进狱门，邴吉低声吩咐属官几句。待属官领命前去，大门开始关闭，邴吉突然大声喝道："将大门紧闭，不许放外面一个人进来！"

郭穰哪想到邴吉在这个当口来了这么一手，他竟然敢公然抗命。他还来不及反应，就见到那又厚又重的监狱大门轰隆隆地已经在自己的面前关闭了。他哪里明白是怎么回事，怒叫了起来："廷尉监，你要造反不成？！"邴吉在大门的另一侧，稳稳地答道："狱中有几百上千人，大都是无辜之人，怎么能因为你假传圣旨而被杀？"

郭穰又急又气，叫道："邴吉，你……你好大的胆子，竟敢公然违抗陛下的圣命！若是陛下知道，郡邸狱所有官吏等都得被惩处！"

邴吉回望了一下自己的部下，见他们之中有些人正犹豫不决，有些人则一脸迷惑，还有人看上去有些动摇。便果断地对部下说："这人假传圣旨，想谋害皇曾孙。"又转而大声对郭穰说："陛下宽厚待人，绝不会有如此旨意。你若是假传圣旨，那绝没有打开狱门的道理；你要是奉着陛下的命令，那就请回报陛下，说狱中有故太子的后人，是陛下的亲曾孙！臣不能坐视不理。"

郭穰想不到郡邸狱中竟会有皇帝的亲曾孙在，顿时有些失了底气。假如真如邴吉所说，郡邸狱中有陛下的亲曾孙在，那方士所说的狱中有天子气，还真的是有那么回事呢。只是，武帝并不知晓狱中有皇曾孙在，如果武帝事先已经知晓，他还会下这个诏令吗？

郭穰却又不敢就这么轻易地回去向武帝复命，他觉得自己无论如何得先把情况搞清楚再说。只是，郭穰匆忙间从五柞宫赶来，身边只有少数几个人的使者队伍，身上也没带符节去调集兵马，这个时候如何能够越过这近十米高的监狱大门呢？

郭穰毕竟在宫中待了多年，他见眼下情势不对，便决定智取。郭穰试图说动邴吉放弃抵抗："廷尉监忠于职守，是做大官的料，为何要违抗皇命，将自己的前途毁掉呢？"

邴吉不为所动："请向陛下复命，告诉他陛下的皇曾孙，故太子的孙子就囚于郡邸狱中。"

二人隔着大门，你一言我一语，聊得挺开心，哪是聊天啊，那是剑拔弩张，气氛相当紧张。一直对峙到天亮。郭穰熬不过，只好返回五柞宫，向武帝复命去了。

在派郭穰回长安郡邸狱传旨的当日，武帝在五柞宫就病倒了。他终究是老了，那个曾经叱咤风云、不可一世的皇帝，在这次旅途中，被严寒击倒，卧床不起。

郭穰一回五柞宫马上觐见武帝道："廷尉监邴吉十分无理，拒不领旨，他将狱门紧紧关闭，不让下臣入内。"

武帝勃然大怒："竟有人胆敢如此？"

郭穰便将邴吉说郡邸狱中有皇曾孙一事报告给了武帝。

听了郭穰的报告，武帝如雷轰顶，沉默不语。良久，才面如冰霜，一声长叹。

郭穰想为自己说些辩解的话，却见武帝挥挥手让自己退下。

他不敢再多待，立刻退去。霍光、金日磾等几位近臣陪着武帝，也不敢多言。

武帝想了良久，终于开口说道："朕曾错怪太子，致使太子自杀，心中一直后悔不已，以至于常常夜不能寐，食不能安。朕却未曾想到，过了这么多年，太子竟有血脉尚存。"

说到这儿，武帝摇摇头："朕即位以来，所做的许多事情都令民众受难，令天下人失望，此次听信方士之言，竟下诏诛杀长安狱中所有囚犯，现在细细想来，真是朕的过错啊！幸好上天让邴吉阻止了朕的行为，让朕不至于一错到底啊！"说到这儿，武帝已是老泪纵横。

霍光和金日磾劝告道："宗庙须有序，血脉不能错，须尽快确认是不是太子之孙，以防止奸人趁机作乱。"武帝当即下令让使臣去查证那位皇曾孙的身份。

不久，使臣回报，邴吉所说之人，的确是皇曾孙。

武帝随即令侍臣传诏书，大赦天下。并派自己最信任的霍光去郡邸狱向邴吉传达诏令，同时亲自去看一看皇曾孙。

自从抗拒皇帝陛下的诏命以来，邴吉一直惶惶不安。毕竟抗旨已经触犯了天威，这可是灭族之罪。

然而，连着两天，除了有一拨儿使臣过来问过皇曾孙有关情况外，却未见朝中再有任何动作，甚至连责问他的使者也不见再有一个到来。邴吉有些纳闷了。

又过了一天，邴吉正在郡邸狱中察看囚犯名册，思考着若是皇帝又派人来责问自己，该如何是好。却见狱吏尊疾步跑来，说道："陛下遣使者来了！说是有要事通告。"

邴吉一看，心想：来了不是，这就叫该来的终归要来啊！是
福不是祸，是祸躲不过。有道是大丈夫事到万难需放胆！邴吉站
起身形，先深吸了一口气，吩咐来人："前面带路。"

第 陆 回

亲传旨初遇病已　赦囚徒远奔他乡

听说圣旨到了，邴吉反倒坦然了。本来嘛，自己又没做犯法的事，这叫不做亏心事不怕鬼叫门。来到狱门外。一看除了传圣旨的宦官外，还有一位面白似玉，浓眉朗目的中年男子，这个人个头不高，却由内而外发出一股与众不同的气质，让人有一种敬畏之感。邴吉还真认识，正是侍奉在武帝身边的奉车都尉霍光。这可是武帝身边最受信任的近臣，武帝派此人到来，自己再不可能说出假传圣旨之类的话了。

邴吉赶紧跪地接旨，一颗心怦怦狂跳。他不知道接下来会受到怎样的处置，却听见使者宣读的一大段圣旨中有"大赦天下"的话语。

邴吉猛地抬头，抑制住心中的激动，不敢相信地看着霍光，激动的身体止不住"特特特"地一个劲儿地颤抖。

霍光走到邴吉身旁："廷尉监保护皇曾孙有功，陛下已经知道了，对你十分赞赏。"哎哟！霍光这句话一出，邴吉心中扑通一声，一块悬着的石头终于落了下来。

邴吉接旨谢恩完毕，就听霍光说："皇曾孙在郡邸狱中出现，这事非同小可！不知道廷尉监是否有可资证明皇曾孙身份的物件？可带我前去看看那皇曾孙。"

邴吉让霍光看过刘病已后，便引着霍光来到郡邸狱中自己的房中。然后跟霍光说："狱中有当初看管王翁须的狱吏记录，可做证明；有两位妇人为皇曾孙乳母，并保存有当时皇曾孙所包襁褓，还有故太子留给皇曾孙的玉佩。请大人明察。"

霍光将邴吉交给自己的物品一一收好，斟酌着说道："陛下已经下诏大赦天下，皇曾孙也在被赦免之列。只是不知何故，陛下却未对其做出很明确的安排指令。如今陛下大赦天下，郡邸狱自然也会被关闭。接下来对皇曾孙做何安排，廷尉监你有什么打算吗？"

邴吉叹了口长气："狱中环境艰苦，皇曾孙过去就多次生病，我只希望陛下能恩准，让皇曾孙有个安稳的去处。"

霍光观察了一下邴吉，见他面色消沉，确乎十分为难和操劳，便说道："眼下既然陛下没有明确的指令，就只能请廷尉监为皇曾孙找一个暂居之处，我也会向陛下进言，恢复皇曾孙的皇室宗籍身份。这孩子是故太子唯一的后人，希望他能够安然长大啊！"

霍光顿了顿，又看了看邴吉，赞许道："廷尉监真乃忠义之人，我十分钦佩。故太子的巫蛊一案，陛下一直没有一个正式的说法，所以眼下就难以对皇曾孙做出妥当的安排，我们做臣子的也要体谅陛下的苦衷啊！"

霍光拍了拍邴吉的肩膀，带着邴吉给的材料回转五柞宫向武帝复命去了。

终究不能将皇曾孙放在环境恶劣的监狱中继续抚养。邴吉思虑再三，带着刘病已到了一个去处。

京兆尹是管理长安城的官员，虽然级别上不是太高，但是权势却不小。邴吉抱着一丝希望，希望京兆尹能为皇曾孙解决生计问题。

京兆尹听说邴吉带着皇曾孙前来，顿时慌了神。他心中清楚，在他之前的那位京兆尹，就是因为卷入巫蛊的事情而被砍了头。故如今邴吉将一个因为巫蛊而死的太子之孙送到自己这里来，岂不是大大的不祥？何况现在皇帝陛下也没给出个定论，如果自己私自做主收留安排，要是又出了什么意外，岂不是引火烧身？

思前想后，京兆尹想了个主意。他来到会客室，见邴吉带着一个三四岁的小男孩。那小男孩身体看上去有些瘦弱，沉默着不说话，邴吉则一手拽着他，唯恐那孩子走失。

京兆尹上前坐到邴吉的对面，问道："这可就是故太子之孙？"

邴吉点点头："正是。"

京兆尹沉吟了一会儿，说道："陛下可对他有何指示？"

邴吉答道："陛下曾经遣使者来，要过皇曾孙身份证明，还曾派宗正来询问过。只是现在还未下诏令。如今陛下仁厚，天下大赦，皇曾孙终究也不能久待在狱中。若是任他流落民间，那将很难保证皇曾孙的安全。希望京兆尹能够安排皇曾孙的生活，我也就能放心了。”

真是烫手山芋啊！京兆尹不动声色地想着，做出一副思索的模样，勉为其难地说道："陛下若是有诏令，卑职必然要全力安排。只是陛下还未有什么指示，我等假若做了逾越之事，一旦朝廷怪罪下来，该如何是好呢？"

邴吉听出了对方话中的意思，愤然道："既然京兆尹有不便之处，鄙人只得另寻他处，就不劳挂怀了。"说完，邴吉抱起刘病已，在京兆尹诧异地注视下，头都没回就走了。

皇曾孙刘病已虽然年幼，但是已在郡邸狱中待了三四年，在狱中长期与邴吉相处，也十分亲近了。见邴吉面目严肃，稚声稚气地问道："为什么生气？莫非是病已有什么过错吗？"

邴吉将刘病已抱回马车上，见没外人在，便对刘病已说道："孩子，你还年幼，不知道世间险恶。不管是平民百姓还是官吏人等，都有许多奸诈之人。要是有一天陛下能够认你归宗，望你能明辨是非，像你爷爷一样对人宽厚有德，做一个洁身自好之人。"

刘病已没完全理解邴吉的话，但还是重重地点了点头，说道："病已一定会牢记在心的。"邴吉见年幼的刘病已十分懂事，心中的哀苦却反而浓重了起来。

邴吉带着刘病已回到监狱。因为大赦令，此时的囚室已经大多空了。胡组、赵征卿正打包自己的东西，准备回家。刘病已看出了两位奶娘的行为，突然大哭起来。邴吉是官场中人，对如何安抚孩子却一窍不通。幸好胡组上前抱住刘病已，轻声问刘病已何故大哭。

刘病已一边抽泣一边说道："奶娘你不要我了，我做错了什么吗？为什么要离我而去？"胡组和刘病已朝夕相处数年，感情已深。见皇曾孙哭泣不已，她有些窘迫地看向邴吉。

邴吉叹了一口气："这孩子十分亲近你啊，见你要离去，想必是十分伤心。"

胡组为难地看着邴吉："我今已入狱数年，家里人也十分挂念啊，而且……"

邴吉见胡组、赵征卿均面有难色，便说道："我知道你们入狱之后，家里有许多难处。鄙人还有些俸禄，愿奉献出来，只希望二位能够留下来继续带这孩子，直到这孩子有一个安身之处。"

两位妇人和刘病已相处这么多年，也十分担心他。见邴吉如此说道，便答复道只希望给家里报个平安，随后便回长安照顾刘病已。刘病已也十分聪慧，见两位奶娘都改了口，便也破涕为笑。

邴吉看着天真的刘病已，不禁皱起了眉头。他想到，皇曾孙已经三四岁，要开始记事了。如果依然让他待在狱中，必然给他留下不好的记忆。而眼下，皇曾孙的身份已经大白于天下，亦恐将被奸人盯住，是得找个妥当的地方，可哪儿才是皇曾孙的安身之所呢？

邴吉为此搜肠刮肚地想了半天。他猛然想起，皇曾孙的奶奶史良娣出身于鲁国史氏，是名门望族。过去由于故太子巫案一事，他们史家不敢和皇曾孙有什么联系，但是，如今天下已大赦，故太子的事情也已过去很久，史家应该不会再有什么顾虑和不安了。不如将皇曾孙送去鲁国，以避开目前的纷乱的长安。可是史家能收留这孩子吗？甭管收不收，先去看看再说呗。越想越对，邴吉带着刘病已收拾好行囊，直奔鲁国而来。

第 柒 回

投史府满怀信心　留钦犯史高犯难

邴吉带着刘病已一路风尘，到达鲁国的时候，距皇帝大赦天下已经过去数月，而当朝皇帝刘彻业已驾崩，谥号为孝武皇帝，后称为汉武帝。

接替皇帝之位的是武帝最小的儿子刘弗陵。武帝临终前，指定霍光为首辅大臣。霍光被任命为大司马大将军，和车骑将军金日磾、左将军上官桀、御史大夫桑弘羊等，一起负责辅佐年仅 8 岁的小皇帝。

虽然还未到夏季，天气却是反常的炎热。池塘边低垂的柳枝，叶子打起了卷儿，显得萎靡不振。一望无际的大平原上，一条黄土路从天边一直延伸到脚下，被车马踏起一路烟尘。

邴吉所乘的马车沿着车辙行进，路边的村落渐渐开始聚集，再往前走，就要进城了。

郑吉一路问询，七弯八拐，在街巷深处，一座大庄园出现在眼前，知道这便是史家的庄园。

史家庄园坐落在街市边缘，翠峦相连。两扇厚重的楠木大门敞开着，门上悬着磨得金黄铮亮的虎头铺首，透出一股拒人千里的凛然之气。园内一棵遮天蔽日的老榆树低垂着枝叶，挡住了正午炫目的阳光，也挡住了外面的窥探。一阵狂风刮来，老榆树四下里摇摆着枝条，高枝上的鸦巢像狂风中的小船一般不住地摇荡。

郑吉一阵不安，摸不准史家会不会收留这可怜的孩子。他摸了摸刘病已的头顶，小病已似乎与他心意相通，也正用不安的眼神看着他，这让郑吉内心更加焦灼。

郑吉走上前去，手握铺首，不轻不重地敲了三下门。铜环碰在厚重的实木上发出沉闷的声音，传出很远。

借着等待来人的空隙，郑吉扫了一眼庄园。史家庄园庭院深深，除了老榆树外，还有不可胜数的树木花草，一眼看不详尽。高大宽敞的大门两侧，设有小门。正大门或许是主人或贵客光临时才会开启，可以通行车马。不久，一位身穿长袍的中年男子向他们走来。看了他俩一眼，警觉地问道："请问阁下找谁？"

郑吉一抱拳："这里可是史家？"

长袍男子鞠了个躬，客气地答道："正是。"

"我从长安远道而来，带来了故太子的消息。不知道史刺史在否？"

男子面露惊诧神色，赶紧把郑吉让进门，说了声"请稍等"，便转身进内报告去了。

不一会儿，一位40岁上下、衣着讲究的男子疾步走来，见了邴吉，上前行礼道："鄙人史高，史恭是家父，他已去世多年了。足下说带来了故太子的消息，说的可是卫太子？"

邴吉向史高微微躬身："仆名邴吉，管理郡邸狱。此次前来拜访，是带来了关于卫太子的消息。"

"快请到庄内详谈。"史高说着，亲自引着邴吉和病已进了庄园。

山东乃是齐鲁之地，礼仪之乡，而史家又是当地望族，素有名望。史高的父亲，即史良娣的哥哥也就是太子刘据的大舅哥叫史恭，他在世的时候，曾经任州刺史。所以，邴吉上来便问史刺史在否。

邴吉来山东之前，已经打探过史家的情况，得知他们并未受到几年前故太子巫案太多的波及。但是史家对故太子遗脉的态度究竟如何，邴吉却拿不准。

史高引着邴吉进了正厅。对邴吉牵着的小男孩，史高不由多看了几眼，感觉那孩子的神态却有几分亲近之感，仿佛在什么地方见过似的。

史高与邴吉二人在坐榻上相对而坐，病已怯生生地傍着邴吉，不敢离开一步。

史高吩咐仆人下去准备饭菜，待仆人呈上茶点离开后，史高开口问道："足下所说的故太子的事情，现在能告知我吗？"

邴吉沉吟了一会儿，说道："四年前，故太子因为巫蛊之事而薨，家族被牵连，史良娣也遇害。这些，想必史君是知道的。"

史高先是默然不语，随后说道："这事已经过去多年了，不提也罢。"

"然而，当时史皇孙刘进已经生有一子，名病已，刚刚出生不久，实为孝武皇帝的曾孙。其母王翁须在狱中罹难时，病已当时还在襁褓之中，在狱中险些不保。幸好孝武皇帝前不久大赦天下，皇曾孙方能够脱离牢狱。"

史高听了邴吉的话，心中大震。他直起身子，看了看邴吉的表情，又看了看邴吉身边的孩子，心里猜到了七八分。虽然邴吉轻描淡写地把病已在狱中的事情简略带过，但是毫无疑问，这几年却不知已经过了多少风浪。在狱中定然也是邴吉在保护、照顾刘病已，其中的艰难，实在是难以想象。

事实上，在狱中，刘病已也几度因病险些夭折，幸亏邴吉多方照护，自己出钱寻医问药，才屡次逃过劫难。

史高又沉默了一刻，方开口说道："孝武皇帝大赦天下的事情，我已知晓。也就是说，我姐姐的亲孙子现在已经不需要待在狱中了。那么这个孩子，就是皇曾孙了？"

邴吉知道史高已经明白了自己的来意，他见史高的目光闪烁游移，觉察出史高心中有疑虑。

邴吉觉得应该把话挑明，便一手拽过病已，直起身子对史高说道："不错，这个孩子便是皇曾孙。但他已不是戴罪之身了。之前，孝武皇帝之所以大赦天下，就是因为知道了皇曾孙尚存于世。现在皇曾孙已经到了晓事的年龄，为了让皇曾孙顺顺当当地长大，我希望能为他找到安身之地。"

说到这儿，邴吉顿了顿，定定地看着史高的眼睛，缓缓说道："不知道史君，是否愿意收留这孩子？"

史高听了邴吉的话，眼睛却不敢和邴吉对视。史高确实有顾虑，只要故太子巫案没有平反，这孩子虽被赦免，但他的身份却始终会是个问题，弄不好便会给史家带来灾殃。史高定睛看了看邴吉身边的男孩，越看越觉得依稀能在这孩子的脸庞上看到亲人的影子。

史高在心里深深地叹息了一声。他定了定神，站起身，在屋内踱了几步，没有马上接邴吉的话，而是缓缓说道："足下和孩子车马劳顿，应该也饿了，还是先用餐吧。"说完，召来仆从，摆上了酒菜。

鲁国菜肴与京城又有不同，一条大黄鱼煎得金黄，羊肉烧得透红，两样新鲜蔬菜，一碗酸辣汤，简单几个菜，搭配十分讲究。

邴吉心里暗叫一声好："不愧是孔孟之乡，真乃食色胜地也。"两人都饿坏了，对着美味佳肴，便也不再客气，狼吞虎咽地吃了起来。尤其是病已，长这么大，还从未吃过如此好的美味。病已只顾埋着头吃，邴吉和史高却没有再说些什么话。

饭毕，史高引着邴吉和病已去客房休息，然后便心事重重地离去了。

邴吉有些心烦。史高没有痛快地应承将病已留下来，这虽在自己的意料之中，却依然让他怅然若失。他看着身旁的刘病已，见那孩子依然沉浸在吃饱肚子的欢喜中，天真无邪，不明就里，不由重重地叹了一口气。

刘病已方才见大人们说话，有点畏生，没有吱声，现在见只有邴吉在旁，开口怯生生地问道："胡姨和赵姨怎么不随着叔叔一起来？她们到哪儿去了？莫非是不要我了？"

邴吉牵着刘病已坐下："当然不是，只是人各有自己的亲人，胡姨和赵姨离开家很久了，也思念她们的家人，并不是不要你了。"

刘病已细声细气地说："可是，难道我就没有什么亲人了吗？"

刘病已虽然只有三四岁，但是在狱中长大，多少也明白了点儿事理。几周前，邴吉让胡组、赵征卿返家时，刘病已也是哭得厉害，见邴吉现在又将自己带到这个府上来，便想到是不是连邴吉也不要自己了，想到这儿，小孩子不由得两行热泪夺眶而出。

第 捌 回

史府内祖孙相见 老夫人责骂三孙

　　刘病已人小鬼大，好像明白了邴吉要把他留在史府，暗自悲切，流着眼泪。您看这个人哭要是放声大哭，让别人看着倒不一定难过，要是本来就悲痛，还不哭出声来，让人看着更难受。尤其今天，小病已这才刚多大，经历了多少磨难，看样子已经懂事了。邴吉看着，强忍着心中悲痛，慈爱地抚摸着刘病已的头，告诉他："你也有亲人啊。刚才那人就是你表叔叔啊！"

　　刘病已哽咽着问："表叔叔？刚才那个给我们饭吃的人就是我表叔叔吗？"

　　邴吉拍拍刘病已的肩膀，说道："是啊！"

　　"那邴吉叔叔你是不是要将我送给表叔叔，而后你就不要我了吗？"

　　邴吉听了刘病已这话，觉得这孩子实在是太过聪明了，竟猜出了自己的意图，便郑重地说道："不是叔叔不要你，只是你有自己的亲人啊，有亲人们照顾你会更好啊！"

见刘病已依然泪眼婆娑，邴吉说道："我也会时常来看你的。"听了邴吉的话，刘病已止住了泪水。

经过一路上的车马劳顿，此时的刘病已也确实累了，不久便沉沉睡去。

出了邴吉的客房，史高慢慢地踱到了庭院中。

阳光正炽亮，但是史高心头却一片阴霾，他不知道该如何处理邴吉送皇曾孙刘病已到来这件事。收留下病已吧，故太子巫蛊之事尚未终了，恐会惹祸上身；不收吧，却又开不了这个口，这孩子毕竟是史家的亲骨肉啊，于情于理都不能不收啊！

庭院中，热风拂着树叶沙沙作响，史高的心里愈加烦乱起来。他抬头望天，见天上的白云纹丝不动。史高收回目光，见弟弟史曾和史玄匆匆赶来，

史曾口快，问道："兄长，听说有长安的信使前来，说是和故太子有关，这是怎么回事？"

"故去的卫太子遗有一孙，名叫刘病已，曾随我们的姑姑一起被投入狱，侥幸活了下来。孝武皇帝大赦天下，因此而出狱。抚养他长大的监狱官将他送来我们这里，我正不知该如何是好呢？"史高愁眉不展。

三弟史玄问道："此事非同小可，兄长决定如何处置呢？"

"姑姑嫁到皇家，已经是许多年前的事情了。然而几年之前，孝武皇帝在世时，故太子因为卷入巫蛊一事而死，以至于牵扯到

我们史家。当时官兵在家中整日来来往往，我们也日夜担心故太子会不会前来投靠我们。这事两位弟弟想必一定还记得。虽然孝武皇帝驾崩前大赦天下，故太子一案暂告一段落，但那事情的隐患依然尚存。新即位的皇帝是孝武皇帝的小儿子，对这个事情态度也不甚明朗。要是因为收留这孩子而卷入灾祸，使得我们史家再受牵连，那时却该如何是好？"史高将心中的顾虑说给两个弟弟听，史曾和史玄都愣住了。

史曾有些紧张地问："那兄长是不是想回绝掉？"

史高摇摇头："可那毕竟是我们姑姑的孙子。姑姑嫁给故太子后，也曾荫及我们史家。若是将这恩情也一并忘却，那我们又和禽兽有何不同？我们又如何去告慰父亲在天之灵？我心中为难之处，正在于此啊！"

史曾和史玄都没了主意。他们的父亲早逝，长兄史高便如同父亲一样。父亲逝后，在家里，兄长历来都是行事果敢，甚至有些专横，然而此时竟拿不定主意了。三人都忧心忡忡，不知道该如何是好。

兄弟三人正一筹莫展时，只听一阵杂乱的脚步声传来，夹杂着家仆的规劝声，一个苍老妇人的声音在叫喊："我的曾孙儿在哪里？"

紧接着，在一众仆人的簇拥下，只见一位老妇人健步来到院中，这老太太看年纪已有七旬开外，满头银发，腰板倍儿直，满面红光，精神饱满。看身体倍儿棒！三兄弟赶紧迎了上去躬身施礼。

见到兄弟三人，那老妇人的声音更大了："我曾孙在哪儿？听说长安来了官员，把我曾孙儿送来了，为何不带他来见我？！"说完，又冲着史高说："这么大的事情，你们竟然都不告诉我，要不是听到下人们谈论这事，我还蒙在鼓里。你们这几个悖逆的奴才，你们、你们……你们的眼里还有我这把老骨头吗？"

　　见老太太真动怒了，史高惊恐不已，唯唯诺诺地说道："老祖母，孙儿们知错了。我们正在商议该如何处理才好，请祖母大人少安毋躁。我们定会安排好的。"

　　这位老夫人原来是史高的祖母，也就是史恭和史良娣的母亲史贞君。老夫人个性非常强悍，其夫和其子生前对她都是百依百顺，小辈中更是没有人敢触悖她。

　　史高并不想惊动祖母。史贞君本来也并不知道邴吉带刘病已前来这件事，然而这消息在史家仆役之间迅速地传来传去，竟无意中被老太太听到了。老太太本就十分疼爱嫁到皇室的女儿，知道女儿史良娣死在狱中后，悲痛万分。如今知道女儿竟然还有血脉尚存于世，怎能不激动？

　　史贞君拄着拐杖，走到三兄弟面前，继续呵斥道："你们啊！我知道你们的心思，一个个都嫌弃我的曾外孙，都害怕牵扯到自己。你们不要他，我要，我来把我的曾外孙养大，我就不信，谁还能把我这把老骨头怎么样！"

　　史贞君说到这里，又想起了自己的儿子和女儿，不由得悲从中来，放声大哭："我怎么就这么可怜，这么命苦啊，儿子和女儿都走了，几个不肖的孙子如此自私悖逆，我还活着有什么意思啊……"

史高兄弟三人慌忙齐齐跪倒在祖母面前。史高哭泣着说道："孙儿怎敢不收留他。只是病已身为皇室血脉，牵扯到了皇族宗室内部的事情。若是贸然从事，恐会引来祸患啊！"

史贞君又斥责道："他就是我史家的人。他来我们家里，就是回家，怎么能说是收留？"

史高不敢再违抗祖母的话："祖母教训的是，孙儿照祖母说的去做便是。"

史贞君犹疑地问道："我曾外孙在哪儿？我问家中仆役，都不敢实说。你们莫不是把他赶出去了？"

史高脸上冷汗直冒："他与护送他的人一路从长安来，路途遥远，车马劳顿，因此已让人带他们去客房歇息了。祖母要是有什么事情……"

史贞君打断史高的话："怎么能将他与恩人安置在客房？现在就带我去见我的曾外孙和恩人！"说完，拄着拐杖转身直奔客房，这拐杖其实就是配搭。史高兄弟三人慌忙上前搀扶。老太太把手一甩，让开吧你们，我自己能走。好嘛这哥三个臊不答地跟着吧。

邴吉正和刘病已在屋内歇息，忽然听到外面一片喧闹声。

邴吉到外面查看，见到史高等人陪着一位老夫人沿着走廊走了过来，后面还跟着十余人。

到了近前，史高向老妇人介绍了邴吉。

老妇人听罢，一把撇开了拐杖，竟拜倒在邴吉面前，把邴吉吓了一跳，以为老太太要摔着呢，赶紧慌忙上前，给老妇人见礼，用手相搀，老妇人说："阁下乃我曾外孙的恩人，老妪感激不尽！恩人在上，请受老妪一拜！"

史高也上前搀扶，向邴吉介绍道："此乃我祖母，知道恩人保护了病已，十分感激，执意要亲自过来表示谢意。"

邴吉赶紧说："鄙人所做的事情不足挂齿。我只是希望能为病已找到一个安身之所，以告慰故太子在天之灵。今见老太太如此待见病已，我已放心了。"

史贞君起身："我曾外孙可在房中？"邴吉扶着史贞君："皇曾孙旅途劳累，此时正在歇息。"

史贞君轻挪脚步，进了里屋。此时刘病已早醒了，瞪着两只大眼睛惊异非常。

第 玖 回

见曾孙祖母定音　存高义邴吉辞行

　　老夫人府中见到曾外孙，看着孩子惊异的目光。史贞君疾步走到近前。见刘病已身材瘦弱，依稀有女儿小时候的模样，想到他小小年纪就在牢狱中遭受大难，又想到自己女儿和女婿的惨死，心中悲痛不已。老太太上前几步将刘病已搂在怀中，又是一通号啕大哭。

　　刘病已不知道这位老妇人是谁，见她上来搂住自己痛哭不已，受到惊吓，哭闹起来。

　　邴吉忙说道："病已，这位是你曾外祖母，是你的亲人啊！"

　　史贞君泪如雨下："病已，病已啊。我是你的曾祖母，是你的亲人啊！你小小年纪就遭逢了大难，真是苦了你了！我苦命的孩子啊！"

　　刘病已从小就在狱中，虽然邴吉、胡组、赵征卿等都对他关爱有加，但是还从未见过自己的亲人。此时与至亲相逢，刘病已年纪尚小，还不能全然领悟，哽咽着："你是我……是我的亲人？"

史贞君将刘病已搂得更紧了："孩子，别怕，别怕！这里就是你的家！"一老一少抱在一起，哭成一团。其他人无不落泪。

祖孙二人哭罢多时，史贞君放开刘病已，为他揩去泪水："孩子，这里就是你的家，我是你的曾外祖母啊！"

史贞君再次向邴吉拜谢："恩人救我曾外孙于危难中，这种恩德，老妪一定会铭记在心。孩子以后一定会报答你的。"

邴吉摇摇头："我不过是做了点儿分内的事情，怎么能担得起这样的话。这孩子是卫太子唯一的后人，我只希望他能安然长大。"

刘病已见自己一下多了好几个亲人，便"叔叔""曾祖母"地叫个不停，很是欢快。

史高本来担忧刘病已不能和自己一家亲近，现在见一家人和和乐乐，刘病已的到来给这片宅院增添了许多欢喜的气氛，尤其是老太太更是欢喜得不行，便打消了顾虑。

自从刘据和史良娣因巫案致死后，老太太已有多年未如此欢喜过了。此时，见老太太因刘病已的到来而心情大好，史高兄弟对刘病已不由得怜爱起来。

到了晚上，刘病已便随曾祖母一起就寝，邴吉则被安置在客房中，以贵客之礼相待。

次日，天刚蒙蒙亮，史高尚未起床，有家仆来报，说邴吉告辞回京。

史高没想到邴吉这么快就打算离开，赶忙起床。此时晨光熹微，史家的大宅还是一片寂静，只有几个早起的仆役在打扫院子。

邴吉在庭院中，听到一阵急促的脚步声，回头一看，见是史高匆匆赶来。

史高走近了，问道："足下为何如此早就要告辞？我祖母昨天还说，希望你多留几日，还让我备了绸缎数匹，铢钱数串，以谢恩人对病已的护佑。如果恩人执意要走，也请把这些带上，以表达我们的心意。"

邴吉淡淡一笑："不用了，我来鲁国，只是为了将病已安全送达。既然事情已经办妥，自然是应该早回长安。"

史高心里产生了一种奇异的感觉："此人似乎对名利毫不挂心，那么他到底所求为何？"他疑惑地说："大人在狱中养育病已，想必十分不易。病已现在还在睡梦中，为何不和他告别？"

邴吉摇摇头："我不过是一介外人，皇曾孙长于牢狱之中，这几年来，十分艰难，我担心会给他的心里留下阴影。现在由你们抚育他，我想皇曾孙一定会很快地忘记过去，健康地成长，一定能够让人放心。我希望他长大后，不会再忆起那些不幸的过往。这样，我离开也就安心了。"

邴吉的谈吐温和恭谦，却字字坚定。史高听出了他的意思，叹息着说道："足下莫非是以后也不打算来看望病已了？"

邴吉叹息道："这样最好。于我于他，都好。"

邴吉说完，又对着史高作了个揖，背起自己的包裹告辞而去。史家的大宅外，已有一驾马车在等候。

史高呆呆地站了一会儿，揣摩着邴吉刚才话中的意思，猛地想到应该按照祖母吩咐的，将那些财物赠予邴吉。然而，就在他一晃神之间，邴吉所乘的马车已经滚滚离去，只留下一路扬尘和车轮的痕迹。清晨时分，街道十分寂静，远处依稀还可以听到马蹄声，但只是一小会儿，已经消失得无影无踪。

这才是：

施恩不望报，高风亮节人，
古之先贤事，当今有几人？

邴吉坐在马车上，愣了愣神。他在史家时，虽然表现得镇定自若，然而他含辛茹苦地养育刘病已四年，怎么能没有感情？他心中涌出一股苦楚："这一别，却不知何年月日才能相见？"

马车驶上驿道，前方顿觉开阔。此时，太阳虽然已经升起，却依然是雾锁大地。邴吉回头望去，只见四野茫茫，早已看不见史家宅院的踪影。

史高轻声步入史贞君的房间，向祖母请安，告知邴吉已经离去。

史贞君听着史高转述的话，又哀怜地看向怀中的孩童——她甚至可以依稀寻到女儿容貌的痕迹。刘病已在睡梦中发出一声轻轻的呢喃。他此前从未在这么舒适、这么安心的地方休憩，加上旅途劳累，睡得正香。

一路之上饥餐渴饮，邴吉马车进入长安城，一看城里比一个多月前孝武皇帝驾崩不久时的悲怆气氛，长安城已经恢复了往常的繁华。街上人来人往，熙熙攘攘，集市街巷，摩肩接踵，繁华如常。老百姓就是这样，再大的事儿过去后也得生活。因为皇曾孙已经不在身边，邴吉少了一份牵挂，却凭空又多了些许空虚。

此次送皇曾孙刘病已去鲁国，邴吉没有告知任何人，属于擅自行动。回到家中，邴吉心里惴惴不安，不知道此番鲁国之行将会给自己带来什么样的后果。思前想后，他决定还是先去廷尉府打探一下情况。

廷尉府相比于其他朝廷机构，显得更加威严。黑瓦玄墙，大门口有士卒持枪守卫，透出肃杀之气。

见邴吉到来，守门的兵士笑脸相迎："廷尉监多日不见，莫不是去哪儿处理什么大案件去了？"

邴吉强装镇定，拱手作揖，客套了几句，匆匆进了府中。官吏人等见着邴吉，均主动对他行礼打招呼，显得比往日热情更甚，就好像谁都不知道他擅自离开了一月有余一样。这让邴吉不由得疑惑起来。他边走边想，不一会儿便到了廷尉办公的处所。

廷尉姓李名种，正在批复公文。见邴吉来了，李种一改往常严肃的态度，满脸堆笑，像是主动示好一般，欠了欠身，拱手作揖道："廷尉监辛苦了，多日未见，莫非已将大将军交办的事情办妥了？"

邴吉一愣，李种说的大将军，自然就是现在的大司马大将军霍光了。大将军又怎么和自己做的事情扯上了关系？

邴吉正在寻思中，又听李种说道："大将军对你十分青睐，真是好啊，好啊。"

郏吉听了廷尉李种异常谦恭的话，一时间深感摸不着头脑。大将军霍光到底对李种说了什么，竟然使身处九卿高位的廷尉对自己谦恭起来了？

廷尉李种一反常态地笑脸相迎，倒让郏吉不自在起来。他脑门上沁出细汗，谦恭地应道："廷尉高看我了，郏吉只是一介粗人，怎么能得到大将军的青睐？"

李种含蓄地看着郏吉微微一笑："廷尉监自有过人之处，大将军何等英明，不会看走眼的。"

郏吉正在犹疑间，李种又说道："廷尉监这一路旅途劳顿，先回去好好歇息歇息吧。"

郏吉一看你让我走，正好也想离开呢。太别扭了，从来没这待遇啊！要不怎么说人只有恭维怕的，没有吓怕的。赶紧给李种施了个礼："那，下官就先行告退了。"

第 拾 回

返长安处处反常　习诗书过目成诵

邴吉跟廷尉李种告别，他又悄悄地瞥了一眼李种，见李种依然是一脸巴结的神色，更觉莫名其妙，迅速返身离去。出了廷尉府，一辆马车停在了邴吉的面前。一位官吏疾步来到邴吉的面前作揖道："鄙人杜延年，请问足下可是廷尉监邴吉大人吗？"

邴吉连忙还礼："鄙人正是邴吉。"他心中满是疑惑，不知杜延年为何而来。

杜延年凑近邴吉，小声说道："廷尉监舍命护佑皇曾孙一事，大将军已经知晓。我于大将军帐下担任军司空，大将军特地派我来，是有事情与阁下商议。"

见杜延年面色诚恳，邴吉顺着杜延年的指引，上了他的马车。两人一上马车，马儿便缓步小跑起来。

杜延年感慨地说道："阁下可知道，阁下所护佑的皇曾孙一事影响有多大吗？"

邴吉从前并未考虑过，便如实地答道："邴吉委实不知。"

"阁下知道，孝武皇帝一共有六子，却有三位早薨。其中卫太子本来声誉极佳，最有希望继承皇位，却因巫蛊之事受到奸人陷害而死，且未被平反。本来朝野内外均以为卫太子一脉已经断绝，然而因为阁下的忠勇，在狱中将皇曾孙保护了下来。对此，有人欣慰，也有人因为曾经与卫太子结怨或陷害过卫太子，因而惧怕。还有人担心从前卫太子之死一事波澜未平，因此不敢贸然涉事。阁下当时为救护皇曾孙在长安四处碰壁，也是拜此所赐。甚至还有人私下上书，诬告阁下包庇罪犯，危害社稷和宗庙。大将军知道后，便下了谕令不准妄议此事。大将军并暗示朝中大臣，阁下此番外出乃是执行他派遣的差事，好让阁下和皇曾孙不被奸人所害。"

杜延年这番话带给邴吉心中的震动着实不小。良久，邴吉感激地说道："大将军为我做的事情，邴吉感激不尽。"邴吉到现在才明白，自己护送皇曾孙一路上为什么这么安稳，要是没有大将军暗中帮助，恐怕早就完了。

马车拐入一条支路。杜延年不再说话，只是正襟而坐。又过了些时候，马车渐渐地慢下来了。

杜延年对邴吉拱了拱手："大将军为孝武皇帝指定的辅政之臣。如今，孝武皇帝驾崩时日并不长，陛下也还年幼，朝廷内外却暗流涌动。大将军希望阁下能为江山社稷出大力呢！"

邴吉正欲回答，杜延年冲他摆了摆手说道："廷尉监不必心急，稍后再说也不迟。"

马车慢了下来，进了一座大宅院。马蹄声变得脆响，似是踏在坚硬的石板上。不多时，马车缓缓停下。杜延年先下了车，接着邴吉也下了马车。

邴吉见这幢大宅富丽堂皇，隐隐有皇宫的殿堂气派，正在猜测是谁的宅院，却见大将军霍光快步走了过来。霍光还是那么精神。

霍光见了邴吉，远远地便拱手行礼。

邴吉心中一惊："莫非这大宅便是大司马大将军霍光的宅邸？"心里这样想着，赶紧给霍光行礼。

霍光紧走几步，行到近处，不顾地面粗糙不净，双手伏地，拜在邴吉面前。

邴吉吃了一惊，慌忙也拜倒在地，说道："大将军怎么能对鄙人如此，真是折杀我了。"

霍光起身，亲自将邴吉扶起："阁下赤胆忠心为国为民，满腔忠义尽朝皆知。我虽是朝廷大员，却只会明哲保身，怎么能和阁下的忠勇相比。"

邴吉赞道："大将军辅佐皇帝陛下赤胆忠心，汉室社稷江山安稳系于大将军一身，天下谁人不知？鄙人所为不足挂齿，怎能让大将军对鄙人行如此大礼呢？"

霍光拉着邴吉，踱步到屋中坐下，杜延年跟在一旁随侍。

两人坐定后，霍光叹息一声，摇了摇头："廷尉监实在是太高看我了。我远远比不上阁下，和阁下护佑皇曾孙的义举相比，我不过是饱食终日罢了。"

邴吉慌忙说道："大将军一心为国，怎么能如此说。"

霍光苦笑着："我身为大司马大将军，受孝武皇帝遗诏，辅佐幼主治理国家。然而自先帝驾崩后，在内，朝中大臣争执不断；在外，有人对皇位虎视眈眈。每每想到汉室江山社稷令人忧心的状况，我便觉得有负孝武皇帝的嘱托，心急如焚，经常反躬自问。"

邴吉慨然："大将军为汉室江山社稷所做的事情，天下人无一不看在眼里。纵有卑鄙之徒想搬弄是非，酝酿阴谋，天下正直之士也定不会容许。"

"只是满朝文武，不少人已有异心。真希望天下的有识之士，都能像廷尉监这样为国出力啊！"

见大将军霍光如此高看自己，邴吉热血上涌："鄙人虽然愚钝，如果大将军不弃，鄙人愿唯大将军马首是瞻，为汉室江山社稷出力。"霍光见邴吉言辞铿锵，满意地点了点头。

霍光知道，虽然自己是辅政大臣，而且还是首辅的地位，但是资历却一般。有些大臣虽然表面上对自己阿谀奉承，背地里却阳奉阴违。武帝将皇位传于最小的儿子，令自己领衔辅佐，却有朝中重臣背着自己，私下里和武帝另外两个年长的儿子燕王刘旦、广陵王刘胥等有权有势的诸侯王搅和在一起，不服从自己的管束，长此以往，将后患无穷。若是朝中大臣与这些诸侯王里应外合，阴谋篡位，到时候不仅皇帝的安危无法保证，自己恐怕也会身死人手……

霍光强烈地意识到，自己手上要有人，要有见识有能力的人，要忠诚守信的人，要自己信得过的人。尤其是那些关键位置上，必须是自己的人。

霍光见邴吉在保护皇曾孙刘病已的事情上有胆有识，且行为忠义，便想将邴吉收为己用。见邴吉慨然应承，霍光十分高兴。

此后不久，邴吉便在霍光的提议下担任了长史，调到与霍光关系甚密的辅政大臣车骑将军金日磾处。金日磾和霍光是亲家关系，而且同僚很久，他也是武帝临终指定的辅政大臣之一，在朝中十分支持霍光。

又过了不久，邴吉升任大将军长史，成为霍光的心腹。邴吉这算工作步入正轨了。身在鲁国史家的刘病已现在怎么样呢？

刘病已醒来不见了邴吉，他啊，哭起来了。这一哭可了不得了，任凭史家阖府上下人等怎么哄，也哄不好，刘病已也不肯吃饭。幸好史贞君养育过好几个孩子，对哄孩子很有耐性。她将刘病已抱在怀中，唱起儿歌，又吩咐仆役拿来好吃好玩的东西。哄了一天，刘病已总算是哭累了，又睡了过去。

这么哭闹了几天，刘病已慢慢地也就不哭了，开始欢快起来。他感觉在曾祖母史家，比起在牢狱中那狭窄之地可爽快多了。

齐鲁自古为礼乐之邦，历经周、秦，到了汉朝，武帝罢黜百家，独尊儒术，儒家礼法愈加昌盛。史家在鲁国是大家族，家学渊博。史贞君虽为女子，但在嫁入史家之前，也受过文化教育，颇有见识。

老太太见几个孙子对刘病已仍然有些许隔阂，便日夜将刘病已带在身边，还不时地观察小病已的兴趣爱好。她发现病已喜欢一个人在大榆树下看蚂蚁找吃的，还不时地丢一点儿蒸面屑给蚂蚁吃；起风下雨时，刘病已老是抬头看着大榆树上的鸟窝，担心树上的小喜鹊会冷到淋到。最奇的是，刘病已一旦不开心，就会跑到厅堂里的孔子屏风前，看着那位长胡子的老人，看着看着就会慢慢平静下来。

老太太对曾外孙有无限的慈爱和期待，亲自教他读书认字，背诵《诗经》《孝经》等典籍。

刘病已虽然年幼，却很有天赋，尽管不懂古文中的许多意思，却能顺畅地背诵下来。到了 6 岁，居然能过目成诵，这令史贞君啧啧称奇，心想这孩子天赋异禀，长大成人定能成就大事。

第 拾壹 回

习文武快乐时光　行狩猎叔侄淋雨

古语说，物极必反，否极泰来。事物发展就是这么个规律。刘病已也是如此，从出生起就历尽磨难，可以说一步一坎，九死一生。现在由曾外祖母悉心照顾，开始习学文化，也逐渐步入到正轨之中了。看着刘病已快乐成长，史贞君对刘病已越来越宠爱。史高兄弟三人起初虽然有些担心刘病已会给家族引来祸患，但久而久之，风平浪静，也就对这个表侄有了感情，时常将他带在身边。

史高有一个与刘病已年龄相仿的儿子，叫史丹，和刘病已算是同辈，常常和刘病已一起玩耍。刘病已不知不觉已融入史家的生活。史高、史曾、史玄三兄弟，也待他如同自己亲生孩子一般。

这天，史高来到史贞君房里请安，顺便说到病已，觉得这孩子男子气少了点儿，是不是请个武师，让他习习武，强身健体，也增加些男子气概。

"好啊。要找就找个最好的，不仅功夫要好，还要深明武术的要义。"见老太太赞同，史高连说让祖母放心。

没过几天，史家庄园便住进了一个汉子。这个汉子个头不高，双眼无神。他也不喝酒，但饭量却惊人。此人正是史高花重金从太原请来的武师无解。

史贞君见了武师无解却大感疑惑："看这人相貌平平，能有多大能耐？"老太太就想着让他吃完饭走人算了。但转念一想，人不可貌相，海水不可斗量，既然是孙子从千里之外的太原请来的武师，而且是花了重金、费了不少口舌才请动的，不妨先看看他有什么本事吧。

当天晚上，无解把病已叫到自己的房里，让他坐在几案前，说："史大人说你文才甚好，你写一个武字给我看看。"说完两眼精光四射。

刘病已端端正正地写了一个"武"字。

无解走近他，指着这个武字说："楚庄王曰：止戈为武。"停顿了一下，看着刘病已说道："你明白这个道理吗？"

病已虽不甚理解止戈为武是什么意思，却用力地点了点头。无解满意地说："好！庄王就是我们习武之人的祖师爷。"说完，从怀里拿出一幅帛画，上面画有一个勇武的男子。

无解把这幅画像放在几案上，点燃三炷香，对着帛像跪倒在地。病已也跟着一起跪倒，对着画像深深地叩了三个头。

无解扶起病已，郑重地说道："你既已入我门，便须记住，不管你是贫贱还是富贵，都不要忘了习武是为了止戈安民。"无解的语音不高，却字字如重锤敲在病已的心上。

无解见病已似已有所感悟，便温和地说道："明早在大榆树下等我。现在，你回去睡吧。"

病已推开自己的房门，曾祖母史贞君正坐在榻上等他。刘病已连忙跪下行礼，说道："这么晚了，曾祖母还未歇息？"

史贞君把他扶起："这武师跟你说了些什么？"

病已如实相告。史贞君听了频频点头："这是个明白事理的好武师，你跟着他好好练吧。快睡。"转身掩上了门。

第二天，刘病已一觉醒来，已经天色蒙蒙亮了，赶紧起身前往园内的大榆树下。就见树下一个身影，身着紧身衣，手持一把木剑，如灵猴般腾挪跳跃，一招一式如风驰电掣。病已一下就看呆了。

过了很久，那身影突然如山岳般屹立不动，只听一个平静的声音说："病已，早晨应是何时？"

刘病已这才回过神来，讷讷地说道："寅时。"

无解接着问："你是何时来的？"

刘病已红着脸说："辰时。"

无解看着初阳映上病已本已潮红的脸，责备道："记住，习武最重时辰，时辰不对，难成大器。明天再来吧。"说完，转身回自己屋去了，连看也不看病已一眼。病已呆立在地，说不出一句话来。

从这天起，刘病已每天再也不用人催促。他寅时即到，练到太阳高升，三伏三九也不懈怠。三年寒暑下来，刘病已从弓步、马步、虚步、仆步、歇步等基本功夫入门，进而习练套路；不仅学了拳术，还学了剑术、棍术、凳术、兵器；不仅一人独练独斗，还习练了两人、三人、多人的群搏；从斗狗开始，进而习练斗山猫。他不仅刻苦，用心，还能努力思考武术深邃的道理。无解对他也是毫无保留，倾囊相授。不仅把武术外功的方法诀窍传授给病已，把武术内功的精髓要义也传给了他。到了 8 岁时，刘病已已然脱胎换骨了。他由一个文弱孩童变成了一个阳刚雄健的少年。而他的武术教师无解，也在教满他三年后的一个夜晚，不辞而别。

时光如水，日月如梭。

转眼间就到了公元前 83 年夏末秋初，刘病已到史家已好几年了。

秋雨已经下了数日，天气还甚燥热，天空不时有电闪雷鸣。这日，雷电消散，只剩雨声。在雨幕之中，史曾在庄园大榆树下依稀听到一阵马儿的嘶鸣声，车轮滚滚的声响由远及近，停在了史家门口。

史曾纳闷起来："史玄和病已狩猎未归，兄长和奶奶也外出了，难道有远客光临？"

史曾冒雨出门察看，见数辆马车和十数位骑士在史家宅邸正门口分列散开。骑士们均穿着轻便盔甲，挎着轧把腰刀，装束整齐，训练有素。

史曾心中隐隐有种预感，这来客怕是与皇室……与病已有关吧。

几辆马车里下来了十余人，撑开伞盖。其中一人史曾认识，乃是本地州郡的孙太守。另有一人史曾不认识，也是个官员，年纪约莫三十余岁，神情威严，看上去颇有地位。

孙太守一改往昔盛气凌人的模样，显出谦和的表情，亲自引着那位官员来到史家庄园大门口的阙楼下。

孙太守见到史曾，正欲问话，那官员却已经上前，作揖道："敢问是史家吗？"

他见史曾点了点头，便谦恭地说道："卑职宗正丞刘德，今日冒昧拜访，乃是为了一件大事而来。"

史曾慌忙作揖道："鄙人史曾，为史恭次子。不知大驾今日光临敝舍，有失远迎。宗正丞辛苦了，孙太守辛苦了。"

史曾知道，宗正职掌皇家宗室事务，宗正丞为宗正属官，多由皇帝信任的皇族担任。这位刘德，态度谦和，想必是颇有名望的皇族宗室。他所说的大事，恐怕就是刚才自己预感的与病已有关的事情。

只是病已此刻却不在家中，不知史玄和病已去哪里狩猎了。

史曾引着客人们进了庄园，吩咐仆役给他们的马匹备草，又吩咐生火做饭。待刘德和孙太守等人在正堂坐定后，史曾上前亲自倒上好茶，然后小心地问道："不知大人所为何来……"然后以询问的眼神看着刘德。

"我等是为皇曾孙之事而来。"刘德定定地看着史曾，态度和蔼而亲切。

史曾犹豫着又问道："不知大人找皇曾孙有何事啊？"

刘德拱了拱手："孝武皇帝当年遗有诏令，要皇曾孙重归皇家宗谱。孝武皇帝驾崩后，因诸事繁杂，未能及时顾上。现国泰民安，大将军令我等寻找到皇曾孙，将他领回长安。"

刘德刚说到这儿，就听外面一阵闷雷滚过，发出低沉的轰鸣，让人听着说不出来的难受。史曾见史玄和病已还未回来，心里暗暗着急。

史玄有段时间未外出打猎了，此次与病已一起出来，兴致颇高。他一路上由着性子纵马狂奔，刘病已骑着一匹小红马紧跟其后。

史玄一路上和病已说着自己从前打猎的趣事，竟没注意到天色已渐近黄昏。直到大雨倾盆而下，他才注意到天气不佳。此时，风雨交加，劈头盖脸地打来。不一会儿，雨水便在泥土路上汇聚成流。泥土裹着草木树叶，又湿又滑。史玄怕马滑倒，便下了马，牵着马在泥泞的路上蹒跚前行。

一声闷雷从头顶滚过，史玄有些慌张。

"叔叔不必惊慌，天有不测风雨，我等又有何惧呢？"史玄心神稍定，对这个小表侄的镇定暗暗惊奇。这爷儿俩就这么着一步一滑，在倾盆大雨之中蹒跚而行。

第 拾贰 回

奉上命宗正到访　恼羞怒史太挡驾

　　齐鲁史宅当中，宗正丞刘德他们正在史曾的引领下，顺着遮雨的廊道，在史家宅院中游览。他见史家大宅的建筑和区域，分布错落有致，院中的摆设器具都十分考究，赞叹不已。

　　史家的大庄园，整体呈方形，其中建筑繁多，院落分布独具匠心。建筑排布层次分明、各得其所。大宅有高墙环绕，四个角还有角楼。正门进去，左边是仆役居所，有马厩、车房、仓库等。右侧有一座双层的门楼，恢宏高大，虽不能跟未央宫相比，但是在这齐鲁一带，可是绝无仅有了。穿过门楼，往右穿过一条主道，便是一座三层的堂屋，四周有廊道环绕，开阔通达，造型庄重而不失舒适。再往里走，便是主庭院，为史家主人们生活的居所，有三座小楼。其中最高的主楼有四层，一层为大堂，设有宴堂和座席，二三四层出檐，大气稳重，让人看着飘逸洒脱，气派非常。

一旁还有小园林，以草、花、木、石，布成恬然自得的景观，与大宅建筑的庄重互补成趣，穿行其中，让人心旷神怡，流连忘返。刘德赞叹不已。

刘德此次从长安远道前来，是奉了大将军霍光的命令。他本来担心，刘病已的祖父故太子刘据的巫案并未被平反，作为故太子岳丈的史家有可能会受到牵连，但现在看来，史家因名望甚高，并未被故太子巫蛊案波及。

刘德已从史曾那里得知皇曾孙不在家中。他见史曾一副忧心忡忡的样子，心里反倒平静了许多。他想起今日，快到史家大宅时，从马车车窗外看到了一道闪电，如同金龙一般飞舞上天，不知是何征兆……

现在雷雨已经收住，几缕阳光穿过厚厚云层的空隙直射大地，有如挂上几道光柱，煞是壮观。刘德背手站在廊道中，望着光柱若有所思，心想："这光柱好像人说的擎天白玉柱，难道上苍在暗示什么吗？"史曾看着刘德，轻声问了一句："宗正丞可是烦恼这天气吗？"

"我来时路上，快到足下府上时，见有雷暴，然而此时看上去天色已经放晴，故有所思。"刘德顿了顿，继续说道："雷暴虽已过去，谁能知道在这云层背后，苍穹之中，又会是什么景象呢？"

史曾回头看了看，见孙太守尚在堂屋坐着，就对刘德恭维道："今日的雷雨，的确有些骇人，幸好宗正丞奉陛下诏令前来，驱散了这乌云。我弟弟应该很快便会和病已回来了。"

史曾又看了看天，见云层仍然密布，想到弟弟不知道去了哪里，不知什么时候能回来，不由担忧起来。

刘德叹了口气："我想的却和足下有些不同。这雨云虽然看似即将放晴，却不知在那云层后面还有多少雷暴，不知何时才能够拨云见日啊！"

刘德少时便学习黄老之学，懂天文，知地理，堪称博学之士。见今日的异景，心中有些触动。史曾所读多是儒家经典，对刘德心中所想，话中之意，虽未能完全理解，却也频频点头。

史曾唤来仆人，为刘德、孙太守摆上了酒菜。

不久，史家的一位仆役小步跑来，悄悄地告诉史曾，史玄和病已回来了，正在马厩里拴马。

史曾一颗悬着的心终于放了下来。他亲自为刘德和孙太守等官员斟满酒："几位大人辛苦了。舍弟刚刚回来，皇曾孙也回来了。我这就去唤他们前来。"刘德微微点点头，示意他快去。

史曾快步来到马厩，只见史玄的衣物上沾满污泥，狼狈不堪，正在更衣。刘病已只是衣服上沾了些黄泥，一位女婢正给刘病已擦拭。

史曾告诉史玄和病已，有长安来的官员到了家中，是管理皇室宗籍的九卿——宗正的属官宗正丞，为皇曾孙病已的事情而来。宗正丞其实就是副宗正的意思，是管理皇帝宗族宗正的副手。在秦汉时期官职后面加个丞字，那就是副职了，比如，县丞就是副县长的意思，当年汉高祖刘邦的第一功臣萧何丞相，最早做的就是秦朝的县丞。今天所说的宗正丞刘德其实就是副宗正的意思。

史玄听完二哥说的话，愣头愣脑地问了一句："孝武皇帝与卫太子恩断义绝，以至于太子蒙冤而死，他的孙子也身陷狱中，如今怎么朝廷又来找他？"

史曾叹口气："唉，此一时彼一时。当时孝武皇帝也是为小人所蒙蔽。如今朝廷派人来，定然是事有所变。"史玄点了点头。

史曾见病已去换衣服了，便把刘德来此的目的小声跟史玄说了。

史玄迟疑起来："兄长不在家里，祖母也不在家里，我们该如何是好？"

史曾摇了摇头："就算祖母和兄长都在，又能如何？既然朝廷特意让宗正丞前来，定然是决意已下，凭我们又能如何，难道你还想阻止他们不成？"

史曾放低声音："宗正丞就在客堂大厅中等候，孙太守也与他同行。我担心若是我们不听诏令，恐怕我们一家还会惹上祸患……"

史玄露出惊恐的神色。他瞅瞅马厩外，那十余人正在屋檐下避雨。之前他还以为是暂借此地避雨的路人，现在仔细一看才明白，那些人俨然都是训练有素的武士。他又把目光移到二哥史曾身上，见他眉宇之间满是犹疑，眼神飘忽不定。

二人目光相遇，虽未开口，却都明了对方的意思："朝廷此次派大臣前来，究竟是福是祸，也说不清楚。长兄和祖母都不在家，不如先拖一拖再说。"

兄弟二人束手无策，心头一片阴霾。

忽然一阵马蹄嘶鸣声迫近，又有马车停在了史家宅院前。仆人前来禀报，说是史高和老太太史贞君回来了。

兄弟俩闻言大喜，快步走到宅院门口，见史高正扶着祖母史贞君，抬腿走下马车。

史曾忙上前告诉史高，说朝廷有宗正丞前来，要带刘病已回长安。史玄在一旁搀扶着祖母，眼望着史高没有说话。

史高听后，神情严肃，偷偷看了一眼老太太。

史贞君虽然有些耳背，却没漏过兄弟三人对话中的意思。她大着嗓门说道："朝廷派人来接病已吗？怎么从前对他不闻不问，到了这时候，又开始想到他了？"

老太太本来拄着拐杖，一激动，把那桃木拐杖又甩在一旁了，有的家人看着憋不住想笑，心说老太太你这拐杖纯属配带，什么用没有啊！史玄慌忙用力扶住祖母，毕竟雨天路滑，这要摔一下还了得吗。

史贞君又大声问道："我的病已呢？我的孙儿何在？"

史曾应道："他和史丹正在玩耍呢。"

老太太声音大了几分："就算皇上来，也不能把病已带走。"见老太太动怒，史高三兄弟惶恐起来。

史贞君让史玄去把刘病已带来，让史曾带自己去见朝廷派来的人。

史高担心祖母脾气不好，若是和朝廷来的人争吵起来，就不好收场了。虽然史家在本地属名门望族，但是怎么也不能和朝廷有冲突啊。你看，光棍不斗势利啊！

史高赶紧劝告："祖母还请息怒，也许朝廷能体谅我们，只要看到病已尚好，不用召他回长安也未可知呢。"

史贞君皱着眉头："我自有分寸。"说完，跟着史曾去了客堂。

史高史曾兄弟二人又担心又害怕："以老太太暴烈的脾性，要是祖母真闹起来，到时收不了场，却该如何是好？"

刘德与孙太守正在客堂用餐，突见一位老夫人，风尘仆仆，满脸怒容，在史曾和众人的搀扶下来到厅堂之中。

第 拾叁 回

情难舍祖孙别离　意深沉重返长安

史贞君老夫人带领三个孙子厅堂见刘德。孙太守认得这位老夫人，低声向刘德做了介绍。刘德立即起身作揖问候："老夫人身体可好？"

史贞君却似未听见刘德的问候，往榻上一坐，也不看孙太守，似答非答地说道："风烛残年，垂垂老矣。"一下把刘德干那儿了，弄得刘德十分尴尬。

史贞君语中带怒："老天爷是存心不让我过几天安心日子啊！前些年将我的女儿夺走了，如今又要来抢我的曾外孙——老天爷怎么这么狠心，如此毒辣啊！"说完，禁不住悲从心来，又哭上了！

这下可把刘德给难住了。他听出了史贞君的弦外之音，瞥了一眼史高和史曾。心里猜想，估计是史家老太太已经知道了自己要接皇曾孙刘病已回长安，心里不乐意呢。

刘德虽然带着诏令，但大司马大将军霍光向他吩咐过："此次去史家接人，千万不可强来，而要注意安抚史家的人心。"刘德心领神会，这安抚的可不仅仅是史家的人心，更是为了安抚因巫蛊案而失去的民心呢！

霍光的意思刘德很清楚，那就是要让天下人看看，忠于皇帝，忠于朝廷会是何等的荣耀。

刘德赶忙对史贞君作揖道："陛下和大将军霍光，奉孝武皇帝遗诏，下令善待故去的卫太子的骨血。宗正受命后，知道事关重大，且受天下人所关注，更是丝毫不敢怠慢，当即派我前来传达诏书。既是希望给天下人一个交代，更是希望卫太子的骨血能够得到善待。"

史贞君一听这话更加来气："我女婿卫太子蒙冤被害时，没见你们为他申辩一句。可怜我女儿一家，上下几十口，只病已一人活了下来。如今却假惺惺发什么善心。"史高和史曾听到祖母这话，都捏了把汗。

孙太守有些生气，正要起身责备，却被刘德一只手摁在了座椅上。

刘德缓步走到史贞君面前，下拜道："不才在长安，就听说鲁国史氏素来贤德。史家在局势尚未明朗时，便收留了卫太子之孙，我甚是感动。孝武皇帝驾崩后，当今陛下圣明，誓要恢复朝纲。如今天下安定，陛下和大将军决定，奉孝武皇帝遗诏，将皇曾孙录入皇室宗籍，以告慰卫太子在天之灵。"

刘德一番话说完，史家人都有些动容。

史高与史曾心中涌出一股愧意："人家远道而来传达诏令，史家却不顾地位差异百般刁难；人家宽厚对待史家的冒犯，再三解释来意，史家却胡搅蛮缠。"史高与史曾虽然对刘德满怀歉意，却又知道祖母的脾气，便都看着老太太不说话。

史贞君听刘德说得情真意切，心中也有所动。想到病已留在自己身边，将来最多不过是和自己的孙子史高兄弟一样，继承家族的产业。但是，病已是故太子的血脉，恢复皇室宗籍后应该会有更大的天地。这孩子天纵英才，久经磨难，可不能由着自己的性子把他拴在身边，那不就把孩子给耽误了吗？想到此处，老太太牙一咬，不如就让他去吧。老太太不糊涂，她看出来了，凭着病已的天资，终非久居人下之辈，不如就让他龙归沧海，虎入深山。

想到这一层，老太太心中虽然万分不舍，但权衡再三还是缓缓地说："我已是去日无多的人了，但还是知道规矩的。既然朝廷有诏令，那么就请宗正丞宣读诏书，让病已跟你去吧。"

刘德面露感激："在下奉陛下与大将军之命，将皇曾孙带回长安，但绝对不会强迫。如果老太太执意不许，我等就在这里等待老夫人回心转意，之后再回长安也不迟。"

听到刘德这话，史贞君脸上终于浮现出欣慰的表情。她沉吟一会儿，叹息着说道："我这把老骨头，已经不能掌控什么了。病已有他的命，听天由命吧。"

恰好此时，史玄领着刘病已也来到了客堂。刘病已换了一身干净衣服，快步走到史贞君的背后站住，反复打量着刘德和太守一行。

刘德也正打量着刘病已。见他长身玉立，健硕异常，依稀有当年卫太子的影子。饱满的脸庞骨骼开始显露，脸色黑中透红，英气勃勃，与深宫里皇家子弟的娇惯气质截然不同。

刘德心中暗赞："好一个齐鲁少年！"

史贞君拉着刘病已的手，又摸了摸刘病已的鬓发，难舍之情溢于言表，好像自言自语地说："病已啊病已，这里终究不是你的久居之处。如今朝中贤臣主政，你爷爷的冤屈，也能够洗刷了。"说着，将刘病已轻轻地拥入怀中，两行老泪扑簌簌洒在刘病已的头上。

刘病已聪慧异常，已从老太太的话里听出来，自己又要离开这里了，心中一阵儿难受："为什么会这样？"史贞君泪眼婆娑，强忍悲情。

好半天，史贞君将刘病已松开，擦去眼泪，看着刘病已，慢慢地说："还记得《逍遥游》吗？你总问鲲鹏为何要徙于南溟，天池有什么好玩？"

史贞君哽咽着几乎说不下去："病已长大了，是大丈夫了，大丈夫就是要像鲲鹏一样啊！"说完这句话，老人再也说不下去了。

史贞君的这番话，刘病已只听明白了一个大概，但他已经清楚地知道，今天他是非离开不可了。

之后，刘德便宣读了诏令。史家众人齐齐跪地，接了诏令。

刘德又传达了大将军霍光的命令，说史家庇护皇曾孙有功，赏赐了许多财物。

史家被朝廷封赏这事在当地很快就传开了。史家的声望在当地本来就颇高，此次被封赏，更是名望大增。

史贞君亲自为刘病已准备了去往长安带的东西。饶是如此，老太太依然放心不下，她不顾年高，想要亲自陪刘病已去长安。史高兄弟三人好不容易才劝阻下来。最后决定由史高陪着病已去长安，史曾和史玄留在家照顾祖母。

刘病已出发时，天又下起了小雨。刘病已与史高同乘一辆马车，刘德乘坐另一辆马车。史家大大小小数十口人，均在庄园门口送别。史贞君拄着拐杖倚在门口挥着手，依依不舍地目送载着刘病已的马车离去。

"驾"，随着车把式一记响亮的鞭子响和吆喝声，马车嘎吱作响地跑了起来，在细雨中缓缓地驶过街巷。

刘病已心中猛然升起一种感觉，那就是自己可能再也见不到曾外祖母，见不到这个自己住了数年、已经十分熟悉的庄园了。他回过头想再看一眼那片庄园，再看一眼曾外祖母是不是还在门口，然而马车却拐了一个弯，史家的宅院也已经消失在茫茫田野之中。

齐鲁大地距离八水长安还很远呢，刘病已和史高、刘德他们这一路上晓行夜宿，已经走了好些天了。

这一天，他们乘坐的马车离开了山区，行驶在一望无际的大平原上。

齐鲁之地因黄河冲击而形成的大平原，莽莽苍苍，一望无际。一条大道从疾驰的马车脚下一直延伸到远际的天边。刘病已感受到了一种在山区无法感受的壮阔，荡气回肠。

刘病已毕竟还是小孩子，此时心情也好了很多，不再压抑了。他的目光追寻着一只飞在高空中的大鸟。什么鸟啊？他不认识。只见那只大鸟正伸展开宽大的翅膀，借着风势在蓝天上惬意地翱翔。大鸟忽而扇动翅膀高飞，扶摇直上；忽而伸开长翼向下俯冲，疾若射箭一般。这只大鸟在蓝天中尽情地舒展着潇洒的身姿，不时地还传来两声傲娇的鸣叫。那叫声在空旷的天际婉转回荡，仿佛在向人们宣示，我才是蓝天的霸主。

第 拾肆 回

看风景心旷神怡　察民情满腹狐疑

回转长安的路途当中，看见广阔的平原了，大伙心情都好了不少。尤其是刘病已举目凝神看空中的飞鸟，看入了神，心绪随着那大鸟忽高忽低，幻想着有朝一日自己也能化身成大鸟，纵横四海，翱翔宇宙。

马车越过一个商队。商队的牛车上满满装载着谷物，几个人坐在谷堆上热火朝天地聊着天儿，很是兴高采烈。紧接着，马车又越过一个正赶着羊群的羊倌。数不清的羊群铺满了道路，马车不得不停了下来，跟在羊群后缓慢地前行。

刘德拱拱手，友好地和羊倌打着招呼。羊倌点头示意，口中发出"咩咩"的呼唤声。牧羊犬听到呼唤，迅速动作起来，在羊倌的吆喝声和牧羊犬的指挥下，群羊像是听懂了羊倌的指令，"咩咩"地回应着，拥往路边，给马车让出了一条勉强可以通行的道。

刘德、史高和刘病已齐齐地向羊倌拱了一下手，表示谢意。马夫扬起鞭子甩出一声脆响，"驾"，穿越过羊群的马车又飞奔起来。

刘病已对沿途所看到的风物，充满了好奇，不时地向史高询问。

马车经过一座大的村镇，沿路有很多的作坊，有村民正在制作陶器，一些已经做好了的黑色陶器摆放在草棚下晾晒。又有村民将已经翻晒好的谷物，装袋扛上了商人的马车，显然是刚刚又完成了一桩交易。

史高告诉病已："长安城外这一带，制陶者很多。刚才看到的那些制陶的作坊，都是当地百姓所办。做出来的陶品大多是供应长安城及周边城镇使用，也有运往西域的。"

史高又指着远处有穿着铠甲的士兵在把守的作坊说："这里也有作坊是铸造五铢钱的，是官府办的，老百姓不得染指。谁若私铸钱币，那可是死罪。那个有士卒守卫的地方应该就是铸造五铢钱的地方，闲杂人等不能随意出入，你下次如果遇见了，可千万不要闯入，得注意避开了。"

沿路经过的村庄越来越多，路上的行人车马也越来越拥挤，刘德让史高和刘病已都下了马车。三人步行，让马车跟在后面。

刘病已见还没有到长安城，忍不住向着刘德大声嚷嚷："长安，长安……还有多远啊？"

刘德呵呵一笑："这里就是长安啊！我们早已到了长安，只是还未进到长安城里面而已。"

刘病已此时还不知道，长安城虽然是一座城，却又不是一开始就那么规整的一座四方城。

长安城始建于汉初。当时楚汉战争刚刚平息，高祖刘邦打败霸王项羽，赢得了天下。刘邦见长安一带虎踞龙盘，实为龙兴之地，于是决定定都长安。

汉初，国家财力贫瘠，百废待兴，都城长安的建设也只能因陋就简。刚开始的时候，长安城的外郭竟然连城墙也没有。后来，因为北边的匈奴屡屡向长安的方向进犯骚扰，为了保障都城的安全，才逐渐地修筑起了外郭的城墙。

之后的文帝、景帝时期，与民休养生息，皇帝带头节俭，未对长安都城进行扩建。到武帝时，有了祖辈、父辈打下的雄厚底子，大汉的国力进入开国以来最为强盛的时期。武帝这个睥睨天下的雄主，在北拒匈奴的同时，对长安城进行了大规模的扩建，他要将长安建成世界上最为繁华的都市。

这一扩建，武帝便觉得长安城郭城以内的地方，已经远远不够自己使用，新建的宫殿不得不往城外选址建造。然而即使是把一些宫殿建到郭城的外面去，因为受到渭河等河流地形的影响，能够用来建造宫殿的地方很是受限，满足不了需求。

当时的长安城，大部都是宫殿区域。仅仅是太后居住的长乐宫和皇帝陛下居住的未央宫，两宫加起来，就占去了长安城几乎一半的面积。除此之外，还有各个官署机构、九市、八街九陌、一百六十个闾里，把长安城填塞得满满当当的，没有一点儿多余的地方。

渐渐地，长安便形成了这样的格局：城郭以内，除了皇室的宫殿，便是各大官府的驻地、朝廷重臣的居所，以及一部分为皇家、官府提供后勤的庶民的居所；郭城以外，住着长安城大部分平民百姓。还有相当多的人，住在陵邑中。

所谓陵邑，就是围绕着皇帝为自己修筑的陵墓而形成的城市，也可看作是都城长安的卫星城。陵邑主要发挥着守护皇陵、拱卫都城的作用。

陵邑起源于汉高祖刘邦，分布在渭河南北两岸。高祖九年（前198年），刘邦接受了郎中刘敬的建议，将关东地区的官员、富户及地方豪强大量迁徙关中，为刘邦给自己修建的长陵护陵，并在陵园附近修建了陵邑，供迁徙者居住。此后，汉惠帝刘盈修建安陵、汉景帝刘启修建阳陵、汉武帝刘彻修建茂陵、汉昭帝刘弗陵修建平陵时，也都竞相效仿，相继在陵园附近修造了陵邑，长安城外形成了长陵、安陵、阳陵、茂陵、平陵等五大陵邑，这些陵邑也成为富豪聚居的地方。在相当长的一个时期内，"五陵少年"成了富家子弟的代名词，也就是今天人们所说的"富二代"。

这些皇家陵墓和卫护陵墓的陵邑，沿着郑国渠走向一字排开，绵延不断。皇帝的陵墓修建得气势磅礴，高大雄伟；护卫陵墓的陵邑富户云集，豪强扎堆。

朝廷设立陵邑的目的，主要是为了扩大长安城的人口规模，也顺带有打击旧贵族的势力，削弱诸侯王的势力等目的，同时也是为了有效地防范匈奴人的侵扰。高祖的长陵、惠帝的安陵、景帝的阳陵、武帝的茂陵、昭帝的平陵，每个陵邑皆有数万户数十万人居住，规模不小。

为了管理陵邑，朝廷还建立了县制，将陵邑归入三辅即京兆尹、左冯翊、右扶风管辖。因为富户豪强众多，久而久之，这些陵邑的热闹繁华，一点儿也不亚于长安城本身。

除了国都长安城和卫护帝陵的陵邑城之外，因为长安一带人口密集，需要大量生活用品和食品等物资，朝廷又迁来了许多平民百姓或服刑的囚犯及其家眷，在皇城和陵邑城之外，又聚集了一批以手工业为主的村镇，专门为皇城和那些卫护帝陵的陵邑提供物资。这些城镇相比于长安皇城和陵邑城，虽然萧瑟许多，却也不失繁华。

刘病已刚才经过的村镇，就是这些为皇城和陵邑城提供物资和各种生活服务的村镇，也属于长安的范围。所以，刘德才说，他们已经到了长安，却又并未进到长安城中。

刘德见刘病已有所不解，便将这些事情粗略地讲述了一番，刘病已马上就理解了。见刘病已一点就透，很是聪慧，刘德心中暗喜。

刘病已有些好奇："我们可否去那些村镇里看看呢？"不待刘德接话，马上接着又问："长安城到底有多大呢？"

"我们今天要赶路，就不去村镇里面看了，将来有的是机会。"见刘病已有些失望，刘德又接着说道："要说长安城到底有多大呢，我给你这么形容一下吧。长安城绕城一周有六十三里，你说说看，假如你要围绕长安城走上一圈，大概需要用去多长的时间呢？"

刘病已低头一想，觉得用上一天的时间应该就足够了。不由得脱口而出："有朝一日，我一定要去游历三辅之地，要是能够游历天下，那就更好了。"

刘德呵呵一笑："好志向！游历天下，见识四方，好男儿就是要纵横天下啊！若是到了那个时候，我想，你定然会在游历中有很大收获的。"

刘病已、史高和刘德三人就这样边说边走，不知不觉马车已经到达了长安城下。

第 拾伍 回

踏故地难拾记忆　入宗籍从头再来

刘病已三个人边走边说，已经到了长安城下了，远远地已经望见宣平门了，刘德让史高和刘病已又上了马车。很快，马车就到了位于长安城东北面的宣平门。经过士卒的检查，马车从正中的门道进了城。又往北走了几里路，便见有大批的人或挑着担子，或驾着马车牛车，沿着大路往西走。

刘病已从马车中探出头，见路边人挨着人，喧嚣热闹，拥挤异常。街上的人实在是太多了，马车只能以极为缓慢的速度前行。

刘病已很是好奇："临近中午的这个时候，怎么会有这么多的人，长安城的街道怎么会如此的拥挤啊？"

"《周易》里说，日中为市，召天下之民，聚天下货物，各易而退，各得其所。意思是说，太阳在天空正中时，为商品交易的时候。这不，我们正巧遇上了长安城里赶集的时间了。"刘德慈爱地看着刘病已，耐心解说。

原来，此时恰逢正午。这个时间，长安周遭一带的商人们纷纷拥入长安城中，互相交易商品。长安城中有多个市场，他们附近的两个，一个是西市，另一个是东市。刘病已他们的车队这会儿正经过西市。东市就在不远处另外一个地方，此时也正人潮汹涌。

东、西两个市场，每逢正午，往来行人摩肩接踵，商客熙熙攘攘，市场内汇聚了天下的物资，贸易之活跃，世所罕见。

刘病已小时候被囚养在长安城的郡邸狱中，不能外出，因此从未见过长安城中此等繁盛的景况。而在鲁国时，集市的规模又远远不如长安城的大。此刻，刘病已见长安城的集市如此繁盛，不由得瞪大了眼睛，看着市场里川流不息的人潮，心里很是震撼。

马车好不容易才穿过涌动的人群。不久，停在了一片空阔之地。

刘德让史高和刘病已下了车。眼前是两座高大的门阙，朱门青框，白墙黑瓦，飞檐翘角。站在门阙下，需要仰头才能看清门阙的全貌。

刘病已使劲地仰头望着门阙和门阙后面的天空。湛蓝的天空下，门阙和其后的宫殿正门庄重而肃穆。

"这是哪里啊？"刘病已好奇地望着刘德。

"这是未央宫啊，是皇帝陛下居住的地方。你可小心，不要乱跑乱动。"刘德叮嘱着病已。

刘德转过身面向史高："史君送病已就送到这里好了，眼下已到皇宫禁地，接下来恐多有不便，史君不如现在就请回吧。我马上就要带皇曾孙去宗正府。关于皇曾孙此次回长安的事情，还需要再做一些其他的安排。接下来，皇曾孙就交给我吧，请史君放心。"

史高抚摸着刘病已的头，面露不舍："病已，叔叔就只能送你到这里了。在京城，诸事须小心在意，千万记住要谨守规矩。不懂之处，就问这位刘德公好了。我这就回鲁国了，有空的时候，我定会过来看你的。"

"史君请放心吧，我会尽我所能照顾好皇曾孙的。史君请放心回去，禀告老夫人，请她老人家也放心。"见史高对刘病已依依不舍的样子，刘德让他尽管放宽心。

史高低身抱了抱刘病已，转过身上了马车，叔侄二人洒泪而别。

刘病已泪流满脸，使劲地挥手和叔叔告别。

目送史高的马车消失在远处，刘德拉着刘病已，走右边的偏门进入了未央宫中。

未央宫的正门和偏门都有郎官把守。宗正为宫廷官署，因而宗正丞刘德能较为自由地出入。

"在宫中千万不要乱跑，不要离开我身旁。"刘德嘱咐着牵起刘病已的手，在守门的郎官的注视下，目不斜视地往里走。

未央宫内殿宇众多。进了未央宫的大门，沿路尽是楼宇宫殿，有的在楼堂殿宇间经过一大片园林，幽深寂静，却不知庭院深深有几许。皇家禁地，果然不同凡响。

刘德牵着病已穿过了几道门，又穿过一条长长的回廊，来到了一座庭院的中庭。庭内的大堂上写着"宗正府"三个大字。

见来者是宗正丞刘德，马上有官吏迎上前来问候。

刘德摆摆手，将刘病已引入屋内，叮嘱那位官吏道："我去拜见宗正，你先帮我照看一下。"说完，拍了拍刘病已的肩又叮嘱道："宫内易迷路，不要乱跑啊。"

那官吏鞠了鞠躬，应承下来。刘德便进了府中。

刘病已好奇地东瞅瞅，西望望。他盯着宫殿的飞檐翘角，又看着庭院中四通八达回廊的红色立柱，很好奇那回廊中雕着纹理的立柱是什么材料做的，若是木头的话，那究竟要多少人，花多少时间，才能将这些柱子修筑雕刻得如此地精细啊！？又看见立柱上的雕龙画凤，做工十分地精细和考究，和他在鲁国史家里看到的，简直一个是天上，一个是地下，根本就不能比。

刘德进去不久便出来了，对刘病已招了招手："跟我来。"说着便领着刘病已进入府中。

在秦汉时期，宗正的官职可不小，位列九卿之一，乃是朝廷要员，地位崇高。此时的宗正叫刘辟强，已经年近八旬，满脸皱纹堆累，已是须发皆白了。

刘辟强为人本是清静寡欲，一心只喜好读书。他虽为皇族宗室的一员，却甘于闭门读书以自娱，无意朝中之事。武帝时期，刘辟强作为宗室的成员，曾参与廷议。到了昭帝刘弗陵登基，刘辟强又被霍光所看重，做了宗正一职。

刘辟强刚才已经听刘德报告过了皇曾孙刘病已的情况。此时，他正襟危坐在几榻前，边喝茶边翻阅着竹简，等着刘德领那孩子进来。

不久，刘德带着一个七八岁左右的男孩走了进来。刘辟强见那孩子的个头和其他同龄的孩童比起来却稍高，尤其是生得一双大眼睛，清亮有神，一进来便好奇地打量着大堂。

见到了刘辟强，那孩子也不惊慌，好奇地望了过来。刘辟强为人和善，微笑着示意，转向刘德问道："这就是皇曾孙吧？"

刘德点头："正是。之前由于一些缘故，被囚于郡邸狱中，后被送往鲁国。"

刘辟强吩咐左右属官准备记录。

将刘病已录入宗室族谱一事，其实早已经准备得差不多了，只需要刘病已按照惯例接受询问，完成笔录就可以了。

刘辟强问了几个问题，刘病已一一回答。刘辟强身边的宗正属官们依次记录下刘病已的身世、血脉传承等，末了，又让他按了手印。

刘病已一切都按照刘德事先吩咐的去做。答完问话，按完手印，等到宗正的属官收好毛笔和竹简退下后，刘病已再一次好奇地打量起刘辟强来，他觉得刘辟强和刘德长得实在是太相像了。

刘辟强显然也注意到了刘病已诧异的神色，就问道："孩子，你在看什么？"

刘病已指了一下刘德，又指向刘辟强："老爷爷你和刘公是……"他比画着手说着，想用一个恰当的词来表述，却又一时语塞，不知道该怎么说。

刘辟强明白了他的意思，哈哈大笑起来："大将军让我犬子当了宗正丞，又迁我为宗正，老朽正是刘德的父亲。皇曾孙的眼力却非同小可，竟然注意到了这个关节。只是，恐怕不久犬子就要调离宗正府了。"

原来刘德就是刘辟强的儿子，与父亲同朝为官，又同署做事。因朝廷对亲属同署为官有回避的要求，所以刘辟强才告诉刘病已，他的儿子刘德马上就要调离宗正府。这才是：

未及冲龄慧眼独，父子同官宗府中。

幼龙潜在波涛内，惊雷一震腾九重。

第 拾陆 回

居掖庭主仆聚首　踢蹴鞠偶遇封后

　　小病已发现了刘德父子同属为官，宗正刘辟强很是称赞，毕竟孩子才多大啊，才七八岁，能看出来实属不易。其实霍光原本是想让刘德任宗正的，但有人告诉霍光，说刘德的父亲仍然健在，而且很有学识，曾被孝武皇帝所赏识。于是，霍光就将刘辟强拜为了光禄大夫，不久之后当了宗正。

　　刘辟强父子俩同朝为官、同署理事，虽然朝廷的官员都知道，但刘病已却靠自己的观察看了出来，觉得刘辟强与刘德二人定有紧密关联。

　　见刘病已年龄虽小，但观察力却已如此敏锐，委实不简单。刘德心里暗暗喝彩。

　　刘辟强转向刘德："按照大将军之命，皇曾孙会收养于掖庭。掖庭令张贺也已经接到了诏令，很快就会过来，接皇曾孙去掖庭。"

刘病已感觉有些失望，看向刘德："刘公不管我了吗？"

刘德摇摇头："皇曾孙，朝廷有朝廷的规矩。现在，你已重归皇室宗籍，就是皇家的人了，凡事必须听从皇室的安排。你只需按照朝廷的安排去做，其余的不必多问。"

刘德从鲁国回长安的这一路上，和刘病已相处了半个月，也渐渐喜欢上了这孩子。只是他身为朝廷官员，管理着皇室宗籍事务，到了刘病已重归皇室宗籍的时候，按照规矩，却已不便和皇曾孙刘病已走得太近。

这时候，有宗正的属官报告，说是掖庭令张贺到了。

刘辟强便让属官送刘病已出去。刘德叹了口气："还是我送他出去吧。"

刘病已呆呆地看了看刘辟强和刘德，见自己瞬间又将转与他人之手，心里有说不出的滋味。

刘德牵起刘病已的手："皇曾孙，随我来。"

掖庭令张贺已经在宗正府外等候。

张贺何许人也呢？张贺本是儒士，曾是故太子刘据的宾客，深得太子礼待。太子因巫案自杀身亡后，张贺因卷入了太子巫案，险些被武帝诛杀。幸亏他的弟弟张安世替他交了一笔不小的赎金，才得以免死，却被处以了宫刑。刑后，张贺被遣去未央宫的掖庭当差。多年后，才担任了掖庭令。掖庭就是古代皇宫后宫中正殿两旁的房舍，供妃嫔居住。主要掌管后宫贵人采女事，一般以宦官为令。

自从听说朝廷将抚养皇曾孙的任务交给自己后，张贺数天来都未能睡个好觉，心里一直在念叨着故太子刘据的巫蛊之事。故太子的巫案是张贺心中永远的痛。因为巫案，张贺也成了刑余之人，时时低人三分，处处矮人一等，如同行尸走肉般地苟活着，在宫中压根就抬不起头来。他在掖庭中事事小心在意，不敢越雷池半步，本以为故太子的沉冤永无澄清之日，却没想到有朝一日，故太子的遗脉竟会交由他来抚养。

宗正府那边来消息，说皇曾孙到了未央宫，让掖庭令前去接人。张贺便心急火燎地赶了过来。

张贺正在焦虑时，宗正府的正门洞开，刘德领着一位七八岁的小男孩走了过来。那孩子骨骼分明，五官端正，眉目有神，张贺仿佛依稀看见故太子的影子。

张贺虽然平时有些跛脚，但这一刻，却几乎是快跑几步抢上前去，对刘德鞠躬行礼，眼睛定定地盯住那男孩，好像生怕他会跑掉一样。

刘德指着刘病已对张贺说道："这便是皇曾孙。"

张贺再一次仔细端详这个颇为壮硕的少年，内心涌出说不出的伤感。忧伤、激动、欢喜、爱怜……各种心绪如潮水一般汇集，眼眶不知不觉地湿润了起来。

刘病已也打量着张贺。见这个人体态白净，不像刘德、史高那般蓄着胡须，却依稀有些扭扭捏捏的女人味，不由得多看了几眼，脸上露出诧异的表情。

张贺显然也注意到了刘病已的诧异，却并不生气，激动之情，溢于言表。他轻声对刘病已说道："我叫张贺，为掖庭令，皇曾孙今后的生活就由我来安排。现在，就请皇曾孙随我走吧。"

跟着张贺上了一辆牛车，刘病已回身跟刘德挥手告别。

张贺极力抑制住内心的激动："八年了……八年了啊，想不到，你都这么大了。"

刘病已很吃惊："你认……认得我？"

张贺兴奋起来："哎！你刚生下来的时候，你祖父别提有多高兴啊！"

张贺不住地打量着刘病已，仿佛想寻找故太子刘据的身影："你生下来的那天，天气有些凉，你母亲身体偏弱，你祖父当时那个着急啊，幸好你出生无碍。"

张贺轻声地说着，接着又哀叹道："可惜世道无常啊！要不是出了那事，你也不用受这些磨难……"说到这里，张贺又忍不住悲从中来。

张贺的性格本很稳重，此次见了当年故主的后人，却控制不住自己的情绪，一会儿笑，一会儿又是悲泣。

刘病已虽然并不知道张贺和自己的祖父有何种程度的关系，但也已瞧出来，张贺与自己的祖父关系非同一般。

过了许久，张贺的情绪才稳定下来。

刘病已作为皇曾孙重新回到了长安城。

此时的他，早已经不是郡邸狱的囚徒身份了。朝廷虽然重新恢复了他的皇室后裔身份，却又没有给他任何的爵位封赏。因此，他充其量只能算是一介平民，只不过是被养育在皇宫内的掖庭中而已。

掖庭，又称永巷。乃是皇宫中由少府管辖的机构，位于未央宫偏北部，邻近皇后所住的椒房殿。皇宫中大多数嫔妃和未分到各宫的宫女，皆居住于此。失宠的嫔妃，也往往被囚于此。

此外，犯了事的官员家属中的女眷，也往往被发配到掖庭，整日为皇宫织作染练，相当于是在这里接受劳动改造。掖庭中的这一部分又被称为暴室，为染品晒干之意，寓意在这里的人干的是苦力活。

居住在掖庭中的人平素也并不算太冷清。不时地便有太监、宫女乃至一些在宫廷内做事的官员往来掖庭，也不时地有运着锦帛、布匹等货物的牛车嘎吱嘎吱地驶过掖庭的石板地面，打破这里的寂静。虽然这巷子两边的院子、殿堂、牢狱中住着的宫女、犯罪官员的家眷为数不少，但是大多数时候，大家彼此之间很少相互交流，也很少有人大声说话。因此，这里却也是个有些寂寥的地方。

这一日，有皮球在掖庭的巷子里急促地跳动，发出沉闷的声响，一个八九岁模样的男孩在独自玩着蹴鞠，一种当时长安城很是流行的游戏。

此时距离雨停不过数个时辰，雨云还未完全散去，石板路上还有雨水残留。男孩的脚上穿着丝履，一种用丝绵缝制的鞋子，不一会儿，丝履便被水渍打湿，但他却丝毫不在意。

这男孩正是刘病已。只见他沿着宫墙的墙根，将球一直往前踢。一路踢，一路跑，一脚又一脚，翻腾跳跃。皮球像是粘在他脚上一样，陪着他一路玩儿。

刘病已踢得兴起，一直踢到了一扇半开着的门边。正要起脚将球踢将进去，却突然闪出了两个宦官，拦住了他的去路。一个宦官喝道："站住？你是谁？好大的胆子，你怎么敢擅闯禁地，不想要脑袋了吗？"

另一个老成一些的宦官认出了刘病已："这孩子是前卫太子据的孙子，孝武皇帝的曾孙，现收养在掖庭。小孩子不懂事，不要与他一般见识。"说着，转向刘病已警告道："你啊，赶紧回去。一会儿宫里有大事，千万别乱跑啊，到时候闯了祸，可谁也保不了你啊！"说完话，摆摆手示意刘病已赶紧走开。然后他一转身，进门"咣当"一声，关闭了小宫门。

第 拾柒 回

逢挚友同堂学艺　荐名师博学广闻

刘病已贸然闯禁地，被两个宦官挡在了门外，不让进，刘病已一看，不让进那就走吧。扭回头刚要走，突然好奇心起，心想有什么秘密啊，还不让进，我啊，非看看不可。他偷偷地凑近，从一条门缝当中往里看。只见远处的宫殿楼宇间，空场园林处，到处披红挂绿，人声鼎沸，热闹不已。

刘病已更加好奇起来，索性不那么急着走开了。他蹑手蹑脚地凑近门缝，再次定睛看去。远远地，瞅见一位六七岁的清纯小女孩，穿着雍容华贵，打扮得漂漂亮亮，羞涩地坐进了一辆装饰豪华的马车，在众人的簇拥下，欢天喜地地往椒房殿方向驶去。

张贺正在掖庭张罗着记录最近暴室内产出的织物和锦帛数量，回转身见到了玩蹴鞠回来的刘病已。见刘病已红红的脸庞上两道已经颇为浓黑的剑眉微微拧着，便随口问道："病已，今天是怎么了？难道遇见了什么事不成？"

他俩相处才短短几个月，却已经像多年生活在一起的亲人。刘病已在张贺这里感受到了从来没有过的父爱和母爱。在做人处世学习方面，张贺会像严厉的父亲一样对他严格要求，但在饮食生活起居等方面，却又时常像母亲一样细心，生怕他冷到饿到。他们之间已经是无话不谈了。

见张贺在忙着用毛笔和木牍记录，刘病已知道此时不方便打搅，便坐在一旁，并不吱声。

过了一会儿，张贺事情办完了，挥手让暴室的官吏退下后，刘病已才说起今天看到宫内那位穿着雍容华贵，被人前呼后拥的六七岁的女孩的事情。

"今日是宫中册封皇后的大典，你见到的那个女子就是皇后了。"

刘病已睁大了眼睛："皇后娘娘怎么会这么小？"

张贺看着刘病已："国家社稷、皇室家族的事情，有许多不是我等能知晓的，将来等你大一些时，就知道了。"说完，话题一转："病已，屈子的《离骚》背得怎么样了？"

刘病已毕竟是少年心性，被张贺这么一说，兴趣点马上便从那位小皇后娘娘转到屈子的《离骚》上来。立即兴致盎然地说："我背给你听。"

刘病已稍稍静默了一下，开始朗声背诵。刘病已一口气背诵完。张贺满心欢喜："不愧是皇曾孙啊，不枉你的祖先是正宗的皇族啊！"

张贺嘴上赞叹着，心里却想："这孩子这般聪慧，这般勤奋，我已经教不了他了，得给他找个好先生，不然就把孩子耽误了啊！"张贺思来想去，忽然心里有了一个主意："得，我明天找他去。"

次日清晨，刘病已刚刚醒来，张贺便给他换上了外出的衣服。用过早餐，张贺便带着刘病已出了宫，乘坐马车到了"北阙甲第"。

在当时西汉时期，未央宫位于长安城郭的西南角落，有东阙和北阙两处门阙。东阙多为帝王、皇室、诸侯王出入宫廷以及活动的场所。北阙比于东阙，场地要开阔了许多，是官员、百姓上书奏事，以及请愿等的场所。北阙位于长安城两条主要干道的交汇处，比东阙热闹得多。北阙的东北方向有一片达官贵人的宅邸，被称为"北阙甲第"。

刘病已悄悄掀开马车的帘布。他在未央宫中见多了高大的楼台宫殿，多是些富丽堂皇的大型建筑。但"北阙甲第"比之于未央宫中的殿堂，却又显出另外一种风格。房屋排列得不似皇宫中那么宽敞，间隔没有宫里那么远，而是一座接着一座，屋脊之间彼此相隔很近。其间也有园林院落，却不像宫中那么冷清，而是精心修整过，另有一番情趣。

"北阙甲第"的多数宅邸，阔大的门面均显出一副肃穆的气氛，守护在门口的奴仆一个个站得笔直，宅院的围墙极高，连里面树梢的影子都见不到。

"这些宅邸却也是深宅大院，里面住的会是些什么人呢？"刘病已知道能够住在这里的，一定是朝廷的达官贵人。一般的平民百姓是住不进这样的庭院的。

马车停在了一座普通的宅邸前，有奴仆上来迎候。刘病已认出来，这是张贺的宅邸，他已经来过几次了。

张贺下了马车，问道："你家二老爷回来了吗？"听到仆人说正在家中，张贺吩咐奴仆把马车带去车库马厩，自己领着刘病已入了宅邸。

一个和刘病已年纪相仿的男孩从宅院里窜了出来，见到刘病已，便嬉笑着扑了过来。

张贺训斥道："彭祖，规矩点儿。"那男孩做了个鬼脸，拉住刘病已说："好久不见你，为什么不过来和我一起玩儿呢？"

彭祖因为伯父张贺是掖庭令，得以时常出入掖庭，因此和刘病已很是熟悉了。

张贺又对彭祖训斥道："你怎么每天尽想着玩乐，也不知道好好读书。"张彭祖却像是没有听见伯父的话，一把去抓刘病已的手，被病已轻灵闪脱。张贺不再管他俩，进了屋内。

屋内，一位身着正装的男子正襟危坐，身材魁梧，满脸严肃，不苟言笑。就像是年轻时的张贺，只是脸上多了大胡子，称得上是一个蓄着胡须的美髯公。他方才已经听见了张彭祖嬉闹的声音，见张贺后面跟着张彭祖和刘病已进了屋，看着彭祖皱了皱眉。

男子的身后站着一个约十来岁的温顺女孩，见到张贺轻声叫了一声："爷爷。"张贺过去亲切地摸了摸她的头。

刘病已觉察到，这女孩和张贺的面貌却十分相似，只是脸形稍窄一些，更显清秀。那女孩正是张贺的孙女张兰，而那男子正是张贺的弟弟张安世，那男孩张彭祖则是张安世的儿子。

张贺面带责备，对弟弟张安世说道："彭祖这孩子，总是闹腾，该给他找个好先生，好好地读些书了。"

张安世此时在朝中担任光禄大夫一职，已是朝堂重臣。张贺找弟弟张安世来商量，主要是想让他帮着给找个好先生，教教皇曾孙刘病已。

张安世看了一眼刘病已，转头对彭祖说道："彭祖，你学学人家病已，不要总是闹腾。兰兰，你带他们出去玩一会儿。"张彭祖高兴地拉着刘病已，张兰懂事地点点头，笑着把门带上，带两人出去。

见三个人出门去了，张贺对张安世说道："病已这孩子，天赋异禀，粗浅的读书认字，我尚可教，但要领悟那六经的深奥，我却无能为力了。我想找个饱学之士来教他。"

张安世沉吟着："前太子没有留下任何钱财，皇曾孙也只是一介平民，并无任何功名。看来兄长是打算拿出自己的俸禄供他读书了？"张贺点头认可。

"兄长的仁德，我十分清楚。但宗室内的事情，兄长还是小心些为好。这潭水，深不见底，若是跌下去了……"张安世知道兄长的性格。兄弟俩感情颇深，张安世知道兄长表面上柔顺，性格其实十分倔强。自己这么向兄长建议，怕是起不到什么效果。

果不其然，听弟弟张安世说出这些话来，张贺有些动怒："前太子曾厚待于我，这种恩情岂是钱财能回报的。"

张安世也不和兄长争执。他考虑儿子彭祖也大了，也该上学

101

堂了，省的成天在家闹腾，不如就让他和刘病已一起去学堂吧。

"我倒是知道有一个大儒，名叫澓中翁，是东海人，学识修为甚高，尤其对六经很有见地，对诗书、诸子也很有独到的见解。如果你执意要让病已拜名师，我看，不如就让彭祖和皇曾孙拜他为师吧？只是，这位大儒名气太大，不知道他肯不肯收下病已啊？！"

第 拾捌 回

入学堂教授解惑　解谶号疑惑骤生

刘病已到了上学的年龄了，虽然在山东史家还有在掖庭都学了一些知识，可是张贺觉得，得给他找一个好先生，跟自己兄弟一商量，张安世推荐他拜长安名儒渡中翁为师。张贺犹豫了一下："听说渡中翁有些古怪，不但喜欢和学生说一些奇谈怪论的东西。还不轻易收学生。"

张安世又说："渡中翁的性格确有他的古怪之处，不过他的学识与才华的确十分出众，我与他有过交往。由他来教授皇曾孙和彭祖，兄长大可不必担心。我想以我的薄面，再加之皇曾孙的聪明，他也许不会推却的。"听弟弟张安世这样说，张贺也就欣然同意了。

渡中翁的学馆处于闹市中，与其他的民房相距不远。房屋与房屋之间檐角相抵，显得十分拥挤。站在学馆外，感觉四处都充斥着锅碗瓢盆碰撞的声音，邻里街坊吆喝的声音，还有小孩子嬉戏打闹的声音。然而从外面喧闹嘈杂的市井走进学馆中，却突然变得十分安静。

濩中翁是个瘦削老者，胸前一副花白须髯，坐在榻几旁边，身下是一苇竹席，四角压着鹿形席镇。学馆里除了刘病已和张彭祖外，还有几十个学生，年龄参差不齐。

濩中翁平时授课时，一般是五六个学生一起授课，今天是因为有刘病已和张彭祖两个新生入学，故此把所有的学生都召集起来，让大家和新生见面熟悉。

待刘病已和张彭祖拜师入座后，濩中翁便开始教他们背诵诗经。第一首是诗经中的《唐风·蟋蟀》，刘病已在史家时，史贞君老太太曾经教他读过。

刘病已随着濩中翁吟诵着这首《蟋蟀》，便想起了在史家里的日子。他已从史贞君那里知晓了这首诗歌的意思，那时自己稍一懈怠，史贞君便要他背诵这首《蟋蟀》，警醒他要勤勉。

濩中翁只是让学生们对《蟋蟀》这首诗读了又读，却并不对《蟋蟀》的寓意做过多的解释。

张彭祖却不喜欢坐在课堂里听老师这样授课。他眼神飘忽不定，心思全然不在背诵《诗经》上。刘病已悄悄地扯了扯彭祖的袖子，提醒彭祖注意听老师授课，然而张彭祖却关注起了窗檐上的鸟，并不理会刘病已。

濩中翁又教起了《诗经》中另一段：

"瞻彼淇奥，绿竹猗猗。有匪君子，如切如磋，如琢如磨。瑟兮僩兮，赫兮咺兮，有匪君子，终不可谖兮！

瞻彼淇奥，绿竹青青。有匪君子，充耳琇莹，会弁如星。瑟兮僩兮，赫兮咺兮，有匪君子，终不可谖兮！

瞻彼淇奥，绿竹如箦。有匪君子，如金如锡，如圭如璧。宽兮绰兮，猗重较兮，善戏谑兮，不为虐兮！"

这段是《诗经》中的《卫风·淇奥》，濮中翁读起来仿佛沉醉其中，声音越发抑扬顿挫，随着诗歌的韵律，头也开始不自觉地摇晃起来。

张彭祖看着摇头晃脑自我沉醉的濮中翁，拉了拉刘病已，又指指濮中翁，暗暗发笑。刘病已微微摇摇头，对张彭祖摆摆手。张彭祖依然忍不住哧哧地笑着，不过却弓起了身子生怕被老师看到。

诵读完毕，濮中翁一改之前摇头晃脑的神态，扫视着学生："有谁能说说这诗中的含义？"

"传说《卫风·淇奥》是赞颂卫武公的诗句，其中三段反复称颂其品德仪容才能。"有学生站起来回答。

濮中翁听罢也不说对错，只是应道："'如切如磋，如琢如磨'，是赞颂其学问很好，才华出众；'充耳琇莹，会弁如星'，是赞颂其仪表堂堂，气度不凡；'如金如锡，如圭如璧。猗重皎兮，善戏谑兮，不为虐兮'，是赞颂其意志坚定，忠贞纯厚，心胸宽广，平易近人。此诗之中所描绘的贤人良臣，可谓理想的君子风貌。

不能不让人尊敬，不能不被人称颂。你们可想成为卫武公一般的贤臣君子，为天子效力吗？"学生们均点头说是。

"卫武公谥号曰'武'，你们可知其意？"濮中翁又提出了另一个问题。

他环视一周，学生们皆不知如何回答。

刘病已想起自己在史家时曾经看过一些竹简的零散段落中，有关于谥号"武"的记载。便凭着记忆，小声地背诵起来："谥号曰'武'，刚彊直理曰武；威彊敌德曰武；克定祸乱曰武。"他只记得这几句，其余的都记不得了，所以越说，声音越小。

濮中翁却听清了刘病已的小声背诵，不禁对这个学生刮目相看。他起身走到刘病已面前："说得不错，好记性！此为《逸周书》中《谥法解》所记。你能记得这么多，很不简单哪。"

濮中翁顿了顿，继续说道："卫武公虽受人爱戴，且施政有方，卫国百姓和睦安定，然而他却有弑亲之过。其父卫釐侯宠爱于他，赐予他许多财物，卫釐侯去世，本是卫武公之兄继位为卫共伯。然而卫武公却用财物收买死士，在卫釐侯的墓地前刺杀卫共伯，以至于卫共伯不得不自尽而死，可悲可叹。虽然卫武公才能出众，日后行德政惠民，也广受人爱戴，却改变不了他有过弑亲篡位的行为。可见在世人称赞之中，在仪表堂堂之下，也不免有些'君子''贤臣'，说不定就做了许多不能公之于众的龌龊之事。此事古时有，现今亦有。你们以后千万要用心分辨。"

随后，濮中翁又轻叹一声："老夫突然想起，先帝也是以'武'为谥号。孝武皇帝晚年时，也因奸人谗言，导致亲人兵戎相见，以至于天地为之哀鸣，江河为之悲泣。算起来，却是你们还年幼时候的事情了。"

学生们听了溇中翁的话虽然都有感触，然而这番话在刘病已心里卷起的波澜却与众不同。刘病已知道，溇中翁所说的亲人兵戎相见，指的就是自己的祖父前太子刘据和曾祖父孝武皇帝在巫案中的事情。当年的那场惨变，父子双方数万人相残，河沟水渠尽是尸体，大街小巷血流成河。

为何要父子相残，为何要兄弟阋墙，刘病已心中生出许多疑问。假如没有巫蛊一案，自己何至于会在郡邸狱中度过童年，又何至于今天在这里听溇中翁感怀早已逝去的历史？

刘病已觉得自己的心里空荡荡的，他希望溇中翁能再说些什么，好把那些空洞填补起来。然而溇中翁却并未就这个话题继续讲下去，而是留给学生们去细细体味。转而又让学生们背诵《诗经》中其他的诗歌。

张彭祖因为背不出几句，挨了溇中翁一顿训斥。不过不一会儿，彭祖又忘记了刚才的训斥，不时地对着刘病已挤眉弄眼。他的心思委实不在学习上，早就放飞十万八千里去了。

刘病已的心绪被溇中翁触发。他一直在想着祖父和曾祖父当年父子相残的那些事，没有理会张彭祖的挤眉弄眼。他实在是有太多弄不明白的事情了。

一天的课程结束，早有张贺家的仆役接他和彭祖返回宫中。刘病已一路上都在想着心事，想着以他的年龄尚理解不了的许多事情。

傍晚时分，未央宫高大的宫殿和城墙被西落的夕阳投射出了巨幅的阴影。宫中的灯火还未升起，随着太阳的落山，整个皇宫陷入了一片霭霭沉沉的暮色之中。

　　夕阳西下后的苍凉景色，让刘病已陷入无以名状的烦闷之中。张贺看出刘病已心事重重，情绪不定，以为是第一天去学堂学习还不太习惯所致："病已，今天在学堂就读，莫非有什么不愉快的事情发生吗？"

　　刘病已将听先生讲课过程中，自己所想到的祖父、曾祖父的事情一一说了出来。张贺长叹一声："唉！孩子，过去的事了，是非功过自在人心。说起来话长喽！"

第 拾玖 回

是与非真的难辨　七贤俊辩得好真

　　刘病已为祖上的事情纠结不已，他本以为张贺能告诉他事情的真相。张贺只是低叹一声，爱怜地看着刘病已："病已，你切莫想得太多。有些事情实在是难以分辨出个对错，只有到了该你明白的那一天，你才能明白。时候未到，徒想无益。"

　　刘病已还没有从颓丧的情绪中走出来："可是病已一天下来却总是想着这事，甩也甩不开。一想到这些解不开的问题，病已就觉得胸闷气短，头涨得厉害。"

　　张贺心疼地看着刘病已，斟酌良久，跟刘病已讲起了一个故事：

　　"相传周朝先祖古公亶父有三子，泰伯、仲雍和季历。季历的儿子姬昌十分聪慧贤明，古公亶父因此隐隐有立季历为继承人再传于姬昌的想法，以便传位给姬昌。为了成全父亲，泰伯和仲雍就逃奔到荆蛮之地，断发文身，以表示不可以继承君位，来避让季历和姬昌。后来，姬昌果然成为周朝奠基者周文王，而泰伯和仲雍因为跟随者甚多，后来也建了国，即吴国，后位列周朝的诸侯之一。

"春秋时，奠定吴国强盛基础的吴王寿梦有四子，长子诸樊、次子余祭、三子夷昧、四子季札，其中幼子季札最为贤德，于是寿梦想将王位传给他，季札却以立长不立幼的礼制为名不肯接受。寿梦最后只得立了长子诸樊，并立下规矩，兄终弟及，依次相传。寿梦去世后，诸樊在服丧期满时想让位给季札，却又被推辞，最后临死前下令传位给弟弟余祭，余祭死后又传给夷昧。几位兄长信守承诺，到了三哥夷昧临终时，本该季札继承王位的，但他依然推托。最后只能由余昧的儿子继位，这就是吴王僚。"

听到这里，刘病已问道："莫非，吴王有禅让王位的习惯吗？"

张贺却不立刻回答他的问题，继续讲道："然而吴王僚却被诸樊的长子公子光所记恨。公子光认为自己的父亲兄弟四人，按照兄弟传位应该传到季札，季札既然推让，那身为诸樊长子的自己就应当按照父子传位继位。于是，吴王僚在位12年后，公子光派刺客专诸刺杀了吴王僚，自己登基为王，这就是后来的吴王阖闾。"

刘病已更糊涂了："张叔提到吴国的故事中，有兄弟禅让，也有刺杀篡位，为什么会这样呢？"

张贺说："这种事情，古往今来有很多。君王中有德行的人很多，而无操守的人也不少。有对权力谦让的，也有为了得到最高权力而弑杀至亲篡位夺权的。"

"可是张叔说的那些没有操守的人，为什么却能当皇帝呢？没有操守的人当了皇帝，天下人又怎么会臣服于他呢？还有今天老师所说的，那个卫武公，杀了兄长后当了王，并且还受人爱戴，据说还活了快一百岁呢——莫非他的兄长是'奸恶之人'，所以他才逼死兄长的吗？"

张贺有些迟疑，觉得刘病已的这个问题不好回答，想了想，然后说："对卫武公的事，我不记得了，大概史书上没有说得很详细。我想，他弑兄称王，应该只是一个平庸的君主吧。"

"但是老师却说，那弑兄称王的卫武公很是受人爱戴，连《诗经》中都有诗歌赞颂他。所以，病已才会对此完全不能理解啊！"

"卫武公虽然弑亲，然而他善待百姓，卫国在他的治理下也算是国泰民安。加上卫武公忠于周王室，他曾经出兵助周王室平息叛乱。他之所以受人爱戴，应该是因为这些缘故吧？"张贺见刘病已问个不止，心里有些着忙。

刘病已却又应道："这真是古怪得很，明明是一个为了权力可以不择手段的人，为了当王竟然杀了自己的亲人。这样的人却又因为做了一些其他的好事，就可以算是好人了吗？就可以称得上是仁圣之君了吗？"

张贺应付刘病已的发问渐感吃力。他思考片刻，觉得应该让病已明晓大义，便字斟句酌地说："也并非完全如此，不过无道者必定会招致上天的惩罚。公子光弑亲篡位后，到后来又将王位传于他的儿子夫差。可是夫差却极其好战，连年兴师动众，以至于吴国几十年后便彻底败亡了。冥冥之中，一切自有天数。种下什么因，便会得到什么果。正所谓，不是不报，时候未到，我们也不必过于纠结于此了。"

刘病已却不依不饶："那吴国的最终灭亡，是因为公子光弑亲的缘故吗？"

张贺又沉思了一会儿，心里准备好了应对的说辞，才说道："虽然吴国的灭亡与当年公子光弑亲并无直接的联系，然而，公子光用刺客弑亲，篡位为君，必然致使礼节崩坏，助长恶习，进而导致风气越来越差，也许就此埋下了败亡的种子。社会风气差，则国家基础不稳；反之亦然，国家基础不稳，则风气更易败坏。这就是因果相关的道理啊！"

刘病已想起了自己的身世："难道我祖父和曾祖父之间，也是……如此吗？"这才是他心中最关心的问题，是他一天下来苦思冥想也未能解开的扣儿。

张贺听到刘病已如此发问，感到再也难以接话说下去了。涉及孝武皇帝和前太子的事情，乃是当朝最为忌讳的事情，他可不敢乱言。

刘病已见张贺不再吭声，也就此打住没有再追问下去。他的心里已经模模糊糊地觉察到，有些话题可能是有禁忌的。有些事暂时没有结论，只能是心照不宣，不可说得太直白了。

经过与张贺的这一番对话，刘病已似是明白了不少道理，他的心绪又变得宁静起来。从此，刘病已便在濩中翁处专心学习经书，张彭祖和他一道学习，两人成了无话不谈的玩伴。

112

不去学堂的时候，刘病已便和张彭祖或是在掖庭或是在张贺家中研读。张彭祖好动，但是在刘病已的带动下，也能安下心来研读经书。见侄子在病已的影响下，有不小的改变，张贺看在眼里，心里着实高兴。

张彭祖天性好玩，闲暇的时候，就喜欢拉着刘病已去市井中玩耍。他经常带着刘病已去看富家子弟斗鸡走马赌博，耳濡目染之下，刘病已也对那些公子哥斗鸡走马、赌博游猎的事情有所了解，并渐渐地也开始和张彭祖参与其中。

张彭祖一家本身也属于世家望族。他的伯父张贺为掖庭令，父亲张安世为光禄大夫，而张贺和张安世兄弟二人的父亲张汤曾任御史大夫，祖父则曾任长安丞。在长安城中，这样的家族也堪称显赫了。刘病已经常被张彭祖带着一起玩耍，接触到了不少王公贵族的子弟，对宫中和大臣府上的事情知道了不少。

一天又一天，一年又一年，转眼间，刘病已和张彭祖在澓中翁处学习经书，已有三年。

这时的刘病已，已经是一个 12 岁的少年了。他的身体十分结实，相貌也相当出众。命运似乎对他格外青睐，仿佛在弥补他幼年时所遭受的苦楚。在张贺的精心照料下，他不仅长得硕壮康健，长相也继承了祖先的优点。只生的身高将近九尺、前额宽天庭饱满、四方脸，脸上棱角分明，隐隐透出一股威慑之气。小病已长得越来越有孝武皇帝年轻时的模样。尤其浓眉下镶嵌一双秀目，透着精神百倍，应该是只有善舞者才会有的表情丰富的眼睛。刘病已现在已经长大成人了。

在渡中翁的调教下，刘病已这三年学问精进，知书达理。所谓腹有诗书气自华，一眼看去，就与众不同。

今天，渡中翁学堂的氛围与平常大不一样。刘病已、陈遂、张彭祖等七人围坐在先生的席前，最后一次聆听老师的教诲。敢情是听完这一堂课，七人将毕业出师。

第 贰拾 回

谈经要语惊四座　传谣言皇孙惊魂

　　闹了半天洩中翁学堂今天举行毕业典礼，那年头没这词儿，反正意思相同。师徒八人围坐在席前，洩中翁看着自己最为得意的七个门生。一个挨着一个地扫视着一遍，眼含慈爱："你们在我这里已经学满三年了，对于六经可谓是烂熟于心。今天，我想让大家讨论一下，六经中最重要的是什么？"

　　张彭祖一听，心里想道："这个问题还不容易？"张彭祖生怕被其他学生抢了先，便率先欠了欠身，示意老师他要回答。

　　见张彭祖要抢先发声，洩中翁微笑着点了点头："彭祖，你先说说看。"

　　张彭祖信心十足："据学生看来，六经中最重要的当然应该是道。道也者，须臾不可离也。这是我们人生的最高目标。"张彭祖觉得老师所问的这个问题，答案是明摆着的，如果自己不抢先说出来，等别人先说了，自己就没机会了。

渡中翁颔首点头表示赞许："嗯，彭祖说得很对啊！道是须臾不能离开的。但是，除了道，还有什么是最为重要的呢？"

另一位十四五岁的少年站起来："我认为德最为重要。只有靠德，道才能体现，没有德，道就是空谈。所谓坐而论道，最是误国。"

说话的人正是陈遂，他也是渡中翁门生中的佼佼者。陈遂平时不喜说话，但是一旦说出话来，往往一言中的。大家一听，都觉得他说得比张彭祖更有道理，更加切合老师的题意。

在渡中翁的引导下，学生们热烈地讨论起来。有说仁最重要，有说义最重要，你一言我一语地好不热闹。唯有刘病已却一声不吭。

见学生们讨论得十分热烈，渡中翁非常满意，觉得自己数年心血没有白费。

渡中翁摆了摆手，让学生们暂时停止讨论："这样吧，你们都知道庄公克段于鄢、与其母黄泉相会的故事。你们说一说，庄公是出于仁，是义，是德，还是道？抑或是别的？"

渡中翁停顿了一下，见大家一时都不作声，就对刘病已说道："病已，你善于把所学与所见相联系。我见你今天一直都在思考。你说说看，庄公是出于什么？"

刘病已早已成竹在胸，又经渡中翁这么一点拨，觉得心中更有把握了。不紧不慢地说："大家说的都有道理，但我却以为，六经中最重要的是中庸。"

渡中翁眼中一亮："哦！你说说看，为什么这么说？"

"无论是六经、诗书，还是诸子百家，其要诣，都是要审察实际情形，找到最恰当的方法。庄公在当时的情形下，想出与其母黄泉相见，这是庄公找到的既不违背律法，又能兼顾亲情的方法，正是中庸的最好运用。因此，我觉得中庸是我等在人生道路上最需坚守的要义。"

得益于平时的学习与思考，刘病已在老师渡中翁的点拨下，说出了这一番明显超出了他这个年龄所能说出的话语。他的话音甫落，当即举座皆惊。

渡中翁忍不住大声赞叹："病已得我真传，真不愧是京城才俊啊！"

刘病已得到了大儒渡中翁如此高的评价，没过几天，他的"京城才俊"的名声，就传遍了长安城。

就在公元前78年的正月，长安城起了一个非同凡响的传言，说是正月初十的时候，泰山的南面发出了山呼海啸般地喧闹之声，一块参天巨石拔地而起。那巨石高不见顶，周遭却需要四十八人才能合抱得过来，入地却不知究竟有多深。另有三块斗状的大石头，像是巨石的脚趾头，簇拥在旁。又有几千只白乌鸦飞来，聚集在巨石的旁边。这景况，却是亘古未见。

与此同时，又有传言说，故昌邑国社庙中一棵已经枯死倒地多年的古树居然开出了新花，又活了过来。

而几乎是同一时间，长安城的上林苑中也传出了消息，说是上林苑中一棵原已折断、枯萎倒卧在地的大柳树竟然也自己竖了起来。这棵败亡已久的残柳，居然吐出了新芽。更有传言说，有许多虫子聚集在一起狂吃这棵柳树新发芽的叶子，吃剩的树叶显出了"公孙病已立"几个字。

朝中有个叫眭弘的符节令，通晓经术。他以《春秋》大意，推衍此种现象："石头和柳树都是阴物，象征着处在社会底层的黎民百姓。而泰山是群山之首，是改朝换代以后皇帝祭天时勒石纪功的地方。如今泰山的南面巨石自立，长安上林苑中枯柳复生，这都不是人力所能为之的。此种天象预示着，不久就应当有庶民成为天子。而昌邑社庙中已枯死的树木又获重生，也预示以前被废弃不用的某一族将要复出了。"

符节令是执掌皇帝命令和调兵凭证"符"和"玺"的官员。汉代的符节令地位很高，历来都是相当重要的人物和大臣才有资格当上符节令。因为符节令的地位和影响力非同一般，所以经眭弘这么一推衍，汉室江山社稷将要易主的说法，很快就在长安城中传播开来。

有人问眭弘："这公孙氏是何人啊？"眭弘却说自己也不知道这公孙氏所在何处，但他又进一步解释道："所谓公孙既可以说的是姓氏公孙，也可将两字拆开解，看作是先祖的孙子，即'公之孙'的意思。我听先师董仲舒曾经说过，即使是按序继位且有德行的君主，也不会妨碍圣人受命于天。汉家是尧舜的后代，当今陛下应该学习尧舜，诏告天下，征求贤能，并把帝位禅让给他。而陛下自己则应退位以封得百里之地，就像殷周二王的后代那样，顺从天命。"符节令眭弘将长安城的传言解析得头头是道，

118

并让他担任内官长的朋友替他呈上了奏本。

霍光看了符节令眭弘的奏本，极其震怒。

霍光心想，孝武皇帝驾崩后，自己奉遗诏辅政护国，经过几年来的努力，朝政好不容易稳定下来。眼下百业待兴，正是排除一切干扰、凝心聚力干事的时候，却又莫名其妙地传出了这样一则蛊惑人心的谣言。什么巨石自立，什么枯柳再生，什么古树发芽，都是些老掉牙的传说，眭弘为什么不把长安城的这些传言解析成是，当朝正值盛世所以异象频生呢？尤其是眭弘解说的"公孙病已当立"的"公孙"两字，他把两字拆开解析成是先祖之孙辈，这岂不是暗指武帝孙儿一辈的人将要称帝吗？当今陛下刘弗陵是武帝的幼子，正值英年，尚无子嗣，又何来的孙儿一说？说"公孙病已当立"岂不是说皇位将要易人？这简直就是妖言惑众！如果不立即采取措施制止谣言的传播，恐怕会有人借机造势，觊觎帝位，引起人心动荡，导致政局不稳。

霍光越想越是愤怒，以"妖言惑众，大逆不道"的罪名，将眭弘处死了。

但是，符节令眭弘所推衍的这件事，却没有因眭弘的处死而停止传播，反倒引起了百姓、文士、官员更广泛的议论。长安城中一时间满城风雨，谣言四起。有说当朝皇帝刘弗陵因年幼驾驭不了朝堂，大将军霍光在朝中一言九鼎，陛下恐将让位于大将军霍光的；也有说孝武皇帝的另外几个儿子，其中的一个将要取代当今陛下，回庙堂称帝的；还有说"公孙病已当立"的"病已"讲的是故太子刘据之孙，也就是武帝的皇曾孙刘病已，"当立"

当然是说皇曾孙将来是要称帝的……一时间，各种版本的传言，传得有鼻子有眼，弄得长安城中人心惶惶。

很快传言就被张彭祖知道了，他也特意来到掖庭刘病已的住所，进门拉住刘病已就说："病已啊，将来你恐怕真的要当皇帝了啊！"

第 贰拾壹 回

学业成拜谢恩师　心惑解决心暗定

张彭祖信谣言掖庭访病已，见左右无人，把门一关，附着刘病已的耳朵，诡异地小心说道："病已病已，长安城的传言你听说了吗？你的名字不是和那'公孙病已'一样的吗？按照符节令眭弘所推衍的，那个'公'既可指的是孝武皇帝，也可指的是你的祖上故太子据啊！如果传言所说真如符节令推衍的那样，'公孙病已当立'，岂不是说你有朝一日会当皇帝吗？"张彭祖满脸的兴奋，仿佛刘病已将来真的会当皇帝一样。

刘病已一听就急了，慌忙捂住张彭祖的嘴："彭祖，这种话可是不能瞎传的。我虽然也听到了类似的谣传，但是这事和我可没有任何关系啊！'病已'两字只是巧合而已，眼下，这种说法太敏感，弄不好会害死人的，你可要给我记住，从此以后再也不要提起它了。"

刘病已见张彭祖似乎还不愿就此作罢，又进一步叮嘱彭祖道："彭祖，你这话可千万不能再说了，大将军是怎么处理这事的你又不是不知道。那可是要砍头的！"

刘病已说完后做了一个砍头的动作。他怕张彭祖依然执迷不悟会闯出大祸，又假装十分生气地将正在阅读的木牍摔在了座席上。张彭祖见刘病已动了怒，方才表示今后绝不会再提起此事。

但是，经张彭祖这么一闹，刘病已却对传言里的"病已"二字惊惧不已。

而早在几年前，刘病已跟着澓中翁研读经史的时候，长安城里还发生了两件大事。这两件大事，一件是"盐铁之议"，一件是"苏武回归"，两件事都发生在刘病已10岁那年，让初懂世事的刘病已一直难以释怀。

彼时，刘病已按照掖庭令张贺的安排，与张贺的侄子、张安世的儿子张彭祖一起投在澓中翁的门下学习经史，时间尚不长。

"盐铁之议"，是指担任谏议大夫的杜延年当时提出的"行文帝时期政策，提倡节俭、对民宽和"的建议，被大司马大将军霍光采纳，进而在朝野内外发动了一场关于要不要改变孝武皇帝时期制定的政策，取消盐铁专营的大辩论。

霍光以当朝皇帝刘弗陵的名义，令各地推举"贤良"和"文学"，并令丞相田千秋、御史大夫桑弘羊在长安召集贤良文学六十余人，就孝武皇帝时期的各项政策，特别是盐铁专卖政策进行全面的总结和辩论。这场辩论耗时近半年，辩论的结果是朝廷最终取消了酒类专卖和部分地区的铁器专卖政策，极大地促进了商业贸易和经济繁荣。这就是后来史学所称的"盐铁之议"。

通过"盐铁之议"，霍光从政治上削弱了同为辅政大臣的政敌、长期主导朝廷经济政策的御史大夫桑弘羊的地位，取得了制定朝廷经济政策的主导权，进一步稳固了自己的首辅地位，开始在朝中说一不二。同时，霍光的独断专行也引起了同为辅政大臣的左将军上官桀、御史大夫桑弘羊的嫉恨。以至于后来两人联手燕王刘旦，密谋发动政变，欲置霍光于死地，推翻昭帝，由燕王刘旦取而代之。却被霍光联手昭帝，粉碎了他们的政变阴谋。之后，随着上官桀、桑弘羊、刘旦等人被诛杀，朝堂便形成了"天下事悉决于光"的局面。这是后话，暂且不提。

"苏武回归"，说的是出使匈奴被扣留19年坚贞不降的苏武，终于又回到了长安。

苏武从匈奴全节而回，坚贞不屈，不辱使命，影响巨大。"苏武牧羊"的故事更是传遍了长城内外，苏武也成了大汉臣民心中的大英雄。

苏武回归后，不知何故，大将军霍光一方面大肆褒扬苏武忠于汉室、不辱使命的节操；另一方面却又没有顺应民心给予苏武足够的待遇，而只是给他安排了一个典属国的一般官位，这让朝臣们很是意外。燕王刘旦更是借此屡次上书，为苏武评功摆好，认为苏武功高而官小，朝廷这么安排实在是太亏待苏武了，很为苏武鸣不平。

燕王刘旦的屡次上书，其实矛头对着的是大权在握的大将军霍光。燕王借着为苏武打抱不平之际，暗中指责霍光把持朝政处事不公，为自己下一步将要发动的政变营造舆论。燕王刘旦的上书，也赢得了部分朝臣的共鸣。

典属国的官职，在苏武任职的这个时候，只负责归降的少数民族事务。因匈奴一直没有对汉朝臣服，所以这个典属国的官职，基本上是处于无事可干的状况，属于有职无权的闲职，地位并不高。

以苏武的影响和功劳，霍光对苏武的安排明显有失公允。霍光这么做，主要是因为苏武与燕王刘旦的关系比较密切，而燕王刘旦野心勃勃，正觊觎着皇位。霍光已经觉察到燕王刘旦在联合左将军上官桀、御史大夫桑弘羊，有起事发动叛乱的迹象，这让霍光很是警觉和忌惮。霍光对苏武做出这样的安排，目的也是为了不让燕王的势力坐大。霍光顶着朝堂内外的舆论压力，对苏武做这样的安排，确实也颇费了一番斟酌。

"盐铁之议"和"苏武回归"这两件事，此后几年一直广受官员、士子、百姓的议论。刘病已也经常在街陌柳巷中听到各种各样的说法。他很想弄清楚缠绕其中的诸多问题，但是，以他当时的年龄和见识，却又实在难以弄明白。

从浟中翁的学馆毕业后，刘病已便开始了自己的独立生活。见刘病已表现得远比张彭祖等同龄人成熟，张贺已经放心地让他在掖庭自由出入。刘病已也可在长安城内外独自行走，去他想去的任何地方。

跟随浟中翁学了三年经史，刘病已从经史中懂得了很多的道理，知道该如何去规避可能存在的风险。听到张彭祖对符节令眭弘推衍"公孙病已当立"传言的解读后,刘病已意识到"病已"两字可能会给自己带来的巨大风险。为了规避风险,刘病已疏远了大大咧咧的张彭祖。与张彭祖疏远后,刘病已与另外一位同窗成了好友,甚至于形影不离。这个同窗就是陈遂。

刘病已与陈遂都是澓中翁的高足,两人志趣相投,常常结伴行走于阡陌里巷之间。陈遂尤其善赌,是长安城中赌马斗鸡的高手。他经常带着刘病已去赌场,刘病已每次都是输多赢少,欠下了陈遂不少赌债。但两人赌债归赌债,情义归情义,依然经常是形影不离,吃喝也不分你我。

刘病已时常会带上好吃的,去看望老师澓中翁,跟先生海阔天空地宏论时政,将心中的疑惑说与老师听,希望老师能够给自己以指点,答疑解惑。但澓中翁却对刘病已所关心的朝廷政事,很少去评说。尤其是,每次当刘病已说到"盐铁之议"和"苏武回归"这两件事的时候,澓中翁总是借故岔开话题,不愿过多涉及。对此,刘病已常常不能释怀,愈加希望有机会与老师好好探讨一番。

时近年关,天下着小雪。傍晚时分,刘病已邀上陈遂,带了两条熏鹿肉,拎着一坛陈酒来到澓中翁的学堂。学生们都已经放假回家了。澓中翁眯着眼盯着刘病已和陈遂带来的酒肉,笑道:"围炉夜饮,大快平生啊!"说完,看着两个得意弟子畅怀大笑。

澓中翁让书童蒸好熏肉,温上美酒,三人围坐几前,边吃边聊。澓中翁抿了一口酒,看着他俩,等着他们开口。

陈遂一般不先提问,都是让刘病已先问,然后他再参加讨论。

如果刘病已不提问，陈遂通常就会说出一盘六博棋残局来与先生一道切磋。

几杯酒下肚，见老师今天兴致很好，刘病已决定从老师过去有所评价过的"苏武回归"说起，这一次，一定要掏出老师的真情实话。

第 貳拾貳 回

仨师徒雪夜畅谈　说高论只是一点

师徒三人雪夜畅谈。刘病已双手端起酒杯举过头顶，极为庄重地敬了老师一杯酒，然后目不转睛地盯着渡中翁，充满期待地说："先生，一段时间以来，关于'苏武回归'和朝廷对他的任职安排，朝廷和一些文士们又开始了一轮热烈的谈论。不少人替苏武鸣不平，甚至有人说早知道回朝是这种安排，苏武还不如留在匈奴投降匈奴算了，那样，他在匈奴将有享不尽的荣华富贵，不至于回朝受这种窝囊气。学生对这种说法感到很是不安，不知老师对'苏武回归'持何种看法啊？"

渡中翁长"哦"了一声。他知道刘病已这几年心中的疑惑，这"苏武回归"便是其中之一。

借着酒劲，渡中翁这次没有对"苏武回归"一事避而不谈，而是出乎意料地感慨道："苏武的坚贞不屈是不用多说的，当今之世能做到像苏武那样对汉室忠心不二的人，可以说没有几个。不说其他人，李陵就没有做到。李陵战败后降了匈奴，他的投降虽说有很多不得已的原因，朝堂之上也有人为李陵辩解，但降了就是降了，不管你过去如何的忠义，但投降了匈奴终归是大节不保，这个事实就摆在那里，无可辩驳。只可惜了司马迁哪！"司马迁作为李陵的挚友，他始终不信李陵会真的降了匈奴，在孝武皇帝的极度震怒之下，不顾个人安危，在朝堂上替李陵说公道话，却触怒了皇帝，被处宫刑。司马迁是个有情有义之人，满朝文武大臣在朝堂之上，却是谁都不敢替李陵说话，唯独他仗义执言，却遭酷刑摧残。

见澓中翁这次没有再回避自己这几年所关切的话题，刘病已心中大喜，赶紧给老师续满酒。他和陈遂端起杯子共同敬了老师一杯。

澓中翁沉浸在对苏武的感佩之中："李陵将军奉诏出征，最后大节不保，以至于后来朝廷与匈奴改善了关系想接他回朝时，他已无颜回归，最后只能是客死异乡。可苏武苏大人就不是这样啊，他对汉室忠贞不贰，出使匈奴被拘十九年，历经万般磨难都不改初心，其精神和操守，足可感天动地，堪称我大汉子民的楷模啊！

"我们看朝廷对他的安排，可不能仅仅盯着给予他官位的高低，而要看朝廷对苏武这种不屈精神的弘扬，他的这种精神才是大汉最可宝贵的财富啊！"刘病已听罢，悚然动容。

渳中翁自言自语，仿佛进入了对学生讲课的忘我状态："我还尤其佩服他对爱情的坚贞不移。他在出使匈奴之初为爱妻写下了《留别诗》。这首诗，老夫尤其喜欢，其情可动日月，其义可感星河，称得上是千百年来的第一爱情诗篇。苏武苏大人，这真是一个表里如一的贤圣之人。"

渳中翁停顿了一下，就像是过去在学馆的课堂上给刘病已他们上课时一样，忍不住拖着长音摇头晃脑地吟诵起来："结发为夫妻，恩爱两不疑。欢娱在今夕，嬿婉及良时。征夫怀远路，起视夜何其？参辰皆已没，去去从此辞。行役在战场，相见未有期。握手一长叹，泪为生别滋。努力爱春华，莫忘欢乐时。生当复来归，死当长相思。"

渳中翁吟诵苏武写给爱妻的《留别诗》，语调抑扬顿挫，感情真挚充沛，仿佛已入其境。当他把这首诗吟诵完时，眼角已泛出晶莹的泪光。

刘病已和陈遂听罢也是感动莫名，一时间都没有说话。他们一起望着渳中翁，知道老师后面还有话要说。

果不其然，渳中翁又以比平时授课时要高亢得多的语调慷慨说道："老师常对你们讲，诗言志，表达的是歌者的心声和品格。从这首诗中也可感受得到，苏大人是刚烈节义的大丈夫啊！出使匈奴之前，他肯定并不知道这是一件无比凶险但日后会让他光照千秋的事情。他在诗中自比征夫，受君王之命，不得不离开自己深爱的妻子。但他却没有那奉王命出征者的趾高气扬，也没有那对前途未测的忐忑不安，他只是用自己的平和与坚定安慰妻子，坦然却又不舍地面对即将到来的离别。他对妻子爱得真挚、爱得深沉、爱得坦然，这才是我心目中真正的大丈夫啊！"

见滆中翁谈得兴起，刘病已又乘着兴致将"盐铁之议"提了出来："先生所言极是啊，病已受教了，学生的心目中也对苏武苏大人钦佩不已！他也是学生们做人做事的楷模啊。不过，病已还有一事久萦于心，想请先生给我解惑。敢问先生，您对'盐铁之议'有什么看法啊？"

滆中翁愣了一下。他显然是没想到刘病已会提出这个问题。对刘病已心中所疑惑的这个问题，他过去经常是故意避而不谈，因为实在是有太多的顾虑，为尊者讳，这个"盐铁之议"可不好谈啊！

滆中翁看了刘病已一眼，似有难言之隐。见刘病已一脸的真挚和期盼，又深深地叹了一口气，良久才缓缓地说道："唉！这事却说来话长啊！这件事涉及了你们刘家的社稷，尤其是涉及你的曾祖孝武皇帝，我本不愿评说的。据我观察，这件事应该已经在你的心里萦绕许久了，看在我们师徒一场的份儿上，今天我们就说个透吧。"

滆中翁的话匣子一打开，如滔滔之江河，一发而不可收。他自顾自地满饮了一杯酒，仿佛沉浸在对历史的久久回味中。

"三年前的'盐铁之议'，是大司马大将军霍光接受孝武皇帝遗诏辅国后，全盘调整大汉国策的一局大棋啊！'盐铁之议'之后的这几年，大汉的发展就充分地证明了大将军的决策是正确的。当年孝武皇帝辞世时，留给大将军的可是一个捉襟见肘的大汉啊！和匈奴打了那么多年仗，朝廷家底已经告罄，再不调整政策的话，百姓疲惫不堪，朝廷已如强弩之末，会被拖垮的啊！'盐铁所议'，看上去是经济问题，实际上却是对大汉奠基百年来，国策的全面梳理和改革啊！大将军所下的这着棋啊，是事关大汉下一个百年国运的高招啊！"

渡中翁先这是对"盐铁之议"的历史地位做了一个简要的点评，然后语重心长地说道："病已啊，我们读书人千万不要自命不凡，瞧不起读书不多的人。按说，大将军霍光读书并不多，但他却能把你们刘家的天下治理得井井有条。这份本事，又岂是一般的读书人所能企及的。孝武皇帝有识人之明，他把大汉社稷托付给大将军，令大将军领衔辅国，这真是托付对了人啊！可笑那些贤良、文学，满腹经纶，看似一腔真诚，却被大将军所利用，成了他的刀斧，帮助砍倒了阻碍他前行的人。你们都知道后来同为辅政大臣的左将军上官桀、御史大夫桑弘羊的败亡，其实在'盐铁之议'时就已经开始了。"

渡中翁好像是在自我感叹，却又像是在教导刘病已和陈遂。刘病已和陈遂听得入迷，竟忘了给渡中翁敬酒。

渡中翁自己端起酒杯一饮而尽："你们也干了这杯吧。"刘病已和陈遂赶忙也端起杯子一饮而尽。

"病已、陈遂，你们都是我的得意门生。但是，你们可千万要记住啊，读书人切不可死读书，也不可读死书，你们不要学那些所谓的贤良、文学，将来不管你们当上什么官，均不可有书呆子的迂腐气啊！在某些方面，你们还要学习大将军霍光。大将军虽然读书不多，但是跟着孝武皇帝那么久，已经深得孝武皇帝治国真谛啊！大将军在大事面前，绝不含糊，敢于担当，勇于尽责，求新求变。'盐铁之议'，就是大将军针对治国中发现的最紧要的问题，从思想争鸣入手，先统一朝堂内外的思想，再推动改变政策。就是他，竟找到了解决大汉现实问题的有效之法。"

第 贰拾叁 回

初见面心头鹿撞　结佳缘情愫暗生

　　澓中翁酒席间，授业解惑。提到"盐铁之议"，他跟刘病已说："记得当年你在学堂里所说的，凡事要中庸，而不要偏执。'盐铁之议'中，那些贤良书生们就往往过于偏执理想。就如贤良们所讲的，说什么武帝征服匈奴是劳民伤财，说什么要藏富于民。这真的是书生之见啊！常言道，百无一用是书生，这话放在这里就很贴切。假如大将军真的按照书生贤良们的意见去治理大汉这么一个大国，可就真的会误国误民，有负孝武皇帝的重托啊！"

　　澓中翁对孝武皇帝的评价一直比较高，说到孝武皇帝，他神色庄重，肃然起敬："假设没有孝武皇帝过去几十年对匈奴的征伐，大汉会有今天的安宁太平吗？孝武皇帝曾说过，犯我强汉者，虽远必诛！这是何等的霸气，又是何等的自信！匈奴人披发左衽，野性不改，屡次侵扰大汉边境，实为我大汉的心腹大患。若

133

不是孝武皇帝英明神武，将匈奴逐出漠北，长安城又哪里会有今天的盛世太平啊！"

渡中翁停顿了一下，刘病已和陈遂趁老师歇息的间隙，赶忙又敬了一杯。渡中翁接过酒杯，却没有马上一饮而尽。似乎上面的话还没有说完说透："再说藏富于民，百姓又真能有富可藏吗？能够藏富的也只能是那些自称为民的豪强罢了。"

渡中翁谈得兴起，将杯中酒喝完，又自己斟了一杯，与刘病已和陈遂碰了一下酒杯："来来来，你们也与我尽饮此杯！"

渡中翁若有所思地看着刘病已："天地不仁，以万物为刍狗。这是天地运行的基本原理。然而，难就难在，当你处于江山社稷的最高位置，自以为是代天地行道，掌万物命运于掌中时，何时行的是仁，又何时行的是不仁？这却是一道千古难题啊！历朝历代打江山和坐江山的，都在做这道题，可这道题又哪里有固定的答案呢？就像孝武皇帝所做的那些事，有人说好，也有人说孬。唉……"

渡中翁长叹一声："如果说天地万物的运行是一张试卷的话，那么皇帝陛下就是答卷的人，出卷的却是这个有人说好有人说孬的时代，而评卷的只能是千秋万代的黎民百姓啊！皇帝陛下的这张卷子究竟答得好不好，只能交由后人和史官去评说了！"听了渡中翁说出这番话，刘病已心潮涌动，肃然而立。他好像找到解开心中疑惑的答案了。

渡中翁言犹未尽："楚人宋玉讲，凤凰上击九千里，绝云霓，负苍天，足乱浮云，翱翔乎渺冥之上。夫藩篱之鷃，岂能与之料天地之高哉！鲲鱼朝发岸岩之墟，暴署于碣石，暮宿于孟诸。去尺泽之鲵，岂能与之量江海之大哉！故非独有凤而鱼有鲲也，士亦有之。夫圣人瑰意琦行，超然独处，世俗之民又安知臣之所为哉！"之乎者也的，这老头说了半天说的什么意思呢？说得就是普通百姓根本就看不透那些才高权重的人所做的事会对后世有多大影响。

渡中翁又说："那些迂腐的儒生啊，连这点道理都不明了，又有什么资格去评说一代雄主孝武皇帝呢？"

渡中翁这番痛快淋漓的话语，让刘病已和陈遂豁然开朗。刘病已更是心潮激荡，数年来久盘内心的郁结一扫而空。

不知不觉就临近正月春节了，天气愈加寒冷。从腊月开始，连日下起了纷纷扬扬的大雪。天寒地冻，出门多有不便。这一段时间，刘病已天天待在掖庭的家里读书，他在家的时间明显比平常要多得多了。

这天，刘病已听到外面有人叫门。他起身去开门一看，见来者是一个男子。这男子长得白白净净的，竟没有一根胡须，看上去就是一派忠厚老实的模样。

刘病已认识这男子，他叫许广汉，是在掖庭里打杂的。许广汉见到刘病已，轻声问道："掖庭令在否？"

刘病已告诉他，掖庭令张贺去了少府官署，还没有回来。说完，便将来人让进了家门。

许广汉"哈"了口气，拂去肩上的雪花，往身后一招手："平君，快过来见过哥哥。"许广汉背后还站着一位少女。这少女身着一袭红色的衣袍，如雪中的红果一样，格外惹眼。

这个女子眉目清秀，五官端庄，气韵甜美，质朴无华，既端庄秀丽，又不矫揉造作；外看淳朴文雅，内透一股雍容华贵的气质。这人的内在气质可不是装来的，它是从人的内心往外这么渗透出来的。这女子略卷的黑发密密地覆笼着她那白皙娇俏的脸庞。一双流波闪动大眼，清纯无瑕；此刻紧紧地闭着红润的双唇，想必是见了生人的缘故，有几分紧张和羞涩。

刘病已一见这女孩，突然感觉好像有一股电流从脑门嗖的一下直贯到脚底，内心突然生出一阵莫名的慌乱和躁动，这是从来不曾有过的感觉。他眼神一阵儿恍惚，脑中一阵儿眩晕，心绪似乎在这一刻出现了空白。当他缓过神来定睛再看时，却见门外有一人迎风踏雪而来，正是掖庭令张贺。

张贺见了许广汉，先是一愣，随后拱手致歉："唉，我真是糊涂了，竟忘记了你今天会过来。今天让少府的事情耽搁了一些时间，让你久等了。"

许广汉连连摆手："掖庭令见外了。我来见掖庭令本也没有什么大事。我和小女也是刚刚到，才等了这么一小会儿，掖庭令不用放在心上。"

张贺显出几分无奈："……唉，你我都是在给朝廷当差，这端人家的碗得服人家的管不是？实在是身不由己啊！"

引许广汉入了里屋，张贺回身扫了刘病已一眼。见刘病已与许广汗的女儿许平君两人的神情都甚是拘谨，尤其是许平君脸色

136

潮红，局促不安，如春日的桃花，清纯动人。张贺心里忽然一动：
"这两个孩子倒是很般配，看两人的神情就好像是天造地设的一
对。只可惜，许平君却早已许配了人家。"

张贺悄悄地叹了口气，对着许平君笑容满面地赞道："平君
这孩子几年不见，可是越来越水灵了。"

听见张贺夸自己的女儿，许广汉不无自得："平君这孩子可
是越来越招人喜欢了，就是有一样不好，在生人面前不喜欢说话。
平君，快叫张伯。"说完又一指刘病已："这是你刘病已哥哥，你
没见过的，快叫哥哥。"

许平君叫了一声"张伯"。转眼看向刘病已，口还没张开，
脸却更红了，两只小手紧捻着衣角，声音轻得如同蚊子一般，轻
轻叫了一声"哥"。

许平君叫完，便欲躲到父亲徐广汉的身后去，一双大眼睛却
又羞怯地看着刘病已，似是对这位英俊的哥哥有几分好感。这
就算是两个人感觉都不错啊。

刘病已听到这一声娇唤，犹如被电击了一样，心头有小鹿在
一个劲儿地撞，再也不敢去看许平君的眼睛。见刘病已一副窘迫
的样子，许平君嫣然一笑。哎哟，这一笑，让刘病已更加慌乱起
来了。

许广汉在屋中坐定，拿出两匹麻布，放在几上："当年多亏
掖庭令关照，不然还不知要对我做何种处罚。这是小女织的两匹
麻布，天寒了，给掖庭令做件冬衣吧。"

张贺推阻道："你我之间不必如此。都怪当年上官桀那事闹

得太大，少府当年处置你也是不得已而为之啊！"

　　这个许广汉是干什么的呢？他可不简单，许广汉跟汉废帝刘贺以及后来的汉宣帝刘询都有着剪不断的瓜葛。到底是怎么回事呢？下次再说。

第 贰拾肆 回

祭父母二人倾心　心相依情定终身

许广汉携女拜访张贺。原来张贺曾经为救许广汉没少四下奔波。因为什么事呢？原来，三年前左将军上官桀因联合燕王刘旦、御史大夫桑弘羊等人谋反，获罪被诛，许广汉奉命去上官桀的官邸协助搜查。官邸里有上官桀准备用于起事绑人的数千条绳索，用箱柜装着，许广汉在搜查时偏偏就漏掉了这些箱子，没有搜出这些绳索，后来被别人搜了出来。因为漏搜了罪证，许广汉办差不力获罪入狱。多亏了张贺多方打点，最后才将他贬到了暴室，在掖庭打杂。许广汉心里一直记着张贺的恩情。

这许广汉前半生也真是一波三折啊！他知书达理，年轻时就担任了昌邑王刘髆的侍从官，原本也是前程可期。有一次汉武帝出游，从长安城去甘泉宫，许广汉随驾。许广汉糊里糊涂地把别人的马鞍放到了自己的马背上，被人发觉后被视为盗窃，应当处以死刑。但也有诏令，允许死刑犯选择不死，但要被处以宫刑，发配宫中做杂役。许广汉舍不得妻子、女儿，选择了不死，便被处以了宫刑。再后来，他入宫当了暴室丞，归张贺管辖。

许广汉今天就是特意来感谢张贺这些年来对自己的关照的。因为这两匹布是女儿许平君所织，所以今天也特意带女儿来一起拜望恩人张贺。没想到秀美清纯的许平君见到了英气逼人的刘病已，两颗年轻的心就"啪嚓"一下，碰出了火花。就这样，刘病已认识了许平君。

这年寒冬的时间持续得特别长，终于到了第二年的3月份了。

这一天，有一辆马车从长安城的覆盎门出发，沿着大路去往郊外。3月的长安，冬天虽已去，春色却未来，城内城外都是一片萧瑟的景象。出了城门往郊外行驶不久，但见都市的风景逐渐退去，不远处出现了大片的农田和森林。

马车在通向山野的路上不紧不慢地行驶着，又走了数里路后，拐上了一条岔道。这岔道显然已年久失修，路边的茅草足有一人高，许是久未有人清理，茅草将道路夹得紧紧的，狭窄的车道仅够马车勉强通行。山路开始变得很不好走，时不时地，马车便会颠簸一下。

又行走了一会儿，马车终于到了目的地。驾车的男子发出一声长长的"吁"声，马车停了下来。不待马车停稳，男子便身手矫健地跃下了马车，撩开车驾后面的帷帘，握住车上伸出的一双嫩滑的小手，牵着一个女子下了车驾。

140

这男子不是别人，正是刘病已；坐车的貌美女子正是许平君。

刘病已牵着许平君走向了前方的一座林苑。这座林苑方圆有好几百米，入口处有一大片空阔的场地，依稀可辨从前应该是停放马车的地方，如今却已被杂草覆盖得严严实实。林苑的大门也已破败，有一侧的门已全部朽坏，门框上方挂着的牌子却还在，上面写着"博望苑"三个字。

刘病已来博望苑已不是第一次了。第一次是掖庭令张贺带他来的。当时，刘病已年龄尚小，张贺说这里葬着他的亲人，以后每年都应当前来祭扫。

那一次，张贺告诉刘病已，从前孝武皇帝的太子刘据行冠礼时，孝武皇帝特地在长安城覆盎门外南五里处，修建了一座苑囿，送给太子。这座苑囿取名博望，取的是广博观望之意，寄托了孝武皇帝当年对太子的期望。

刘病已清楚地记起，张贺在说起戾太子的时候，脸上满是凄楚和无奈。当年，太子刘据喜欢广交宾客，博望苑建好后，便经常在这里与宾客交往。当时的博望苑，可谓是人来车往、门庭若市。太子交往的宾客很杂，既有通读经典的文人，也有市井里的游侠；有些人还持"异端"之学说，苑囿里间或有胡人来访。世人皆知这太子便是下一任的皇帝，都想倚着太子为靠山。不少宾客争相向太子陈述自己的政见，期待太子一朝即位，自己便能捷足先登。

然而巫祸中，太子刘据自杀身死，博望苑便迅速地衰败了。如今，曾经人来人往的门庭人迹罕至；曾经精巧雅致的花园廊道如今爬满了杂草藤蔓；曾经宾客满堂的楼宇也已经坍塌。刘病已睹物思人，遥想先祖父和父亲经历的那场祸变，心里难受，不由将许平君的小手握得紧紧的。

许平君与他心意相通，也紧紧地握着刘病已的手。她感觉刘病已握着她的手在微微发抖，不知不觉中使上了劲儿，把她捏得生疼。

从博望苑门口沿着一条小路往北行去。小路已被厚厚的植被覆盖，石头上附有滑溜溜的苔藓，在上面行走起来比平路上累得多了。许平君往前走了几十步，便已气喘吁吁。

不久，他俩在一座写着桐柏亭的亭子前站住了。这座亭子也已经破败不堪，有根柱子已经倾倒了，亭子的圆顶也塌掉了一部分。在亭子的边角处有一座小小的坟冢，上面立了块小碑。

许平君小声地问："这是谁的墓啊？"

"是我曾祖母卫皇后的。"许平君听说是卫子夫皇后的墓，没想到竟会是这么寒碜。

原来，当年刘病已的曾祖母卫子夫皇后因协助太子刘据在长安城起兵而受到武帝的责罚。太子兵败后，卫皇后被武帝收缴去象征皇后权力的玺绶。为自证清白，卫皇后选择了自杀。因卫皇后牵涉进了太子谋反一案，因而就没有安排在武帝为自己准备的茂陵下葬，最后被草草地埋在了博望苑北边桐柏亭边上。刘病已的祖母史良娣在巫蛊之祸中被杀后，也葬在了博望苑旁。

刘病已每年都会来博望苑，祭祀曾祖母卫皇后和祖母史良娣。今天，他特意带许平君和自己一起来，要将许平君介绍给亲人们知道。

刘病已与许平君相识才几个月，却已经有了一种不愿须臾分开的情感。虽然他知道许平君已经许配他人，他俩不可能终生厮守，但刘病已却顾不得了那么多。只要一有机会，他就愿意陪着许平君，或让许平君陪着他。

刘病已用棍棒拨开杂草藤蔓，用镰刀割出了一块空地，然后就跪倒在卫子夫的坟前，重重地磕下头去，待抬起头时已是双泪直流。

许平君怔怔地看着刘病已。此时此刻，她觉得这个在祖宗坟前流泪的男人，才是值得自己终身依靠的人。想起自己已经被许配他人，许平君生出"恨不相逢未嫁时"的惆怅，内心五味杂陈，不知是痛，是酸楚，还是心碎。

刘病已磕了头后，许平君也俯身盈盈地拜了几拜。

祭拜完卫皇后，他俩又拨开灌木杂草继续往北走，一会儿又见到有一座坟冢，隐没在绿草茵茵之中，却是刘病已的祖母史良娣的坟。刘病已依前样敬上了贡品，磕头下拜；许平君也跟着他下拜磕头。

在祖母的坟冢前待了一会儿后，刘病已牵着许平君原路返回，许是刚刚拜祭过先祖的忧伤尚存，两人沿途都没有说话。上了马车后，刘病已驾车往北面驶去。这一次，他们去的是广明苑。

博望苑在长安城的南面，而广明苑则在长安城的东面。广明苑还有人在居住，刘病已的目的地是广明苑北的三座坟冢。

来到三座坟冢前，只见三座坟冢并排列在一起，依稀可见坟冢前立有小小的墓碑，却几乎被杂草所掩盖，难以看清上面的字。

刘病已拔去杂草，墓碑上的字便显现了出来。中间的墓碑稍大一点儿，刻着刘进之墓；左边一块墓碑上刻着刘王氏之墓；右边的墓碑上刻着刘氏女之墓。

刘病已依序磕头，敬上贡品后，再次磕头下拜，久久地不忍离去。刘病已在自己父母墓前暗自发誓，今生非许平君不娶。

第 贰拾伍 回

害相思情难自已　进赌场难解情愁

刘病已带着许平君祭扫先人坟台。许平君看着刘病已，在父母坟前是双眼垂泪，悲痛不已，方才磕头跪拜时手上沾着的泥土也没擦去。许平君取出绢帕，抓着刘病已的手，细细地给他擦拭干净，连指甲里的土也给挑了出来。

许平君抚摸着刘病已的手小声安慰道："都过去这么多年了，哥哥不要过于伤感了。"

刘病已抽泣着说道："这墓里葬的，是我父亲、我母亲，还有我姑姑。我刚出生不久，他们便不在人世了……"

许平君问："你父母是什么样的人呢？"

刘病已止住啜泣："据张伯说，我父亲喜欢诗书，喜欢音乐；母亲则是他府上的舞女。母亲出身贫寒，却性格刚毅。父亲和母亲二人地位相差甚远，但父亲却十分钟爱母亲。"

许平君的日常生活虽然也过得清寒，但父母却都在身边，自小就受到父母的百般疼爱。此时，她想到刘病已襁褓中即父母双亡的悲苦，感同身受。见刘病已泪流满面，像个无助的孩子一样，此时已经泣不成声了。许平君心头一热，如母亲一样伸出玉手将他拥在了怀中。

　　刘病已做梦也没有想到，平日连说话都脸红的许平君，这会儿会把自己拥入她温软的怀中。那少女特有的体香令他心安，让他陶醉，一时间，刘病已的身心都融化了，他真想让时间停止流逝，一辈子就这样让温情永驻心中。

　　刘病已的脑海里冒出了《诗经》中《野有蔓草》的诗句："野有蔓草，零露漙兮。有美一人，清扬婉兮。邂逅相遇，适我愿兮。野有蔓草，零露瀼瀼。有美一人，宛如清扬。邂逅相遇，与子偕臧……"

　　渡中翁曾为学生解析过这首诗，说这乃是先民男女邂逅时的情爱之诗。刘病已那时候还不懂情爱为何物，而现在他突然懂了。

　　刘病已又想到了之前许平君问过他的《诗经》中另外一首诗《木瓜》："投我以木瓜，报之以琼琚。匪报也，永以为好也！投我以木桃，报之以琼瑶。匪报也，永以为好也！投我以木李，报之以琼玖。匪报也，永以为好也！"

　　这首诗歌的三句意思完全相同，渡中翁曾经解析，诗歌中咏叹的是人与人之间的知恩图报与深厚情谊。

　　此刻的刘病已，已深深地感受到了许平君对他的温情和爱恋。他认定，许平君就是他的琼琚、琼瑶、琼玖，如果有来世的话，他定当投桃报李，与许平君携手同老。

两人回到长安城中时已是傍晚，刘病已送许平君回家后，驾车回到掖庭，张贺正倚门而望。

张贺知道刘病已是跟许平君一起去父母墓地了，不无担忧地提醒道："平君是个好女子。可惜她已经许给了内者令欧侯家了。"张贺又深深地叹息一声："唉，如果不是这样的话，那可就好了！"

刘病已听出了张贺话中的意思，知道张贺很是为他们两人惋惜，心里也很不是滋味。他不知道该怎么办，也不知道该说什么好，只是生硬地挤出了一丝笑容，感激地看了这位如再生父母一样慈祥的恩人一眼。

张贺见刘病已故作轻松的表情，不禁忧从心来。张贺暗想，皇曾孙和许平君这两个孩子本很般配，但是老天爷却总爱捉弄人，那许平君早已许人，两个人不可能会有什么结果。眼下，皇曾孙也已到了该娶妻的年龄了，我该怎样帮帮他才好呢？

刘病已从那以后，一天到晚地没精打采，害了相思病，这人想人可真了不得，一天到晚怎么都不是，什么也没心思干，魂不守舍嘛！其实刘病已的好友陈遂早就看出来了。这段时间陈遂一直没点破。每天都约他四处游历，以冲淡相思之苦。

今天，他俩到长陵一家出了名的斗鸡场来看斗鸡。

长陵是汉高祖刘邦的陵墓。长陵的陵邑城虽然不如长安城周围最大的陵邑城茂陵邑那么大，却也有近十万人居住在内。

出了长安城的横门，往南走，渡过渭河，走上几个时辰，便是长陵。当初建邑时，迁入其中的都是关东六国的贵族和关内的豪门大族，到处都是人流车马，十来万人会聚在一起，其繁华程度竟丝毫不亚于长安都城。

陈遂拉着刘病已轻车熟路地穿过人群，走大街串小巷，来到了一座庭院前。进入这个巨大的庭院，已经有几十人围在一圈篱笆边斗鸡。叫喊声、叫骂声，输家哀叹、赢家欢呼的声音此起彼伏。

陈遂对刘病已说道："陵邑的许多富家子弟，都喜欢在这里玩斗鸡。据说一只最厉害的斗鸡能值一家农户一年的口粮。没有带斗鸡来的，也可以下注赌输赢。我赌过几次，可惜眼光不行。"

"你玩'六博'那么厉害，怎么斗鸡就不行了？"刘病已看着陈遂，似有不信。

"对'六博'我是玩得熟悉，但看那斗鸡我就不行了，不知道哪方的鸡更强，经常看走眼。有些鸡，平时看起来病恹恹的，但到了斗起来的时候，一跳，一啄，就能把对方打得满地奔逃。这里面的门道多得去了。"

陈遂逢人就打招呼，显然是这里的常客。他拍了拍一个三十余岁的男子："王公，今天收成如何？"

这男子叫王奉光，满脸精干，见了陈遂，也给他打了个招呼。陈遂知道王奉光对斗鸡很在行，指着刘病已说道："这位是我的好友，对斗鸡很有兴致，你是大行家，给指点指点。"

王奉光听陈遂捧他，又见刘病已气度不凡，便来了精神，指着正在斗着的两只鸡说道："斗鸡首先要看鸡，看鸡又要从鸡的神情、体型上着眼，这是很有讲究的。有些鸡看上去不起眼，但却是鸡中凤凰！它双眼发狠，上去便不要命地搏杀。有的鸡看上

148

去头冠华美，但一斗起来，却怕弄坏它那华丽的羽毛，不敢拼命。如何挑选斗鸡，却又是一门学识，这可不是三言两语就能够说清楚的……"

刘病已挤上前，看向围栏里。两只大公鸡正在激烈搏杀，一只鸡的羽毛是青色，另一只鸡的羽毛红黑相间。在围观人群的吆喝中，两只鸡互瞪了几眼，随后便扑向对方。

刘病已见青色鸡形体更大，以为这只鸡一定能赢，却没想到青色鸡因形体大而显得笨拙，而红黑相间的那只却更加敏捷。这只红黑鸡似乎精通搏击之术一样，它从不和对方硬斗，而是左跳右跳，瞅准机会就狠命地啄上一口。几个回合下来，青色鸡就被啄得遍体鳞伤。待红黑鸡再次扑过来时，青色鸡见势头不对，立刻扯开翅膀逃命去了。

"避其锐气，击其惰归。"刘病已想到了在鲁国史家跟着无解师傅习练武术时，师傅给他讲过的搏击之术。原来斗鸡之术，竟也与人类的搏击之术相类。

陈遂见刘病已对斗鸡似有感悟，便问道："怎么样？斗鸡与你的形意拳是不是有些相似？"

"是啊，形意拳就是从动物相斗中悟出来的。"

刘病已若有所思："你玩'六博'这么在行，能自由控制掷出的数字。以点数赌输赢，你是十拿九稳。如果赌斗鸡的话，你有多大胜算呢？"

陈遂笑笑："如果我和王奉光联手，那就会天下无敌。"

刘病已心想，这两人联手不知会是一番什么样的景象，竟让陈遂夸下天下无敌的海口！

　　第二天，陈遂又带着刘病已去了长安周边最大的陵邑城茂陵邑。陈遂本来只是想带刘病已出来散散心，顺便了解市井之中的百姓生活。哪曾想刘病已却迷上了赌博，一发难收。

第 贰拾陆 回

解思情远游三秦　遇盐差行侠仗义

　　刘病已本想借赌博来忘掉许平君，哪知竟一门心思地钻了进去。有一天，刘病已一次赌便输了上百五铢钱，一天下来输到身无分文，还欠了不少赌债。陈遂给他做了保，方才得以脱身。

　　见刘病已有沉迷于赌博的势头，陈遂劝告道："依你的性情，可千万不要再入赌局了。一来你太实诚；二来你也不懂这赌局中的手段。要知道，不管是大户家族，还是平民百姓，到了这赌场基本都要靠耍些诡计才能存活。就说博戏，你掷箸是听天由命，庄家却常常趁你不注意，将箸换成他们想要的。庄家的手法又快又隐蔽，甚至在你眼皮底下做手脚你都觉察不出，你又哪能赢得了钱？"

　　刘病已很是诧异："普通百姓也这样吗？"

　　"普通百姓若是入了赌局，更是喜欢这样做。大户人家的子

151

弟有些不在乎钱财，博戏只图个玩乐，不属于玩那些坑蒙拐骗的把戏。而没钱的人，更是要尽了各种手段来诓你诈你。你家世殷实还好，若是也和他们一样是没钱的，输了钱，他们就天天找你要债，让你不得安生。你实在是太不懂市井闾里中的这种奸邪了。"陈遂自小便和富家子弟一起在陵邑城斗鸡走马赌博，对这些市井之间的手段十分了解。

离开赌场后，刘病已问陈遂："你还记得濊中翁先生是如何评价《诗经》的吗？"

陈遂挠挠头："不大记得了，老师是怎么说的？"

"濊中翁先生是以《论语》中的话来评价《诗经》的。《论语》中有说，'《诗》三百，一言以蔽之，曰，思无邪'。都说《诗经》多为民间创作，可现在我却十分迷惑不解。"

"有什么令你迷惑不解的？"

"你看，《诗经》中描绘的民间情景，可谓是美轮美奂，令人向往。然而我们在市井之间所看到的却常常有粗俗丑恶之事，就像你刚才所讲述的那些奸邪手段一样。"

刘病已重重地叹了口气："我小时从鲁国到长安的路上，曾经见到天空中有大鸟在翱翔，当时就想，有朝一日我一定要游历天下。现在，我想先将京畿游个遍，看看真实的大汉究竟是个什么模样。"陈遂一听，赶紧说："好啊，正合我意，我来个舍命陪君子。"两个人商量好了，这才收拾行囊，准备路费盘缠。

离开长安的那天，天上下起了霏霏细雨。刘病已和陈遂备好了行李车马，从掖庭令张贺的家中出发，通过宣平门离开长安，往东面的方向驶去。他们此番离开长安城，是要去游历京畿。

出了城门最开始几里地的时候，尚能够远眺看到长安城和高高的未央宫，但越往东，长安的繁华便逐渐消失不见，沿途的景致也愈加冷清起来。马车行驶过的道路，从出城时几十米宽的开阔大道，渐渐地变成了只有十来米宽的狭长小道，道路两侧是成片的森林和农田，不时也经过一些稀疏的村落。

汉制规定，十里一亭，十亭一乡，十乡一娄。刘病已和陈遂的马车偶然路过乡或县，这些县乡之地虽也自有自己的一番热闹，但街景和长安城相比已是大不相同。基本上看不到高大的楼宇，官员百姓住的多为平房。人们的穿着多为粗布衣服，用的车也多为牛车。

刘病已和陈遂离开长安所走的道路，其实是他当年从山东鲁国来长安时已经走过的路。过了这么多年，当年经过沿途所见的景物，刘病已已经回忆不起来了。

刘病已这次往东面走，除了想遂当年的愿望游历"三辅"外，另外一个想法就是想去寻找自己祖父戾太子刘据的坟冢，凭吊先祖。

长安城属于"三秦"中的京兆尹管辖。刘病已先往东走，再往北走，坐渡船过了渭河，就进入了"三秦"中左冯翊管辖的地区。相比于京兆尹，左冯翊地区没有那么繁华。行了几十里路，天色渐暗，刘病已与陈遂在驿站歇息。次日又继续进发，见沿路尽是森林农田，掩映其中的是百姓的聚居村落。

这日下午，马车驶过一片丘陵，眼前的景色一变，一个大湖出现在了眼前。这个大湖浩浩汤汤，却不知方圆究竟有几许。

刘病已和陈遂二人下了马车，看见湖岸边泛着些许白色的东西。他俩正欲下到湖边看个究竟，一辆牛车从刘病已身边经过，车上载着数个大铁盆。那铁盆上宽下窄，口径看样子得有一米，底径半米。刘病已不由好奇起来，上马追上牛车，询问这些铁盆是做什么用的。

牛车上有两人，一胖一瘦，都穿着短衣衫，显然不是富贵人家。见有人询问，二人并不回答，阴沉着脸互相交换了下眼神，打量着刘病已和陈遂。

陈遂见状，忙递了几枚五铢钱。二人见了五铢钱，面色便舒展起来，这才开口说话。

原来二人为盐工，那些大盆名为"牢盆"，是官府提供的专为煮盐用，现在二人是把牢盆运到湖边的一处制盐场去。

刘病已提出想跟过去看看，两个盐工面露为难神色，告诉他们，外人不能去。陈遂又送上数十枚五铢钱，两个盐工看在钱的份儿上总算是答应了。但又一再告诫他俩，见到什么都不能出声。

一路上，刘病已都在询问有关制盐的事情。两个盐工倒也没有什么不耐烦的，把制盐的事情一五一十地说给他们听。

"制盐乃是官营，制盐的牢盆是官府提供的，我们所制的盐也是官府收的。"胖盐工说道，"这里是莲勺县地界，这片沿路的大湖名叫'卤中'，湖边取卤水，在牢盆中煮开水再取盐。"

见刘病已听得专注，又见他穿着打扮不似本地人，盐工便问道："公子，你们怎么会到莲勺县这种地方来？"

陈遂随机应变得快："我们是茂陵邑人，听说莲勺县产斗鸡，十分厉害，所以前来查访。"

"这里哪有什么斗鸡啊？这附近的村民，都以制盐为生，赚点儿辛苦钱罢了。"

瘦盐工插话："结果官府来收时，总以品质不好为由，压低价格，或者少算斤两，少付我们钱。据说克扣的钱，都入了那些盐官手里。那些盐官自己本来就是商贾，精明得很。"

刘病已睁大眼睛："怎么能这样？没有人来追查吗？"

"谁会来查呢？听说我们这里盐官的亲戚，是大将军手下的门客，有这层关系，就算有人来查，谁又敢对他怎么样？！"刘病已听那胖盐工这么说，正想追问下去。陈遂却拉了他一把，让他不要再说话。

往前走了数里地，来到了一座村庄。刚到村口，就有村民赶来对两个盐工说道："有盐官来查私自煮盐的事情。你们千万不要去盐场啊！"

两个盐工脸色大变。他们想调转牛车，离开村子，但是有几个官差飞马而来截住了他们的去路，随后又有十余人跟上，一个个腰里都挎着腰刀，手拿皮鞭。为首的一个看样子像是头目，撇着个嘴问："这些牢盆，可是你们私自使用去制私盐的吗？"这声调听着这个酸。

两个盐工可给吓得够呛，额头冷汗直冒。

汉武帝时期，为增加政府财政收入，朝廷颁布法令，盐由国家专营，并由大司农辖下的盐铁丞总管，各郡县也有盐官管理盐的营销生产。虽然经过之前的"盐铁之议",许多贤良文学为私盐鸣不平,但朝廷终究未完全放开这一限制。制盐,均要在官府的控制下生产,若是私自煮盐,不仅工具没收国库,私自制盐者还要入狱受刑。其实中国几千年来,食盐官营的制度就没有变过。

那瘦盐工可怜巴巴地对那些官兵说:"我们也实在是没有办法啊。这里的土地盐碱,不长庄稼,我们不过是煮盐换点儿粮食糊口而已,差官老爷饶恕我们吧。"

第 贰拾柒 回

揍盐官闯下大祸　忧皇孙乱点鸳鸯

　　莲勺县查访私盐，刘病已二人跟着两个盐工刚到村口，就被盐差给截住了。瘦盐工可怜巴巴地哀告盐差宽恕，他的话还没有说完，突然那个胖盐工指着刘病已和陈遂，大声说道："不是我们要做，是这两个茂陵邑的人，出重金让我们做私盐。"

　　此话一出，刘病已和陈遂相顾愕然。官吏和兵士立刻围了过来，把他们围在中间。

　　刘病已申辩道："我们并不知道什么制盐的事情，我们只是从长安来路过此地……"但哪有人听他辩白说话，兵士们围上来就要逮人。

　　就在双方揪扯之时，闻讯赶来了许多围观的村民。有人站出来说道："都说莲勺县的盐官收盐的时候克扣百姓的钱，百姓为了活命制了点儿私盐自用，这也要被处罚。你们官府还讲不讲理？还让不让百姓活了？"

为首的盐官大声喝道："我看你们是活得不自在了，想找死吗？"一众兵士拿刀枪抵住百姓，却不料百姓越围越多，场面逐渐有些失控起来。

为首的盐官感觉不妙，仗着手中有刀剑，走到刘病已身前，冲他恶狠狠地说道："走！有理到官府说去。"

刘病已一动不动，像是吓呆了，眼神里满是不屑和愤怒。

盐官见状挥刀上前正要动手，也就是一瞬间，盐官手中的刀却被刘病已飞起一脚踢飞到半空，一下插在了湖边的柳树上，紧接着他一掌推出，盐官肥胖的身躯撞倒身后两个士兵，摔出一丈多远，爬不起来了。

这一下围观的百姓哄然叫好，剩下的几个官兵见势不妙，赶紧扶起摔在地上的盐官，灰溜溜地赶紧撤走了。

那些村民在感激刘病已的同时，又指责那个胖盐工说道："你为什么要陷害他人呢？这样不义的事儿，亏你也做得出来。"那盐工一看这公子厉害啊，吓得缩在牛车上，不敢吱声了。

有见识多的村民提醒刘病已道："刚才盐官吃了亏暂时逃去，不久恐会有京兆尹的官兵来抓人。义士们还是尽早脱身离去为妙。"陈遂也一拉刘病已，示意赶紧撤离，两人便不再耽搁，飞身上马，急急加鞭，上路而去。

刘病已心生感慨："因官员贪赃枉法，而致民众蒙受苦难；百姓因为屡受苦难，又变得狡诈异常。平心而论，盐官监督盐业生产并无过错，民众私自煮盐自用也迫于无奈。那么问题到底出在哪儿呢？”

刘病已依然愤懑难平：“这世道，我真是越来越看不明白了。”

陈遂问他为什么，刘病已烦闷地说道：“我们在京城，看到的是繁华，听到的是天子圣明，大将军忠诚能干，国泰民安。可是到了民间，却看到百姓为了混口饭吃，就铤而走险，甚至变得奸诈无耻。官府人等鱼肉百姓，可谓是穷凶极恶！”

刘病已心事重重，眉头紧锁，陷入了深深地苦恼之中。

陈遂拍拍刘病已的肩膀：“我等布衣，想这些又有何用？”

刘病已看了陈遂一眼：“是啊，我等今天只是一介庶民，想这些又有何用呢？但是，如果有朝一日身居庙堂，自己还能看得见百姓这些活生生的景况吗？”

刘病已陷入了深深地怅惘。他此番游历三辅，本想去寻见祖父刘据的坟冢祭拜，瞻仰孝武皇帝给故太子所立的归来望思之台。现在却和盐官发生冲突，恐惹祸上身，便和陈遂先回到长安再做打算。

回长安的路上，刘病已一直在想念许平君，和陈遂说话时有一搭没一搭的。陈遂见刘病已痴痴呆呆的样子，知道他又病了。

刘病已深受相思之苦，张贺其实一直都在帮他想着办法。他是真心疼病已！

最近以来，张贺已经很久没有见到弟弟张安世了。这次，他特地安排回杜县的老家休假，同时让人捎话给弟弟，要他无论如何回趟老家，兄弟俩好好地聚一聚，做哥哥的心里有一件大事想对弟弟说。张安世那边已传过话来，会在家里恭候哥哥。

张贺想跟张安世说的事和皇曾孙有关。

刘病已情窦初开，喜欢上了掖庭暴室啬夫许广汉的女儿许平君，可是许平君却早已由父母许配给了欧侯内者令的儿子。刘病已见不可能遂愿，于是害上了"相思病"。他近期跟着同窗陈遂行游京兆，不是斗鸡走马赌博，就是替人打抱不平，在刻意地逃避相思之苦。

对此，张贺看在眼里，忧在心头。他心里暗暗着急，担心刘病已这样下去会惹出什么事来。朝廷把皇曾孙交给自己养护，万一出了什么差池，可没有办法向朝廷交代，也对不起已逝去多年的故太子刘据啊！

上次，刘病已特意带着许平君去祭扫祖父祖母和父母的坟墓，张贺很是清楚，皇曾孙这是特地把意中人带去给祖辈们看一看哪！刘病已虽然明知道两人没有长久在一起的可能，却还是用这种方式告诉祖辈们自己有了意中人。

那天见刘病已送许平君回家后，回到掖庭魂不守舍的样子，张贺心里很是担忧。刘病已也到了该娶妻生子的年龄了，虽然许平君已许配他人不可能悔婚再嫁，但是张贺的心里却还有其他人选。

张贺心里的人选就是他的孙女兰兰。

兰兰年已及笄，且一直对刘病已很有好感。而刘病已也一直对兰兰以妹妹相待，两人在一起时无拘无束哥哥妹妹地呼唤着，倒也很是般配。张贺便起了一个念头，想将孙女兰兰许给皇曾孙，免得他陷在对许平君的思念中出不来。

张贺的这番想法可谓是煞费苦心，他把皇曾孙看得比自己的孙女还要重，对刘病已的关怀照护可谓是无微不至。

张贺知道，把孙女兰兰许给皇曾孙刘病已这件事必须得到弟弟张安世的同意才能成。在家中自己虽然是哥哥，但家族的重大事情上却都是张安世拿主意。弟弟位高权重，一直以来就是家族中的顶梁柱。在孙女兰兰婚配的事情上，自己说的话不能算数，弟弟张安世才是最终的决策者。

杜县位于长安城南数十里处，隶属京兆尹管辖，属于京畿地区。

出了长安城，马车一路疾驰。道路两边翠绿的景致一闪而过，张贺却无暇领略沿路的风景，一路上心事重重。他在盘算，回到家里后该如何向弟弟张安世提起皇曾孙和兰兰的婚事。以他对张安世的了解，弟弟历来都是一个谨小慎微的人。皇曾孙目前的身份比较敏感，弟弟可能很难同意将兰兰许配给他。假如弟弟坚决不同意呢？那时自己又该怎么办？张贺越想越揪心。

张安世当上光禄勋后，进入了九卿级别的朝廷重臣行列，成了大司马大将军霍光的得力助手。光禄勋总管未央宫殿内的一切事务，具体负责宫廷禁卫安全。张安世作为光禄勋，每日出入宫闱，居于禁中，接近皇帝，可谓是地位显赫，责任重大。张安世担任光禄勋后吃住均在宫中，手下管着一众给皇帝当顾问的大夫、数以千计的郎官、皇帝御用的卫队和羽林军，还有数量众多的谒者，等于是皇宫的大内总管，可是比以前忙多了，经常着不了家。

张贺与张安世虽说都在长安城里，但兄弟俩平常要聚在一起却很不容易。张贺决定，这一次无论如何都要趁着聚在一起的难得机会，把自己的心事对弟弟好好地说一说。不管能不能成，至少自己得努力争取一下，也让弟弟能够知晓哥哥究竟是个什么想法。

张贺到家一看，张安世带着儿子张彭祖已经先他一步到了家，正高高兴兴地恭候着自己呢，心想看来今天我要说的事，八成能成。

第 贰拾捌 回

会家宴兄宽弟忍　谈婚嫁弟恼兄痴

　　张安世每次回老家都只带几个贴身随从，没有摆出光禄勋的车驾，这次还特地将儿子张彭祖也带了回来。张彭祖已长大成人，张贺也有好一阵子没有见到这个侄子了。

　　张贺见弟弟当了光禄勋后还是像过去一样低调，心里很是欣慰。张彭祖则大伯长大伯短地亲热地叫唤着，张贺也高兴地合不拢嘴。

　　兄弟俩见面，免不了一番亲热。虽说张安世已是权高位重，但见着哥哥时仍很是恭敬，这让张贺很是高兴，毕竟自己是哥哥嘛。寒暄完毕，张贺让下人们端上酒菜。因为是家宴，谈的是家事，所以张贺就没有请其他人过来作陪。兄弟俩推杯换盏，显得是那么亲热。

　　张安世按往常惯例先敬了哥哥一杯酒，然后像过去在家时一样，静待哥哥先开口说话。

张贺将杯中酒一饮而尽，感慨了一声，先开口说道："岁月不饶人哪，这时间过得可真是快啊！上次在家里相聚的时候好像还是好久以前的事了，一晃眼，几年的时间又过去了，我们都老了。弟弟你还好，正当盛年，我却已是须发皆白了。"

张安世冲着张贺微微一笑："是啊！从前和兄长一起在家里的时候，彭祖还是个孩子，可现在你看，彭祖都已经长成小伙子了。看到彭祖他们这一辈这么快就长大了，我们又怎么能够不老啊？不过，兄长啊，我等正是为朝廷效力的时候，可不敢现在就老去啊！兄长身正德厚，上天定会保佑兄长寿比南山的！"

张贺频频点头，稍顿了一下，笑眯眯地看了看侄子张彭祖，又看了张安世一眼，心里斟酌着什么时候说兰兰的事比较好。见弟弟正在兴头上，便接过话头夸赞道："是啊！眼下朝廷正是用人之时，我等可不敢就此老去啊！尤其是弟弟你，现在是大将军的左膀右臂，可谓是身系汉室江山社稷重任，更是不可稍有差池，有负圣恩啊！"

见弟弟张安世神色之间颇为自得，张贺知道他这是心里很高兴了："刚才弟弟说到彭祖，这可是我们张家的血脉啊！彭祖这几年跟着渡中翁学了不少东西，也算腹有诗书，不负华年。对彭祖可得好好培养啊！我们这一辈有弟弟在，已足以光宗耀祖了！将来我们张家要继续发扬光大，可得靠彭祖他们这一辈啊！"

张贺说起侄子彭祖兴致颇高，张安世却叹了口气："兄长说的极是啊！彭祖这些年在兄长的督促教导下，跟着渡中翁习研经史，是有些进步。但是，这孩子始终是玩心太重，玩乐那一套他是无师自通，学业上却不是很精进。同样都是跟着渡中翁学习，他却未能像皇曾孙那样学有所成啊！你看那皇曾孙，虽说是住在掖庭，实乃一介平民，但若论起学识来，却有其祖上故太子之风范啊！彭祖和皇曾孙比起来可差的有些远啊！"

见张安世说起皇曾孙来，颇有赞赏之意，张贺觉得机会难得，赶紧接过话头："弟弟啊，朝廷把皇曾孙放在我这里已经有好几年了。这些年，皇曾孙和彭祖一道拜在渡中翁门下，皇曾孙可是带着彭祖长进不小。皇曾孙现在不光是满腹诗书，而且人也出落得越来越英俊了。我观那皇曾孙，有乃祖故太子之风华。这几年我是看着皇曾孙和彭祖他们一天天地长大，心里也很是欣慰啊！说起来，皇曾孙和彭祖都已经到了该娶亲的年纪了。"

张安世微微皱起了眉头，他已经隐隐约约地猜到哥哥张贺今天约自己一定要回趟家谈事，八成是和皇曾孙有关。兄弟俩好不容易聚在一起喝酒，哥哥绕了一个大圈子说事，说着说着，竟把话题扯到皇曾孙的婚事头上来了。难道哥哥今天要和自己说的大事，竟是为了皇曾孙的婚事而来？

张安世端起酒杯沉吟了一下。他觉得哥哥张贺对皇曾孙投入的感情有点过了，应该给哥哥提个醒。

张安世和张贺碰了一下杯，斟酌着说道："彭祖的婚事，我自有考虑。而皇曾孙的婚事，却不是你我兄弟能考虑的。自皇曾孙从掖庭狱中现身以来，可谓是朝野震动。自那以后，这十几年来朝廷上上下下对皇曾孙都很关注。将皇曾孙放在掖庭交由哥哥你养护，这是朝廷对你的信任，也是我们张家与皇曾孙的缘分，抑或是我们张家与故太子的旧情。但是，把皇曾孙放在哥哥这里，却也给我们张家带来了问题，弄得不好，就会牵扯进故太子的旧事中去。我们凡事都要仔细斟酌啊！"

张安世看了张贺一眼，见哥哥眼里露出了很热切的目光，知道自己猜对了，哥哥今天要谈的大事果然与皇曾孙有关。便接着说道："当今皇上对故太子当年的巫蛊之事一直未有定论，所以朝堂内外对皇曾孙一事依然是讳莫如深。我知道兄长对皇曾孙很是关心爱护，倾注了很多心血。但是凡事都要有度，超越度量的事，有的时候可以去想却不能去做，有的时候连想都不应去想。兄长刚才说的皇曾孙的婚事，我看就属于不该我们去想的事。眼下朝廷已供他住在掖庭，皇上每年给宗族的赏赐，他也有一份。皇曾孙住在掖庭，应该是衣食无忧，而且在兄长的养护下还得到了渡中翁的调教。论说起来，将皇曾孙交给兄长养护，这也是皇曾孙的福分啊！兄长只需要管好皇曾孙的吃住就可以了，至于婚配之事，现在好像也不到操心的时候啊！"

听张安世这么一说，张贺心说坏了，看弟弟这意思，自己今天要说的事可是难以出口了，便皱起了眉头。

见张贺欲开口辩说，张安世又紧接着说道："兄长啊，有一件事你可得小心在意了！我听京兆尹说，皇曾孙经常和一个叫陈遂的同门去陵邑城斗鸡走马赌博，不务正业，四处游荡。朝廷可是将皇曾孙交由兄长养护的，你可得用心管一管啊，千万不要让皇曾孙惹出什么事情来。我还听说皇曾孙在外面做了什么'为民

166

申冤'的事情，对查禁私盐的官兵动了手，他这不是在和官府做对吗？皇曾孙的身份与众不同，可千万不要给人抓住小辫子了，到时不光会连累兄长，甚至还会连累到我们张家。我身为光禄勋，在朝堂中的位置不一样，如果有人认为是我在纵容皇曾孙这样的行为，那样可就不好了。弄不好，会带来祸患的！"

张贺笑道："弟弟过虑了。我听说了皇曾孙教训盐官那件事，本是官逼民反，皇曾孙路见不平，仗义出手，他做的并没有什么不妥啊？况且还是盐官先动的手，皇曾孙是被动接招，如果不接招，岂不是当场要吃大亏？当年卫太子就常常为民申冤，皇曾孙像卫太子，颇有乃祖风范，这些年也没有见他惹出什么事啊？"

张安世见哥哥张贺一个劲儿地维护皇曾孙，不停地为他辩白，心里颇觉不快。他将杯中酒一饮而尽，将酒杯往桌上重重地一放，加重了语气说道："兄长啊，我知道你很关心皇曾孙，但皇曾孙的事情很是敏感，但凡涉及皇曾孙的事情，你我兄弟都必须深加考虑！皇曾孙现在只是一介庶民。孝武皇帝与当今陛下对戾太子巫蛊一案并无定论，至今卫太子还是戴罪之身。皇曾孙仍属戴罪之人的后代啊！他能够有饭吃，有地方住，饿不着，冻不着，就已经很不错了。难道皇曾孙现在吃住不愁，开始有希冀婚配的想法不成？"

第 贰拾玖 回

思愁苦见怪不怪　隔数载叔侄重逢

酒席宴前兄弟谈心，张贺见张安世对自己所提之事始终不以为然，甚至起了戒心，存心不让自己把想说的事说出来，心里也有点生气。两人没有说到一起去，酒席上便一阵沉默。

张彭祖见两个大人说着说着，声音渐大，好像话不投机。见情势不妙，生怕自己又成了父亲的出气筒，赶紧吃了几口饭，悄悄地溜下酒桌，找其他人玩去了。他先溜了。

张贺犹豫了片刻，想想还是应该把心中的想法说出来，不管是死是活，总得试过才能知晓。便不再犹豫："弟弟啊，我有个想法在心里憋得很久了。我看皇曾孙也到了应该娶亲的年纪了，我斟酌了很久，想把兰兰许给他，你看怎么样？"

此话一出，张安世吓了一大跳，瞪大眼睛看着张贺，仿佛不认识张贺是他哥哥似的。张安世万万没有想到，哥哥找自己回家要商量的大事，竟是想将孙女兰兰许配给皇曾孙为妻。如果哥哥真要这样去做的话，那张家岂不是得和故太子遗脉紧紧地捆在一起了？要知道，故太子的事可一直是朝廷最敏感的事啊！哥哥怎么会这么不晓事理呢？这可是连想都不敢想的事情啊！

张安世觉得哥哥的想法十分危险，弄得不好会将张家牵扯进故太子的旧事中去，那样就会对张家，尤其对自己很是不利。

一念及此，张安世一改对兄长恭敬有加的神态，"腾"的一声站起来了，竟指着张贺的鼻子大声喊了起来："兄长你是不是昏了头了？皇曾孙目下是什么身份？他虽说早已被赦免，但毕竟曾是戴罪之身。皇曾孙是故太子的遗脉，而故太子在朝中又牵扯甚广，朝臣们对涉及故太子之事，一个个避之唯恐不及，你倒好，竟然想把孙女许配给他，把整个张家和故太子绑在一起。你简直是糊涂啊，怎么可以有这种想法！"见张安世激怒交加，张贺心里很慌乱，干动嘴说不出话来了。

张安世又接着说："我得大将军重用，为天子效力，位列九卿之中，一举一动都要三思而后行。皇上今已及冠，英明仁慈。如果你把孙女嫁给一个戴罪之人的后代，而这个人又是故太子的后人，你让大将军怎么想，朝廷其他大臣又会怎么看？皇上又会怎么思量？"

张安世唯恐张贺执拗下去，进一步劝诫道："兄长，我不是对皇曾孙有偏见，但朝廷中险恶异常，父亲清廉一世，侍奉皇帝不曾有失，就因为得罪了几个小人，便被恶言污蔑致死。卫太子不也是因小人谗言而丧命的吗？我们不可须臾忘记这些惨痛的教

169

训啊！如今我们张家势头正旺，朝堂内外有多少双眼睛在盯着我们张家，盯着我这个光禄勋，等着抓我们的纰漏，看我们的笑话啊！皇曾孙是故太子的遗脉，凡是与故太子有关联的事，如果不是朝廷做出的安排，我们可千万碰不得，也碰不起啊！"张安世盯着张贺，如果对面坐着的不是亲哥哥，他恐怕早就掀桌子摔板凳夺门而出了。

张贺和张安世的父亲叫张汤，是汉武帝时的御史大夫，为官清廉俭朴，然而却因用法严酷，不给人留情面，而被人阴谋陷害，被武帝责问。最后，张汤为保存名节，不惜自杀而死。后来，武帝了解到真实情况后，又将陷害他的人均处以死罪，并提拔了当时为郎官的张安世。这都已是差不多四十年之前的事情了，然而对张贺和张安世兄弟二人来说，却成了一世的伤悲，每次只要说起父亲，当年的往事便历历在目，仿如昨日。

见弟弟张安世说起了父亲，张贺也很是伤心。他仍不死心，给张安世的酒杯里斟满了酒，又执拗地说道："是啊！兄弟你说得是有道理啊，但是我却有我的想法。皇曾孙在掖庭这几年来，跟着澓中翁饱学六经，不光有才学，而且有见识。我在他的身上，看到了当年卫太子的身影。皇曾孙目下虽然只是一介平民，但以他的聪慧和学识，终究不会久为池中之物，更不会久居人下。"

张贺给自己也倒了一杯酒，跟张安世一饮而尽，又喃喃自语道："哎！只是皇曾孙确实也已经是到了该谈婚论嫁的时候了，我看兰兰和他也很般配呢，所以，难不成还要皇曾孙打一辈子光棍吗？唉！"

张安世按住酒壶，见张贺仍然没有放弃自己的想法，便定定地看着张贺严肃地说道："兄长若是为我们家族着想，就千万不要再提将孙女兰兰嫁给皇曾孙的事情了。兄长你是一家之主，你孙女的婚事论说该由你做主便了，但是既然兄长特意将我唤来商量，那我就不得不说出我的看法。"张贺怔怔地看着张安世，嘴角又动了动，却不知道该怎么往下说才好。

张安世见张贺似乎还有话想说，觉得不能再黏糊下去了，必须当机立断地让哥哥张贺绝了这个念头。便瞪着血红的眼睛，盯着张贺一字一顿地说道："我言尽于此，如果兄长执意而为之，你我兄弟缘分就算到头了。"

张安世撂下这一番狠话，又将酒杯重重地撂在几案上，看也不再看哥哥张贺一眼，不管不顾地起身离去，把可怜兮兮的张贺一个人晾在酒桌边上发呆。

张安世知道，有了自己这个鲜明的态度，哥哥张贺应该不会再在皇曾孙的婚事上犯糊涂了。

张贺怔怔地看着弟弟张安世怒冲冲离去的身影，露出一丝苦笑。他知道，弟弟张安世已经替他这个做哥哥的，做出了最终决定，将孙女兰兰许配给皇曾孙之事自此而后不可再提。若要再提，以张安世的身份和脾性，怕是兄弟缘分真的将会尽了。

刘病已这时候正在家坐卧不安，他是站站坐坐，趴趴卧卧，站起来，坐下，刚坐下，又蹦起来了。满脑子都是许平君的影子和声音，这是要魔怔了。已经有一段时间没去找许平君了，刘病已有种想去找她的强烈冲动，但就在脚要迈出门的时候，心中又有一个声音在提醒他，许平君已经许配人家了，不可再去打扰她。便将已经迈出去的脚又收了回来。他手里拿着竹简，想借读书来排遣思念，却又怎样也读不进去，看着竹简上的字都是平君姑娘在跟自己笑。

正在神思飘荡时，门帘一挑，张贺走了进来。

见刘病已一副痴痴念念的样子，张贺见惯不怪，知道他这又是在犯相思病了。

张贺微微一笑，打趣道："皇曾孙，快不要做春梦了。我跟你说一件事，你史家的三个叔叔来长安了，你赶紧准备一下，跟我见他们去。"

见张贺说破了自己思念许平君的心思，刘病已不好意思地一笑。听说史家三个叔叔来长安了，又喜出望外："是吗？好久没有见着叔叔他们了，这次怎么三个一起来了？他们在哪里啊？"

"他们三人在我家等候。你赶紧收拾收拾，这就随我去吧。"刘病已暂且把对许平君的思念放在一旁，起身跟着张贺出了门。

自从皇曾孙刘病已回长安后，史家的三兄弟基本上每年都有一位来长安看望他，但三人一起来长安，这还是第一次。

他们这次一起来长安，却并不仅仅是为了看看刘病已，而是因为听说了宗正刘德被废为庶人的事情，史贞君老太太不放心，担心她的曾外孙会受到牵连，让三人一起来看看。

原来前些年，刘德的父亲刘辟强去世后不久，大将军霍光就将刘德由太中大夫迁为了宗正。之后，霍光在平定左将军上官桀、御史大夫桑弘羊、燕王刘旦等人的叛乱时，刘德也参与了平叛的审讯工作，其才能被霍光看重，霍光一直很中意刘德。刘德因此一时风光无限。谁曾想刘德风光背后竟是大祸临头。

第 叁拾 回

议嫁娶两家迥异　谈毁约母女伤情

看着刘德春风得意，霍光便想把女儿嫁给他，因为刘德的妻子早已不在人世。没想到一番好意却被刘德婉拒。霍光表面上没有说什么，心里却暗暗生气："这个刘德也太不晓事了，我把女儿嫁给你，那是给了你天大的面子，难道我大将军的女儿还会没人要吗？"

彼时，在平定燕王等人叛乱后，霍光权倾朝野，门生故吏遍布朝堂。御史大夫的属官侍御史们猜测大将军霍光的心思，认为刘德这次拒绝了大将军的一番好意，拂了大将军的面子，定会招来大将军的怨恨。侍御史们便揣测大将军霍光的意思，罗织罪名故意弹劾刘德，于是刘德从宗正被贬为庶人。

刘德被贬的消息传到鲁地，史贞君老太太和史家三兄弟都很震惊。皇曾孙是由刘德接去长安的，他们也由此很是担心皇曾孙。

老太太发话让三兄弟一起去长安看看，三人便联袂而来。

一到掖庭，三人便被张贺安排在他家里住了下来。在等候张贺和侄儿的空当，兄弟三人闲着无聊，便议论起朝中事来。

史曾先叹息道："大将军几年前将左将军、御史大夫等人族灭，眼下又将宗正刘德贬为庶人。如今，在朝廷中可谓是没有人敢不听大将军的话了。这次将宗正贬为庶人这件事，不知道是大将军本人的意思，还是大将军手下人做的手脚。有些事，哪怕大将军本人并没有那个意思，但是却保不准他手下的人会去过分地揣度，做出些出格的事情来。之前那位将假太子囚禁起来的京兆尹隽不疑，也是传说大将军想将一个女儿许配给他，隽不疑却坚决推辞，因为这事情，隽不疑便也没有再升官了。大将军怎么有那么多的女儿要嫁啊？也不知道刘德为什么要拒绝大将军。"

史高也叹道："我见那刘德，品德高尚，又是宗室，可是竟也因这种事情而被贬成了庶人。可见眼下朝中的局势，恐怕是大臣们竞相都在向大将军献媚啊！"

史玄接过话："大将军他本人也许并没有什么想法，只是下面的人过度地揣测他的意思而已。刘德是宗室，大将军处理他应该会慎重的，说不定后面还有其他可能呢。"

史曾又说："那些不顺着大将军的大臣一个个都靠边了，可大将军的亲信、姻亲，却都在朝中节节高升。我在鲁国都听到了一些对大将军的议论，也怪不得别人认为大将军在打压异己啊！"

史高见弟弟史曾越说越没谱儿，赶紧喝止，不让史曾继续说下去。

屋外传来一阵喧闹声。张贺家的仆役过来告诉说，主人已带皇曾孙回来了。三人赶紧站起，出门去迎接。

　　史玄去年来过长安，而史高和史曾则有几年未见到侄儿了。见刘病已已经出落成一个伟岸的酷男，大家都非常高兴。

　　史玄对着刘病已打趣道："皇曾孙今年已 16 岁了吧？应该考虑娶个媳妇了。"又看着张贺说道："皇曾孙长得是一表人才，怕是提亲的会把掖庭令家的门槛都踏破了吧？"

　　史高也说道："唉，若是皇曾孙定了亲，那祖母就会安心多了。"

　　刘病已刚刚还在思念许平君，见叔叔们一见面就说中了自己的心思，不觉面色一红。见史高说起了老太太，刘病已赶紧岔开话题，关切地问曾外祖母身体可好。

　　史高叹息一声："哎，你曾外祖母可是一直惦念着你啊！这些年，老人家的腿脚已经十分不便，行走都费劲，可这次安排我们兄弟三人来长安时，她也吵着说非要亲自来长安见曾孙一面不可。我们实在是担心路途遥远，老人家年纪又太大了，最终好不容易才将她劝在家中安心休息。你可真是老人家的心头肉啊！"

　　刘病已心头一热，眼眶一红，险些掉下眼泪来。

　　史家每次派人来长安，均会送来锦帛、布匹、钱财等，供给皇曾孙生活所用。今年也不例外。但张贺却从不使用史家的钱财，都给刘病已存了起来，以备他用。今年，皇帝刘弗陵下诏赏赐宗室，每人20万五铢钱，刘病已的皇曾孙身份已经入了皇室的宗籍，自然也有赏赐，这部分钱张贺也给他留着。刘病已平日吃穿读用的花费，则均出自张贺自己的俸禄里。

亲人相聚，有说不完的亲热话。刘病已挂念最多的自然是曾外祖母，听到老人家身体大不如从前，刘病已真想跟随叔叔们一起回鲁国看望老人。

史高说："你在京城可要好好读书啊，只有把书读好了，将来才会有出息。祖母总说你将来一定会出人头地的，她老人家啊，就一心在盼着你将来带着妻儿一起衣锦还乡呢！"

刘病已听着一阵儿脸红，心里又想到了许平君，如果是平君跟着自己一起回到鲁国去，曾外祖母她老人家一定会欢喜得不得了的。一想到这些，刘病已的心里悄悄地涌出了一阵儿甜蜜，旋即又陷入无边无际的悲凉。

史高见刘病已的神色游移不定，又说道："如果有喜欢的好女子，可千万不要错过啊！娶妻所需的钱物之事，到时候叔叔们一定都会帮你备好，你不要有任何担心。"

刘病已欲言又止，他不知道对叔叔们该从何说起。

病已这边煎熬难过，许平君姑娘这段时间不见刘病已来找她，姑娘家表面上平静，内心却是愁肠百转，心潮翻滚，织布时魂不守舍，手上几次被丝线勒伤。这天她又呆呆地看着门外，盼望着心上人会出现。却见母亲满面是笑地回来了，父亲则闷闷不乐地跟在后面。

许母一进门就大声说道："孩子，恭喜你大喜就要临门了，你婆家很快就要来下聘礼了。"边说边得意地抓住许平君的胳膊说："不是我夸口，如果今天不是我亲自出马，你的婚事可就悬了。"

许母满面春风不无得意地对女儿表着功，转身看向身后的丈夫许广汉，脸上的表情瞬间一冷，一脸厌恶地责骂："你这个不中用的窝囊废，居然会答应他们退婚！若是让他们把婚给退了，这事儿传出去，我们许家的脸往哪儿搁？女儿将来可怎么办？哼，想退婚？只要有我在，就没那么容易！"

许广汉一言不发，许母则喋喋不休说着骂着。

从母亲前言不搭后语的责骂声中，许平君听出了缘由来。原来是欧侯家提出来想悔婚，父亲同意退婚，却让母亲给扳了回来，还挨了母亲一顿臭骂。

嗨！得知欧侯家想悔婚，许平君的心里差点乐开了花。见母亲又把欧侯家退婚这件事给搅黄了，许平君愁肠百结，心里一个劲儿地责怪妈妈好心却办了件坏事。母亲扳回婚约这件事，可以说是坏得不能再坏了。

由于许广汉连续两次被责贬，已经从昌邑王的侍从官变成了眼下的暴室啬夫，身份地位一落千丈。许广汉在被贬之前是昌邑王刘髆的侍从，本与欧侯内者令家大抵算得上是门当户对。而到了许平君女大当嫁的时候，许广汉却成了暴室啬夫。欧侯家见许家已风光不再，便想换个门当户对的家族来结亲，于是萌生了退婚之意。

当欧侯内者令向许广汉委婉地表达这个意思的时候，许广汉虽然非常生气，却没有死乞白赖地强求履约。许广汉原是个血性汉子，他觉得如果欧侯家如此势利眼，将来女儿平君就是进了他

178

家的门也不会有好日子过。于是便爽快地同意退婚。谁知回家跟老婆一说,却被老婆劈头盖脸地一阵儿大骂,骂的那个难听啊,许广汉无名火起,他恨不得冲上去一把掐死这个泼妇。

第 叁拾壹 回

乐天公能遂人愿　喜情人终成眷属

许平君婆家退婚，可把姑娘乐坏了，她正愁不得退呢。可是许广汉老夫妻却打起来了。气得许广汉要把泼妇掐死。掐了吗？没有。也真把许广汉气坏了。平君姑娘了解完事情的来龙去脉后，心里又气又急。她再也忍耐不住，对着母亲大声嚷嚷起来："妈妈，退婚也没什么不好的，你又何必这样死皮赖脸地强求呢！你是不是担心女儿嫁不出去啊？他们想悔婚，正好，我还不想嫁过去呢！"

许母以为女儿说这番话是爱面子感觉受到羞辱所致，便继续嚷道："我们许家哪里配不上他们欧侯家了！当初他们家为什么会提出来结亲？还不是因为那时我们许家正是兴旺的时候。现在这个时候看到我们家不行了，就想退婚，哼，想得美！怪只怪你爹爹这个老不死的东西，自己没有一点儿用，答应退婚倒是答应

180

得干脆，哪里有这么便宜的事？女儿你不用担心，一切都由为娘的来给你做主！"

见母亲和自己所想的根本不在一个调调上，平君姑娘心里又气又急："妈妈你不要管这件事了。这婚事，我一定要退。"

"女儿你放心。他们想退婚，没那么容易。只要做娘的在这里，他们欧侯家就别想翻天。"许母仍然听不明白，以为女儿是气恼欧侯家出尔反尔。

许平君见母亲越搅和事情就越复杂，心里气不打一处来。本来趁着欧侯家悔婚正好把自己的婚事退了，自己成了自由之身，便可毫无顾忌地与皇曾孙相处。现在经母亲这么一闹，好不容易出现的一线机会又让母亲给掐灭了。

平君姑娘又不好把自己的心上人是皇曾孙的事公开地对父母说出来，气恼之中，便对着母亲大声哭喊起来："妈妈，现在是我要退婚，和你们无关。哪怕他家下了聘礼，我把话说在前头，女儿就是死也不会进他家的门了！"

许母这下总算听明白女儿的意思了。啊，原来是这样啊。她张大了嘴看着许广汉，喃喃说道："女儿你莫不是糊涂了吧，娘为了你的婚约几乎是要和欧侯家拼命了。我在他们家说，假如他们毁约，我就在他们家死给他们看，可把他们吓破了胆。不然，他们哪里会收回已经和你爸爸达成的退婚约定！可……可……可是你刚，刚，刚……刚才说什么来着？"许母震惊之余，几乎结巴起来。

许广汉早就看出许平君对皇曾孙有意，所以欧侯内者令提出

181

退婚的时候，他也就没有勉强，心想刚好可以了却女儿的心愿。但这时候见妻子已说服对方来下聘礼了，没料想会在女儿许平君这里又节外生枝。许广汉有些茫然，这下可如何是好？总不能你悔来我悔去的吧？

许广汉一时也拿不定主意了。如果对方来下聘礼，而这个时候提出退婚的却是许家，那就成了是许家违约了。人家欧侯家提出退婚的时候，你许家死活不同意。现在人家都要来下聘礼了，你许家却又生出变卦来，你这不是在要笑人家玩吗？这事儿若是传出去，许家在街坊邻居面前还能抬起头吗？到时候，自己对各方面都不好交代了。

许广汉不想许家担下悔婚的坏名声，便对许平君很坚决地说："女孩儿家，还是要听父母的。我们跟他们欧侯家早就有媒妁之约，岂能毁约。他们不能毁，我们更是不能毁。"

许平君见一向疼爱自己的父亲这次说得如此的决绝，忍不住大哭道："父亲，你是知道女儿心意的，除非是我死了，否则，女儿是绝不会去欧侯家的！"

许广汉见这个从不违背自己意愿的女儿今天居然一反常态，也怒了："你是不是被那个皇曾孙给迷住了！"

哪知许平君却直认不讳，昂着头说道："爹爹，您说对了，我就是喜欢他！"接着又补上一句："我此生非他不嫁！"说完，身子一背，哭泣不止。

许母从来没有见过许平君这么犟，见女儿伤心地哭泣，一下慌了神。她虽然见过皇曾孙，却并不知道女儿和皇曾孙之间的事，见许广汉说起皇曾孙，便又不停口地大骂许广汉不该带女儿去张贺家认识什么皇曾孙。骂着骂着，又开始骂许广汉是个穷鬼，是个阉人，嫁给他算是倒了八辈子霉了，不光自己跟着他受累，现在又连累着女儿跟着受罪。

许母骂得起劲时，突然"啪"的一声脆响，许广汉抬手给了她一个耳光。许广汉忍了这么些年，这一次当着女儿的面被老婆恶言责骂，他实在是忍无可忍了。许广汉红着眼吼道："你再啰唆，当心我掐死你！"

许母从未见过丈夫如此凶狠的眼神，一时不知该如何应对，索性两手一甩，坐在床上也哭了起来，不再言语。

许广汉冷静了下来。见许平君态度坚决，便说道："你是真的打定主意了吗？"

许平君抹去眼泪，停止了哭泣，毅然决然地看着许广汉，却一言不发。

许广汉见女儿目光决绝，知道她对皇曾孙痴情已深，而他也十分清楚皇曾孙是个好男子，只是碍于媒妁之约，这事却不能草率处置，得想个万全之策。

"孩儿啊，为父知道你的心思，你也不要气急，为父此前所说也实属无奈，毕竟双方已有约在先。接下来该如何处理，我们再斟酌斟酌，从长计议吧。"

许平君见母亲不再言语，而父亲已经松了口，揪着的心暂时放了下来。

这一年的冬天又是个寒冬，而且透出几分怪异，数九寒冬的时候，居然响起了惊雷。

一阵惊天动地的雷声震动了长安城，城东一棵千年老槐树被雷劈成了两半，树下倒着一个人，被雷电烧得全身焦黑。经仔细辨认，正是欧侯内者令的儿子。

原来，这天欧侯家里人久候公子不归，一问仆人，说是公子清早就出去猎兔子去了。听说雷劈死了人，家人赶到老槐树下一看，见那人手上握的弓箭正是欧侯家的。这死者无疑就是欧侯内者令的儿子了。

欧侯内者令的儿子被雷劈死了。此事一出，被众人一传，添枝加叶，便神乎其神起来。甚至有人活灵活现地说惊雷起时天空中出现有一条巨龙，口吐烈焰，将欧侯公子烧死了。各种神奇，各种传说，让长安城的街头闾巷很是热闹了一番。

许母在坊间听闻后赶紧一路小跑回到家，神神秘秘地将许平君拉到一旁："女儿啊，你还真是好福气，幸亏没有嫁到欧侯家去。不然，你今天就要守寡了。"

许平君感到很奇怪，母亲今天怎么会说出这个话来，便问道："为什么啊？"

许母兀自心有余悸："欧侯家的公子，今日到城东狩猎时被雷劈死了。"

许平君一听，惊得说不出话来。这也太离奇了吧？心里却感到一阵儿轻松。这下可好了，也不用悔婚退婚了，老天爷竟帮了自己一个大忙。许平君的心里一个劲儿地感谢老天爷，如果不是母亲在身边，她就要双膝跪地对着天空大拜特拜了。

自听到准姑爷欧侯公子被雷劈死的消息和街市中的各种传闻后，许母就一直心神不宁。这天，她拉着女儿去卜卦，让人算算女儿未来究竟会是何种运道。结果那卜者说，许平君有大贵人之兆，这下让许母心里可高兴非常。

许母心想，你欧侯家不是看不起我们许家吗，还想退婚，现在好了，老天爷发威做了一回主，究竟还是你们欧侯家公子没有迎娶我们家平君的福分啊。哼，将来平君若是大福大贵了，看你们欧侯家还能怎么说。听卜者说，女儿乃是大富大贵之人，到底能贵到哪儿去呢？王妃还是一品夫人？要不就是当朝国母？那我就成国姥姥了！这都什么辈儿啊？都把她美晕了！

第 叁拾贰 回

重提婚许母作梗　见彩礼悍妇欢颜

　　许母替平君姑娘算卦，她这通胡琢磨。许母越想越是兴奋得意，看着女儿许平君的目光便与平日里渐渐不一样起来。

　　这日，许广汉正在暴室里收拾织物，掖庭令张贺过来找他。

　　许广汉迎上前："不知掖庭令大驾光临，未及远迎，请恕罪！不知掖庭令找我何事？有事让仆役传唤我过去即可，怎么敢劳烦掖庭令亲跑一趟？"

　　张贺摆摆手："你以前不在暴室时，我们就时常对饮。今日无事，我特地找你去我府上饮上两杯。"

　　许广汉一笑，想到以前自己没有被贬的时候经常与张贺在一起对酌的时光："掖庭令真是好兴致！承蒙掖庭令看得起，我奉陪就是了。"

　　许广汉口里应着，心里却在想："掖庭令已经许久没有找自己喝酒了，今天特地找自己去府上喝酒，怕是有什么事要说吧？"

二人直接去了张贺在掖庭中的官舍，官舍里已经摆好酒菜。张贺引着许广汉入座，为他斟满酒。许广汉受宠若惊："掖庭令今天这是……怎么敢劳烦……许某消受不起啊。"

"我俩过去不就是经常如此吗？今天只是叙旧而已。我是主，你是客，给客人斟酒乃是礼节，说消受不起可就见外了。"张贺说罢，也为自己倒满酒。

二人一边谈天说地，一边回忆往事，不大会儿便将一壶酒喝干了。酒意正浓时，张贺说道："广汉啊，欧侯家的事情，你都听说了吧？"

"唉，早听说了。欧侯内者令中年丧子，也是悲伤。"许广汉叹息一声，满是无奈。

"那你女儿和欧侯公子的婚约也算是没了。"

许广汉见张贺在酒席上说起了女儿许平君与欧侯家的婚约之事，心里对张贺今天约自己来喝酒的用意猜出了个七七八八。他料定张贺肯定是为了皇曾孙和女儿许平君的事而来，心里暗自高兴。掖庭令张贺是朝廷指定的皇曾孙监护人，对皇曾孙照护得无微不至，视同己出，他应该也知道皇曾孙和女儿之间的事，今天也正好听听张贺到底是何意思。

许广汉假装酒意微醺，借酒浇愁面露苦闷神色："平君本就不喜欧侯公子，如今婚约毁了，对她来说倒是一件幸事。只是这么一来，我女儿恐会落下个克夫的名声，将来谁还敢娶她啊！平君可是个好孩子啊，如果落得这样一个下场，那可怎么办哪？唉，我正为此事发愁呢！"

张贺见许广汉说正为女儿婚事发愁，心想皇曾孙的婚事这下总算是有着落了。便凑近许广汉的耳边说道："广汉啊，皇曾孙品性才学皆优，你是知晓的。他与平君年纪相近，两情相悦，我看不如让他俩结为夫妇。欧侯家的公子已经逝去，两家原来的婚约已自动解除，这岂非是天作之美啊？我看这老天爷啊，是在有意成全皇曾孙和平君这两个孩子啊！广汉你说呢？"

许广汉听了张贺的话，心里乐得不行，嘴里却说道："皇曾孙和平君一样也是个好孩子啊，只是他是皇曾孙，却未必看得上我们家平君呢。"

许广汉此时还是有些担心这皇曾孙的特殊身份，见掖庭令张贺一片赤诚，便也不再搪塞装糊涂，把心中的顾虑说出来后，又接着说道："如果真的如掖庭令所说的那样，也可算得上是天作之合了！不然，哪里有那么巧的事呢？在女儿不愿嫁往欧侯家的时候，欧侯家的公子竟然就逝去了。真可谓一切都是天意啊！"

张贺见许广汉动了心思，便又开了一瓮酒，为许广汉满满倒上一碗："皇曾孙和皇帝血缘关系很近，以后说不定能封上个关内侯什么的。以皇曾孙目下的学识和身份，也不至于辱没了你们家的女儿。而且让皇曾孙做你们的女婿，将来一定能够给你们养老送终的。"

关内侯是爵位名，仅次于列侯，也享有食邑，算是较高的功名了。许广汉倒不在乎皇曾孙将来可能会有的功名，他只是想到女儿许平君对皇曾孙一往情深，经过了欧侯家悔婚退婚和欧侯公子被雷劈死一事，正好可以趁此机会了却女儿心事，便应允下来："一切都听掖庭令大人的。"

听丈夫许广汉说已经向掖庭令张贺答应了女儿和皇曾孙的婚事，许母当即大声责骂道："你个没用的东西又犯糊涂了不是？难道你吃了别人一顿酒席，就把我们家姑娘的一生给定下了不成？你所说的事情实在是荒唐，那个皇曾孙，不过是有个卫太子孙子的名号而已。他没有亲人，没有靠山，也没有功名和爵位，充其量只能在掖庭混个温饱。他是一人吃饱全家不愁，平君若是嫁给他，岂不是要受苦一辈子？"

见许广汉默不作声，许母又神秘兮兮地说道："哎，我告诉你，我给平君卜了一卦，卜者说女儿是大福大贵的命。"说完，又瞪了丈夫一眼："女儿若是跟着那个穷鬼，会有什么福享？我还指望着平君将来给我们养老送终的呢。"

许广汉有些生气："你怎么还信这些。当年我们成亲之时，你爹爹不是也给我卜过卦吗？说我会封侯。可现在怎样？暴室啬夫，连庶民都不如，还不是阉人一个。又哪里有侯的影子？"

无论许广汉怎么说，妻子就是不应承。这下，许广汉挠头了。

得知张贺为自己做主向许家提亲的事，刘病已又惊又喜。他知道许母很是凶悍，不禁又担心起来。

"你喜欢平君，我早就看出来了，她是个好女子。只是过去碍于许家与欧侯家早有婚约，我不能做这个打算。如今欧侯家的公子已逝去，两家的婚约也就不存在了。我就擅自为你做了主，你不会责怪我吧？"

刘病已感动得说不出话来，却又双眉微锁。

"我知道你在担忧什么。你担心自己的家财有限，担心没有长辈为你做主，担心许母看不上你。这些都不要担忧，我会为你做主的。"

第二天，张贺私下请了少府的官员去许家正式提亲。不仅备了丰足的礼物送到许家，而且把光禄勋张安世也请动了。

张安世本不想掺和刘病已的婚事，但见哥哥张贺上次听进了自己的话没有再坚持把孙女兰兰许配给皇曾孙，而且还给皇曾孙寻了这么一门比较称心的婚事，觉得哥哥张贺实在是不容易，也很为他对皇曾孙的情意所感动。张安世却不过哥哥的面子，便破例出了一次面。

光禄勋张安世的出面，让许母震惊不已。这个精明的女人几乎是在瞬间就已判明，这个皇曾孙应该就是算命时卜者所说的那个将会给她女儿带来大富大贵之人。

提亲的队伍到时，许家门前热闹了，快赶上集市了。

许母惊呆了，她从没有见过这么多丝帛、漆器，米、酒，雁、羊，从没有见过这么多礼金，五铢钱竟然有十万之巨。她本以为皇曾孙只是个父母过世，无权无势的穷小子，这么一看，他竟有如此大的排场。你看这儿，还有这个，哎哟——哈哈哈。好嘛乐得她差点嘴歪喽。她又听说皇曾孙在鲁国尚有个外祖母家族，也是有钱有势。许母马上变了嘴脸，咧开大嘴，眉开眼笑。这一天她可是在邻里间出足了风头。

没有了许母的阻挠，张贺与许广汉张罗着，这就把占卜的婚期吉日也定了下来。选择良辰吉日，什么时候呢？双方约定好了，就在当年春夏之交的吉日之时，给刘病已和许平君姑娘完婚。

第 叁拾叁 回

艳阳天得配佳偶　洞房内妾意郎情

　　刘病已、许平君二人有情人终成眷属。就在春暖花开的好日子里，两个人正式完婚了。

　　满面春风的刘病已骑在高头大马上去迎娶许平君，左右两边陪伴着两位俊俏后生，不是别人，正是他的同门好友陈遂和张彭祖。两人今天也是格外精神，都换了一身全新的衣服，简直比新郎官还美呢。朋友嘛！

　　陈遂为刘病已有情人终成眷属而打心眼里高兴。张彭祖则觉得许平君门第太低了些，不太如意。他们的身后跟着数百人，有掖庭里的宫女、工匠，有刘病已的赌友，还有许多得到过刘病已的帮助和久闻他仗义疏财的名声来看热闹的。男女老少，满脸欢喜，起哄声、喧笑声此起彼伏，好不热闹。

　　许府已装饰一新，门前围满了凑热闹的人和前来帮忙的邻居。自收下刘病已丰厚的礼金后，许广汉便把房子跟院子好好地修缮了一番。

迎亲的队伍到时，许广汉站在门口迎候。身边一左一右站着两个中年男子，是许广汉的两个弟弟许舜和许延寿，已多年不见的欢笑挂在了许广汉的脸上。

刘病已见着岳父许广汉便立即下了马，快步走上前去下跪拜道："岳父在上，小婿病已有礼了。"

许广汉乐颠颠地扶起刘病已，笑着说："贤婿请起，屋里请。"转身进了里屋。

许平君头戴凤冠，身着霞帔，在父亲许广汉的牵领下迎风摆柳般出门而来。众人均觉眼前一亮，敢情换上新嫁衣的许平君更加青春靓丽妩媚动人了，大伙情不自禁地大声叫起"好"来了。

鼓乐响起，刘病已牵过许平君的手，搀扶着她盈盈款款地送上彩车。吹鼓手跟在车后，吹吹打打，招摇过市，缓缓向尚冠里而去。许母和前来帮忙的亲友端出五色花果、点心，招呼着宾朋。送亲的亲友与迎亲的队伍合成一条长龙，浩浩荡荡。鼓乐喧天，起哄声、欢笑声，夹杂在一起，惹得满街行人驻足观望。

尚冠里刘病已的住处已布置一新。进门处最引人注目的是《伏羲女娲》人首蛇身像，那是他的老师濊中翁先生亲自制作的。濊中翁在图像上亲书四个大字：天地合美。

刘病已将许平君牵进新房，向坐在上首的张贺与史高下拜。刘病已父母早亡，张贺与史高就算是他的长辈了。向长辈八拜之后，夫妻又对拜了四拜。之后，刘病已将新娘头上的订婚信物解开冠带卸了下来。

接下来，刘病已与许平君互剪了对方一缕头发，系在一起，将打结的头发装入布囊，布囊里事先已经放入了梅花（代表坚贞）、白米（代表富贵、纯洁）、绿豆（代表平安）、糯米（代表长久，糯米俗名九米取久之音意）、莲子（代表儿子后代），这都什么啊？以示结发同心、生死相依、永不分离。最后，两人牵手向来贺喜的宾客下拜，宾客们又是一阵喧笑，祝贺之声，不绝于耳。

烤乳猪、烤肥羊早已上桌，鸡鸭鱼肉热气腾腾、各种炒菜不停地端了上来，厨役们蝴蝶穿梭一般忙碌不停。宾客刚刚入座，舞乐声响起，一群娇艳的少女跳起了喜庆的舞蹈。很多人都羡慕刘病已的婚事办的排场，同时也都送上了艳羡的目光和衷心祝福新人携手一生。

突然，一个新装俊美男子如从天而降，旋风般地旋入舞场中央，全场顿时鸦雀无声，都为他优美而急速的旋飞脚而惊叹，旋子越踢越快，突然停止，伫立不动，宾客们这才看清，正是新郎刘病已。

刘病已在山东史家时跟着武学高手无解学了几年武术，内外功夫已属上乘。这会儿，他趁着兴致在婚礼上给大家露了一手绝活，宾客们立时爆发出雷鸣般地喝彩声。

菜已上齐。张贺站起身来说道："宾客们请肃静，下面恭请渜中翁先生祝词。"

精神矍铄的渜中翁站起身来，清了清嗓子，朗声赞道：

194

"唯天地以辟，万物滋养于斯。日受其精，月润其华，天礼之奥含其中，人以婚礼定其礼，三牢而食，合卺共饮。自礼行时，连理成，比翼具，虽万难千险而誓与共患，纵病苦荣华而誓与不弃。仰如高山哉，其爱之永恒，浩如苍穹哉，其情之万代。相敬如宾，各尽其礼，家合事兴，不变不易。天长地久，永结同心！"

赞祝完毕，众人大声叫好。

澓中翁端起酒杯，冲着四周的宾客恭敬一圈，说道："干！"仰头一口把酒喝干，大家也纷纷举杯庆贺。

请澓中翁来给婚礼祝词，这是刘病已的主意，也得到了张贺的赞同。刘病已父母早亡，澓中翁教授过刘病已几年书，使他大有收获。正所谓一日为师，终身为父，请老师来祝词也最合适不过。澓中翁接到邀请后也是欣然答允，他打心眼里为自己的学生感到高兴。

酒宴之后，开始斗鸡赌彩，王奉光的一只长腿高脚鸡连斗连胜，赢了不少彩头。

陈遂也开始了六博棋拼斗，连赢十局。

这场婚庆，直闹到午夜方散。

月光如水，照在新房的窗户上。喧闹的宾客已散去，刘病已和许平君两人对视着，恍如梦里。寂静下来后，两人百感交集，久久说不出话来，却又有些尴尬与羞涩。

刘病已看着柔情万种的娇妻平君，一时间手足无措。见屋里堆着的礼物，便对平君说道："来，我们来看看都是些什么宝物。"

僵局打破，平君也自然了，麻利地翻看各种礼包。她看到一卷帛画，上写张彭祖贺，便好奇地打开一看，立即脸红到耳根子。刘病已见她表情如此，立即凑过来看，平君本能地把画一合，说道："别看了，羞死人了。"

刘病已掰开她的手，展开帛画，原来是《素女行房秘术》，各种姿态栩栩如生，神情也是惟妙惟肖，看得两人面红耳赤，心怦怦狂跳。

刘病已收住心神。这一刻他十分好奇陈遂会送什么古怪玩意儿给他。在一堆礼物中找到一个长方形锦盒，上面端端正正地写着陈遂恭贺。

刘病已打开一看，立即大笑不止，许平君好奇地探头过去，却被刘病已拿手挡住她的目光，说："不能看。"许平君还是挡不住好奇，掰开他的手，只见盒子里安稳放着一具阳器，虎骨雕刻，极其肖似。

许平君满面通红，娇嗔地说："你的好友没有一个正经的。"

刘病已涎着脸："怎么不正经了？"

平君笑道："就是不正经！"

刘病已抱住她，对着她的耳朵说："他们正经得很，他们是要我们俩多生几个儿子呢。"

平君睁着一双妙眼看着刘病已："你想生几个？"

"不多，就生两百个吧。"

平君知道刘病已在说笑，把他一推："想得美！"

刘病已却一脸认真："文王有百子，我们生他两百个又有什么呢？"说完一把将平君紧紧地抱起，这回再也不撒手了……

小夫妻婚后的生活说不尽的恩爱甜蜜。

史高怕平君劳累，出钱给他们找了婢女。可许平君却闲不下来，她不是那种喜欢闲逸的人，自小过的苦日子多，不肯奢侈浪费。

刘病已过去在掖庭中被张贺或张贺指派的宫女照顾，也算是十分周全，但此时方才感受到，有至爱在身边时的不同。他暗下决心，此生决不辜负许平君和许家对自己的期许，决不忘记张贺和曾外祖母史家对自己的扶助。

日子过得安详平静，到下半年，刘病已决定带着许平君去鲁国看望曾外祖母。正想动身时，平君却有身孕了。刘病已只好暂时放下去鲁国的打算。

忽然有一天，张彭祖气喘吁吁地破门而入，告诉病已张贺跌倒，当时气绝。

第 叁拾肆 回

年内恩人双病故　夜半异相母子惊

　　刘病已听说张贺病危，撒腿就往张贺家跑。其实是张贺跌了跤，撞到了头，当即昏迷，送回家里已经是气游若丝。刘病已焦急万分，待他赶到时，张贺却已断了气。当时医学不发达，按现在看其实就是心脑血管栓塞了。

　　见大恩人张贺逝去，刘病已心里说不尽的悲伤。

　　又过了些时日，史家从鲁国带来口信，说史贞君老太太已经过世，享年八十有六，也是高寿了。

　　这一年，刘病已失去了两位他人生中对他帮助最大的人，而且都未能见到最后一面，这使他悲恸不已。想到孩子将要出生，刘病已不想让自己的悲伤感染到妻子许平君的情绪，便将这份悲痛和遗憾藏在了心底，不让妻子知道。

　　二月中旬的一天夜里，许平君被肚子里的孩子闹醒了。温柔的月光照进卧房，刘病已在床上香甜地睡着，脸上是满足的微笑。

刘病已的腿伸到了被子外面，许平君想帮他盖上被子，却发现他腿上的绒毛在月光的映照下似反射有光芒。平君大是奇怪，以为自己看花了眼，便细细看去，发现果然是丈夫腿上长长的汗毛在月色的照耀下仿如放光。

平君赶忙摇醒了刘病已。刘病已睁眼一看挺着大肚子的妻子惊慌的神色，立即坐了起来，关切地问道："你怎么了？孩子没有事吧？"

"我倒是没有事，孩子也没事，在肚子里蹬我呢。我看你腿上的毛好像在放光，这是怎么回事啊？"

刘病已一看他的腿，上面什么也没有："没有啊。"

"你刚才睡着了，腿上的汗毛好像在放光，现在又没有了，真是奇怪。你身上、腿上没有哪里不舒服吗？"

"没有啊。"

见许平君对自己的担心溢于言表，刘病已心生感激，扶着她躺下，盖好被子，说道："快睡吧，别想那么多了。过几日你就要生了，安心睡吧。"

在刘病已的安抚下，许平君很快睡熟，发出轻轻的鼾声。刘病已睡意全无，怕惊扰了妻子的睡梦，悄悄披衣下床，蹑步出了门。

此时，东方渐白，西面尚是夜幕。西面的未央宫所在的地方地势较高，夜幕之下，未央宫的宫阙与城墙清晰可见。在未央宫和天幕之间，一颗亮星破开天幕，划出一道绚丽的白光，向着远方坠落下去，无数星辰随之而行。

刘病已怔怔地望着亮星划过的天幕，久久地回不过神来。

几天后，刘病已与许平君的孩子出生。刘病已初为人父，十分激动。亲朋好友也都前来祝贺。

许平君让夫君给孩子取个名字，刘病已早就想好，取了单名为一个"奭"字。平君问此为何意，刘病已说道："你忘了新婚之夜你问我要生几个孩子，我说要生两百个，你还以为我是玩笑话。这个奭字，就是两百的意思。此一子，当得两百子也。"

看着怀里脸蛋儿红红的儿子，平君的心中涌出万般感动。

小夫妻一家三口美满安然，其乐融融。哪知道，大汉帝国一场惊天巨变已经降临了。

公元前74年6月28日，大汉国都长安一派繁闹的景象。

这一天，长安城格外热，空气中感觉不到一丝风的气息，只有不知疲倦的鸣蝉，在声嘶力竭地重复呐喊着"热极了、热极了……"虽然十二座城门已经全部大开，却并没有给这座城市添加一丝凉意。青石板路在烈日的炙烤下蒸腾出滚滚热浪，行走其上的人们一个个汗流浃背。

天越是热，人们却好像越是要蹭这个热闹，长安城的东、西两市被摩肩接踵的人们挤得水泄不通。人喊、马嘶、驴吼、犬吠……间杂着各种吆喝叫卖声，嘈杂声此起彼伏，让滚滚热浪更盛了几分。

一时间，各种嘈杂的声音，混合着香气、臊气、腥臭气等各种气味，喧嚣在街市有限的空间中，长安城偌大的东、西两市，似乎都变小了起来。

孝武皇帝驾崩后，大司马大将军霍光秉遗旨领衔辅佐孝武皇帝最小的儿子、8岁的刘弗陵称帝，成了大汉朝的柱石之臣。按照孝武皇帝晚年《轮台罪己诏》的遗愿，霍光力主调整了已坚持数十年的以军事为中心的政策，废止了朝廷对酒业的垄断，部分取消了盐铁专卖，鼓励经商。没过几年，长安城的商业便如雨后春笋般地蓬勃发展起来。彼时，孝武皇帝时期派张骞出使西域开辟出来的丝绸之路已经通畅，长安城与外邦的贸易日渐增多。产自中土的丝绸等物品，从长安出发，源源不断地运往西域各国，西域各国的奇珍异宝也经丝绸之路络绎不绝地运往长安。此时的长安，万商云集，八方来朝，繁华之盛，不仅是中国的商贸中心，也成了世界的中心。

紧靠着长安东市的华阳街，是长安城的八条大街之一。临街耸立着好大的一座宽檐酒楼，一块巨大的木匾嵌在门楼之上，上书四个大字——"富贵烧饼"。这四个字遒劲有力，分外醒目，却因为牌匾过大，似乎又与这座酒楼不很相称。

酒楼前围满了一圈看客。圈内对坐着两个青年，一壮一瘦，正以六博棋在对杀。棋盘上星星点点布下了数枚棋子，那两尺长的木棋盘油润铮亮，看似坚硬如铁，显出年头久远。

"啪"的一声，壮硕青年手上的一粒象牙白子，压在了棋盘正中的红点上，头上的汗滴也随即甩在了棋盘上，"嗒、嗒"有声。那瘦子眯着一双丹凤眼盯着棋盘不动声色，思考良久，猛地把一粒乌金黑子放在了挂角的一个红点上。

"好棋！"原本安静围观的众人，猛然间发出了哄然的叫好声，震得整座酒楼仿佛都要晃悠起来。

叫好声尚未停歇，却见那壮汉突然间如苍鹰腾起，在空中将手中的一粒白子向着刚刚落盘的黑子击去，黑子应声被挤开，落在了棋盘边上，而白子则稳稳地占在了红点处。

壮汉击出这枚白子，力道拿捏得恰到好处，众人又是一阵哄然叫好。

瘦子站起来，对壮汉笑道："刘兄，你赖皮，说好今天是文搏，你却武斗上了。"

那壮汉朗声哈哈大笑起来，朝着一圈观众不无得意地扫视了一遍，拱手说道："各位，你们给评判一下，谁赢谁输？"

一位老者从围观的人群中站了出来，满面笑容，对着胖瘦二人作揖行礼道："不论谁赢谁输，两位的本事都十分了得！来来来，喝酒，这酒钱算我的。"

早有酒楼的小厮端着一个大木盘在边上候着，木盘上放着两瓮烧酒，香气扑鼻。

那壮汉伸手抄起一瓮，斜眼看了一眼瘦子，挑衅似的一仰头，就"咕咚、咕咚"地喝了起来。那瘦子也不示弱，马上抄起另一瓮，自顾自地一口气喝了个底朝天，然后把嘴一抹，回看壮汉却还在豪饮中。

见两人刚对弈完棋又在豪饮比拼，众人又是一阵叫好。

壮汉抹去嘴角的残酒，露出志得意满的神态，朝着围观的众人一拱手，牵着那瘦子的手说道："陈兄，请！"两人相视一笑，手牵手一同跨入了"富贵烧饼"酒楼。

汉代统称面食为"饼"。把面团压平，放在烤炉烘烤酥脆的称"烧饼"；放在平底铁锅上加油煎熟的称"烙饼"；用锅蒸熟的馒头、包子称"蒸饼"；用水煮的面条、面片和水饺称"汤饼"。

这家名为"富贵烧饼"的酒楼，却又不仅仅只是做烧饼，同时也做大菜，是长安城里有名的大酒楼。见二人进楼，一位精干的男子快步迎了上来，十分亲热地说道："哎哟，刘爷、陈爷到了，二位爷大驾光临，让小店蓬荜生辉，快请进。"二人一进酒楼才发现一桩惊天大事。

第 叁拾伍 回

富贵楼兄弟对饮　夏行刑法场惊魂

　　长安二俊富贵楼饮酒。酒楼掌柜的一边往里迎请着二位，一边对店小二吩咐道："快去把我的好茶沏一壶来。"

　　掌柜的直接把二人引到楼上，进入临窗的一间雅座。显然，两位是这座酒楼的常客。

　　看这胖瘦两人的年龄却都不大，一眼看过去也就十七八岁的样子，但二人的眼神却显出十分的老成，像是二十好几的人。

　　那壮硕的汉子，额头突出而宽阔，长长的睫毛下，一双乌黑的大眼闪闪发光，尤其是一双长腿像骏马展蹄一样伸展着，煞是引人注目。许是天气太热的缘故，壮汉的裤脚挽到了腿根处，露出了小腿上细丝般的长毛，一缕缕地卷曲着，如同天鹅绒般闪亮飘逸。

　　这个壮硕的汉子就是刘病已。精瘦的那位正是他的同窗好友陈遂，是刘病已六博棋的对手和赌友，堪称是生死兄弟。眼下，两兄弟的六博棋杀遍长安城都没有对手，只好经常是两兄弟自相残杀。只要一交上手，就要杀得天昏地暗，引来一众的看客。在富贵酒楼看两人的六博棋厮杀，已经成为长安城里的一道风景了。

刘病已和陈遂两人对输赢都不在意，但却会记录在案。几年下来，刘病已输多赢少，欠着陈遂不少赌债。但两人仍然是兄弟相称，吃穿不分你我。

这个"富贵烧饼"酒楼，原本只是一家小小的烧饼店。三年前，店主人从鲁国来到长安都城，想靠着卖烧饼的生意讨个生活，没料想才开了半年就难以维持下去了。有一天，刘病已刚好路过这家烧饼店，他听着店主人两口子说话的口音，备感亲切。刘病已自小在山东鲁国待过，见到有鲁国人开的烧饼店，便进去吃起了烧饼。

刘病已这一吃，竟感觉烧饼的味儿很地道，他似乎找到了童年的记忆，一连吃了好几个。吃完烧饼，乘着兴致，又拿出刀笔，随便找了块竹板，在上面写下了"富贵烧饼"四个字。店老板一看，这几个字写得饱满富态，而且"富贵烧饼"四个字的口彩极佳，店老板不仅没有收刘病已的烧饼钱，还满心欢喜地留下了这块竹板。

谁知道，自从刘病已写下"富贵烧饼"四个字后，这家烧饼小店的生意，竟一夜之间莫名地红火了起来。短短两年时间，不仅小烧饼店变成了长安城有名的大酒楼，而且酒店自创的一系列招牌菜也成了卖价贵、口碑好的大菜。

店老板发达后，感到命运的转折就始于刘病已当年那一次走进小店，并写下了"富贵烧饼"四个字。于是，店老板建起酒楼后，便把刘病已写在竹片上的"富贵烧饼"四个小字，请人放大，刻在了一块大大的木匾上，嵌在酒楼的门楼之上，成了酒楼的招牌。

那木匾却做得有些大，和酒楼显得不那么相称。不过，因为"富贵烧饼"四个字彩头好、能发财，店家把木匾挂上去后就没有再换下来。店老板担心，一旦把这块匾额换下来，会把好不容易集聚起来的财气给换掉了，因此就将这块大匾一直嵌在门楼上。

这家"富贵烧饼"酒楼便也成了刘病已隔三岔五地经常要去的地方，酒楼的上上下下对刘病已也都很熟悉了。每次只要刘病已进来，不用多吩咐，店小二一定会把他引到楼上早给他留好的沿街靠窗的雅座位置。

这个靠窗的雅间，透过窗子可以俯瞰长安城最繁华的东、西两市广场，将长安城的八条大街尽收眼底，甚至还能眺望更远处的未央皇宫。没事的时候，刘病已就喜欢在这里一边喝着茶看着楼外的热闹，一边倚窗眺望远处的皇宫，猜测住在里面的皇帝和后宫佳丽们，此时会在宫中做些什么。

刘病已和陈遂刚坐定，店小二就送来满满一壶香茶。两人细细地品闻着茶壶里溢出的袅袅茶香，惬意地呷着茶，霎时感觉遍体舒泰。两人一会儿看看没有一丝云彩的蓝天，一会儿看着烈日下人头攒动的大街，许是刚才下六博棋厮杀得有些累了，这会儿，两人安静下来，一时间都没有说话，颇有些静里天大、闲中日长的意蕴。

突然，晴空中冷不丁地响起一声天崩地裂的炸雷声，震得"富贵烧饼"酒楼似乎都颤抖了一下。这声晴空霹雳来得太突然，让人没有一丝防备，刘病已和陈遂冷不丁地都被吓了一跳。这是什么响动？两个人正满腹狐疑呢。

炸雷刚过，远处又传来了密集的铜锣声。铜锣声急促地敲着，由远及近，越来越响，离酒楼越来越近。

刘病已和陈遂对视了一眼，几乎是同时站起身来，探身向窗外张望。时近中午，天蓝地白，万里无云，华阳街上的人群并没有什么异状。刘病已不禁喃喃自问："这是怎么了？"

刘病已的喃喃自语还没说完，偌大的长安城骤然间却起了变化。只见长安城东西两市八条大街上原来攒动的人头，突然间躁动起来。香室街、章台街、夕明街、尚冠街、薰街、太常街、城门街的人们，像涌动的潮水一样，奔着富贵酒楼所在的华阳街而来，而华阳街的人们则朝着东市广场涌过去。

奇怪！这是出什么事了？刘病已和陈遂正想下楼去探个究竟，却见酒楼的掌柜的急匆匆地推门进来，一脸紧张兴奋的表情，急切地对他们说道："今天午时要开刑场，要杀人！刚才那是官军放炮呢。"

"啊？！"刘病已、陈遂不禁大吃一惊："未到秋后，怎能问斩？"然后一起看向酒楼老板。

老板连忙说道："我也不知究竟，两位且慢用，我去看看就来。"说完，转身下楼继续打探去了。

"秋冬行刑"是大汉的律令。

西汉大儒董仲舒认为，天有四时，王有四政，庆、赏、刑、罚与春、夏、秋、冬，以类相应，所以，应当春夏行赏，秋冬行刑。如果违背天意，就会招致灾异，受到上天的惩罚。汉武帝采纳了董仲舒的主张，"秋冬行刑"被载入了大汉的律令。按照律令，行刑的时间一般在农历九、十、十一、十二月，也就是秋冬时节。如果不是特殊紧急的情况，在其他的季节里，是断断不会开刑场杀人的。

但是，眼下正是盛夏时节，离秋冬行刑还有好几个月呢，却突然间要开刑场杀人。刘病已、陈遂不禁十分意外，又很感不安。

二人从窗口往东市方向望去，已经能够看到有全副武装的士兵在东市广场围出了一个巨大的圈子，一对对排列整齐的士兵紧握着刀枪，阳光照耀下，闪着耀眼的光芒。

士兵们围出的这个圈子，比平素秋冬问斩时围出的圈子大了很多。不断涌过来的人群把东市广场围得水泄不通，看热闹的人群层层叠叠，堆积得像一座座小山一样，四周的店铺都挤满了人。

刘病已的目光越过东市广场往更远处的皇宫方向望去，发现远处的长乐宫方向也开始有了动静，一拨拨骑兵正向着东市广场这边移动过来。骑兵队伍行进缓慢，鲜亮的旗帜十分耀眼，最前面帅字旗高挑，上绣了个斗大的"张"字。不用问，这是右将军张安世统领的御林军了。

不久，就有"嘚嘚"的马蹄声传来。铁蹄重重地敲击着地面，扬起一片尘土。刘病已心里更加不安起来，感觉那沉重的马蹄声，仿佛一下下都重重地敲击在他的心上。

骑兵队伍离富贵酒楼越来越近了，已经能够看见，这支骑兵队伍全部都是骑着高头大马的御林军，那一脸威严的领军统帅，不是别人，正是京营殿帅右将军张安世。

第 叁拾陆 回

逆天道刘贺遭黜　随故主旧臣鱼殃

富贵楼长安二俊正在饮酒，忽然一阵大乱，一问才知道，闹了半天要开刑场。监斩的正是京营殿帅右将军张安世。刘病已对张安世太熟悉了，他是抚养自己长大成人的大恩人张贺的亲弟弟。张安世作为右将军，是大司马大将军霍光的左右手。身为朝廷重臣，右将军亲自带领御林军到东市口广场，亲自监斩，这还是从来没有过的事情。

"今天要杀的是谁？竟让右将军张安世都出动了！"刘病已的心头愈加惊惧，心脏也不由自主地"突突突"地狂跳起来，身上的短衫被冷汗湿透，紧贴在身上，让他很不舒服，打了个冷战。

张安世指挥御林军训练有素地展开，在东市广场列好了阵势。弓箭手、斧钺手压住阵脚；长枪手、大刀手分列四方，刀枪军刃光亮亮，耀眼夺神；冷森森，令人胆寒。

御林军刚刚排列齐整，街角便出现了被士兵押解着的长长的犯人队伍。刘病已心里默默地数着：一个，两个，三个……十个，二十个，三十个……两百五十六个，哎呀！一共二百五十六个人！这也太恐怖了！怎么会一次杀这么多人？！

　　刘病已是第一次见到如此阵势，内心震撼无比。他口舌发干，浑身作冷，瞪大了眼睛继续看，又看到犯人队伍的后面紧跟着一大队准备行刑的刽子手。

　　往日秋冬行刑时，刽子手也就一个两个的，今天的刽子手竟列了三排，一排二十人，一共有六十人。刽子手们一色儿的斜披大红，紧扎着腰带，半裸着上身，胸口是浓黑的胸毛。他们的右手紧握一把三尺长的鬼头大刀，刀把上全拴着红绸子，在烈日下泛出幽幽的红光，令人不寒而栗。

　　犯人的队伍越来越近，面貌也越来越清晰了。犯人个个高大魁梧，人人相貌堂堂，年龄大多在三四十岁上下。他们腰板笔直，满脸悲愤，洪钟般的嗓门不停地在呼喊："陛下，当断不断，反受其乱啊！""当断不断，反受其乱！""当断不断，反受其乱哪！陛下啊！"

　　这声音，是如此撕心裂肺，又是如此地不甘。

　　这声音，在长安城上空回荡。

　　这声音，在刘病已心里久久迂回萦荡……

　　原来，今天宫里出了大事。

　　刚主持完先帝刘弗陵丧礼不久的新皇刘贺，还没来得及去宗庙行祭告祖宗的大礼，就被大司马大将军霍光以上官皇太后之名

211

废黜为庶民。跟随刘贺一起进京的二百多昌邑国的门客谋臣，除了龚遂、王吉、王式三人被赦免外，其余的全部处斩。

午后，在"富贵烧饼"酒楼看完行刑的刘病已，满脑子都是昌邑群臣被戮杀前的呐喊和哀号。他像霜打了一样回到长安城尚冠里的家中，见岳父许广汉正在喝闷酒。妻子许平君担心地瞅着喝闷酒的父亲，一脸的愁容。

许广汉从前在刘贺的父亲、昌邑哀王刘髆的手下当过侍从，中午被砍头的昌邑臣子中，有不少人是许广汉的旧识。

门声一响，许广汉的两个弟弟许舜和许延寿急匆匆地走了进来。见许广汉喝酒喝红了眼，许舜便劝道："兄长，这事也是昌邑王自作自受，虽然其中有你的旧识，但是，唉……"

许广汉瞪着一双红眼，对许舜怒道："你说，昌邑王是什么罪名？"

许舜有些迟疑地说道："朝廷说，昌邑王在为孝昭皇帝典丧期间肆意饮酒作乐，还有什么与孝昭皇帝的宫女行淫乱，不守祭祀的礼节……"

话还未说完，许广汉就吼道："什么自作自受？昌邑王是什么人啊？他可是昌邑哀王的儿子，能做那些不忠不孝不知廉耻之事吗？我看那罪名就是胡乱编排出来，随便给扣上去的！"

刘病已没有接话，只是将许广汉手中的酒杯轻轻取下。许广汉兴是喝多了，见酒杯没了，便双眼朦胧地倒在了床榻上，兀自双泪直流。

许延寿叹道："兄长，朝廷中的事情，我们也不清楚，不好臆测啊！"

许广汉哽咽道："身为臣子，就算皇帝违背礼仪有些过错，也不该做出如此悖逆之事啊！大将军，他，他，他……他这是要篡逆啊！"

许舜慌忙道："兄长还请小声，切不可让外人听到。"

许广汉却乘着酒劲继续骂道："我看，大将军就是见昌邑王带两百多臣子来长安，不听自己的话，于是就起了反心。"

许广汉不管不顾地骂着，边骂边哭，骂着哭着便沉沉地睡了过去。许平君收拾了案几和酒具，担心地看了看父亲，又看看刘病已，静静离去。

刘病已的耳边依然回想着昌邑群臣就戮时的呐喊声，"当断不断，反受其乱"，想必是经历了血雨腥风啊！

昌邑王刘贺是奉上官皇后的诏令入朝给先帝刘弗陵典丧，然后接了帝位的。刘弗陵驾崩事发突然，因无子嗣，仓促之间，大将军霍光选定了年方 19 岁的昌邑王刘贺继承皇位，将他迎请入朝，嗣给上官皇后为子，典丧后即位。

昌邑王进宫的这段日子里，未央宫中到底发生了什么事情，刘病已却并不知晓。身为一介平民，他所能知道的也只有朝廷对外正式公布的消息了。

这段时间，坊间的传言很多。有说昌邑王一上位就厚赏昌邑旧臣，却对拥立有功的大将军霍光等老臣没有丝毫赏赐的；有说新帝不守典丧礼节，在宫中偷着吃酒吃肉欣赏乐舞的；有说新帝违背人伦，竟然和先帝宫人行淫乱之事的；也有说新帝和大将军

213

不和，皇位恐将不保的……

对这些传言，刘病已都没怎么当回事。改朝换代往往如此，人心浮动，难免各种消息满天飞。只是从昌邑臣子就戮之前的喊叫来看，昌邑王一方与大将军一方必定有过一番激烈的争斗，不是你死，就是我活。

只是在这场争斗中，昌邑王一方却输了，这是千真万确的。东市广场两百五十六颗人头落了地，昌邑王带进京的昌邑旧部几乎全部被杀，他这回可是一败涂地了。

刘病已对昌邑王刘贺还是知道的。若论年龄，两人都差不多，刘贺稍长自己一两岁而已。而若论辈分，刘贺却是刘病已的叔叔辈了。刘病已的爷爷是武帝的长子、前太子刘据，而刘贺的父亲是武帝的第五子、昌邑哀王刘髆。因此，从辈分上讲，刘病已管刘贺得叫叔。昌邑哀王刘髆逝后，作为刘髆的独子，刘贺 5 岁就世袭为王，成为第二代昌邑王，当王都当了十四五年了。而刘病已却因为当年宫中巫蛊一案，在襁褓中就被投进了郡邸狱，直到 4 岁才被曾祖父武帝赦免出狱，至今乃一介平民。

刘病已走出屋外，远远地眺望未央宫的方向，遥想着："昌邑王败了，下一个入主皇宫的，又会是谁呢？"

蓝天上正有一片白云悠悠地飘过，恰好遮住了刘病已头顶上方的烈日，带来了难得的些许清凉。刘病已心里突然闪出一个念头："昌邑王被废黜了，他这一辈如果没有了合适的，再下一辈会轮到自己吗？"这个念头一冒出来，把刘病已自己都吓了一大跳。

昭帝刘弗陵驾崩后，昌邑王刘贺之所以能够承接大位，是因为在昭帝的同一辈兄弟和下一代子侄中，没有更多的人可供朝廷选择。大将军霍光不愿意按照"兄终弟及"的惯例选择武帝仅存在世的儿子广陵王刘胥为帝，主要是担心已是壮年的广陵王不好控制。19 岁的昌邑王刘贺因为比广陵王刘胥年轻得多，且比驾崩的皇帝刘弗陵也更年轻，于是就被大将军霍光选中。这才派专使诏令昌邑王刘贺随旨进京继位。

第 叁拾柒 回

新天子骄狂任性　大将军悬崖勒缰

　　刘贺即了皇帝位，长安城传言四起，说这昌邑王当皇帝后，本来只要事事顺着大将军霍光的意，就可以安安稳稳地做他的皇帝的。可昌邑王一上位就把带进京的两百多昌邑臣子封赏到朝廷各个部门，不光是对拥立有功的大将军没有任何奖赏，竟然还依靠昌邑旧臣颁布了一千多道诏令，把前朝形成的"天下事悉决于光"的规矩给破了。

　　而不知何故，大将军霍光竟一直都没有安排新帝去高祖庙行祭告大礼。没有行宗庙祭告大礼，等于称帝的最后一道，同时也是最关键的一道礼仪程序还没有完成。从礼制上讲，没有进宗庙向列祖列宗报告自己正式承继了宗庙社稷，就还不能算是宗庙意义上的皇帝，也就是说至少刘氏祖先还没承认你呢。

　　昌邑王未能行宗庙祭告之礼，他这个皇帝就相当于还处于试用期。试用不合格，当然就可以中止使用。所以，当刘贺的昌邑臣子谋划剥夺大将军的兵权时，霍光终于愤怒了。

大将军霍光冒着被诟病为篡逆的骂名，利用手中所掌握的兵权，联合上官皇太后和众多老臣，以迅雷不及掩耳之势，果断地将新帝刘贺废黜。刘贺被废黜的时候，丞相杨敞当着刘贺和众大臣的面，宣读了给上官皇太后的奏章，以刘贺"荒淫迷惑，失帝王礼仪，乱汉制度"为名，且"未见命宗庙，不可以承天序，奉宗庙，子万姓"，建议"当废"，得到了上官皇太后诏"可"，昌邑王短暂的皇帝命运就终结了。

据说，刘贺被废黜时当庭还引用了《孝经》里的话与大将军霍光抗争，说什么"天子有诤臣七人，虽无道，不失其天下"，指责霍光没有尽到辅佐的责任，却被霍光当场夺去了天子玺绶，押解出宫，宣布废黜为庶民。

刘病已寻思，昌邑王被废黜后，可供大将军霍光选择的人就更少了。昌邑王这一辈已无合适人选，如果从再下一辈中去挑选接位者，岂不是就轮到自己这一辈了？

刘病已的心里忽地生出了这样的念头。他又觉得这念头十分的虚渺荒谬。眼下自己只是一个平民，虽说是前太子的遗脉，而且还属于武帝嫡出的一脉，但是自己却没有任何爵位，压根就不可能进入大将军的视野。

刘病已怔怔地望向未央皇宫的方向，幻想着自己有朝一日能够入主未央皇宫，像曾祖父武帝那样，纵横四海，威震天下，光大祖宗万世基业。沉思良久，他回过神来，知道自己不过是痴人说梦。只是这想法却挥之不去，在他的心头紧紧地萦绕着。

　　这一天，大司农田延年被大将军霍光召去府上。

　　田延年是坐着马车去的。下车的时候，天突然下起了雨，他乘坐的马车来不及收拾妥当，素白的帷帘被雨水打湿，滑落地上。

　　见车驾的帷帘落地，田延年心中一惊，掠过一丝不祥的念头。车驾的帷帘落地，就好像是辕门的旗杆被折断，可不是好兆头。田延年想起昌邑王被废黜后，朝堂内外对自己的种种说法，心里满是无奈。

　　那天朝堂庭议废黜新帝刘贺时，无论当时自己说得是如何的慷慨激昂，终归是借着大将军的威势，裹挟群臣才得以成功。虽然刘贺最终被废黜为庶民，但无论怎么说，自己当天按剑挟制群臣废黜皇帝的表现，总归是以下犯上。从刘贺被废黜后群臣的议论来看，自己和大将军恐怕是难以洗刷篡逆的恶名了。只是大将军的威势极盛，又是以上官皇太后的名义行废立之事，大臣们自然不敢对他说三道四。于是，所有的骂名便一股脑儿地指向了自己这个大司农。

　　霍光这次只单独召见了田延年一人。田延年所带的随从和大将军府的侍卫，均被号令待在屋外，不许闲杂人等进来。

　　侍卫禀报完，田延年在书房门口深吸了一口气，走了进去。

　　霍光正在批阅奏章，听到了脚步声，抬头看了看田延年。

　　田延年赶紧躬身行礼："大将军，延年拜见。"

　　霍光将奏章放在一旁，注视了田延年片刻，嘶哑着声音说道：

218

"大司农，故昌邑王送往山阳郡去了吗？"

"回禀大将军，已经送过去了。护送者皆为忠诚精锐的武士，不会有失，请大将军放心。"

田延年暗暗地端详霍光，发觉自昌邑王被废黜后，才几天不见，大将军霍光竟苍老了许多。看来，废黜皇帝一事，大将军也是承受了很大的压力啊！毕竟，当初极力主张立昌邑王为帝的，就是他大将军霍光；而决定将昌邑王废黜为庶民的，还是霍光。这一立一废，翻手为云覆手为雨，难免不受到一些大臣私下里的指责。

霍光若有所思地站起身，不被察觉地长长呼出一口气，冷冷地说："大司农，之前废黜昌邑王时，你做得很好。"

田延年不发一言。以他对大将军霍光的了解，他知道霍光说话常常会先褒再贬。他今天召自己来，褒不是目的，接下来说出的话才应是大将军霍光的本意。

果不其然，霍光叹了口气，紧皱眉头接着说道："只是当时废黜昌邑王事发突然，朝中大臣颇有些微词。例如，前将军韩增、后将军赵充国，二人均是主管边疆军务的大臣，虽然他们也认同了废黜昌邑王一事，但却对你仗剑挟制大臣们的做法，有些不满啊！"

田延年心头一滞，预感到霍光可能会把废黜皇帝的责任全部推给自己，不禁暗暗叫屈，思绪回到了废黜新帝刘贺的那一幕。

当初，昭帝刘弗陵驾崩后，大将军霍光力排众议，否决了群臣提出立广陵王刘胥为帝的建议，执意将昌邑王刘贺迎请入朝。

刘贺接受皇帝玺绶后，这个年轻的皇帝，一朝权在手，便将令来行，马上将随他进宫的两百余昌邑旧臣分封到了朝廷各重要部门，然后依靠这批旧臣发号施令，却将拥立有功的大将军霍光晾在一旁，引起了大将军霍光和一众老臣的不满。后来，刘贺又要改换调兵符节的颜色，意图夺取霍光掌握的兵权。

霍光见刘贺入主未央宫后的一系列举动，已经严重危及自己的地位，便动了废帝的心思。但是，霍光也很忌讳，毕竟以大臣的身份废黜皇帝，终究是以下犯上之举，难逃篡逆的骂名。

踟蹰不决中，霍光找来了自己的亲信、大司农田延年商议对策。他知道田延年学富五车，主意多。

田延年摸准了大将军霍光想废帝的心思，便力劝霍光效仿商代的宰相伊尹废黜放逐太甲帝一事，将刘贺废黜为庶民。并说如果大将军这么做了，就会成为当朝的伊尹。

田延年所说的伊尹，是商代的第一名相。伊尹辅佐成汤取得天下后，又辅佐了几任皇帝，至太甲帝时，因为皇帝行为举止不尊礼法，危及社稷，伊尹便决定将太甲帝废黜，放逐回老家，给下葬在桐宫的父亲守孝，闭门思过。太甲帝被放逐期间，伊尹代帝执政，接受四方来朝。三年后，伊尹认为太甲帝已悔过，才将改过自新的太甲帝迎请回朝继续当皇帝。

这便是"太甲既立不明，伊尹放逐桐宫"的历史典故。伊尹所行的废立太甲帝之事，后世评价甚高。

田延年的建议高度契合了霍光的心意。眼下新帝刘贺的作为与当年的太甲帝很是相似，既然古人可以由主政的大臣行皇帝废立之事，那么当朝也可以这么去干。

　　于是，霍光与右将军张安世、大司农田延年等心腹大臣密谋，趁刘贺离开未央宫外出游猎之机，由霍光召集丞相、御史、将军、列侯以及朝廷中大大小小的重臣在未央宫中庭议，决定废黜刘贺再立新君。

第 叁拾捌 回

庙堂前群臣废主　将军府张冠李戴

霍光召集群臣在未央宫中庭议废黜刘贺。霍光开门见山地直接跟大家说："昌邑王行为不符合法度，恐将危害社稷，今天召集大家来议一议，看看该怎么办？"

群臣听到霍光竟然称皇帝刘贺为昌邑王，都十分惊愕。大家都在想，立昌邑王为帝可是大将军的主意啊，将皇帝称作昌邑王，这可是悖逆之举啊！难道大将军欲行废黜皇帝之事？

慑于大将军的威势，大多数人皆不敢作声，却也有人蠢蠢欲动，欲为新帝刘贺打抱不平。

就在此时，大司农田延年率先站了出来。他手按宝剑，对着霍光和群臣慷慨说道："孝武皇帝当初把幼主托付给大将军，把国家重任交付给大将军，是因为大将军忠诚贤明，能使汉室江山社稷安定。可如今，昌邑王接位以来，天下臣民人心不稳，朝中动荡不安，国家有倾覆的危险。大汉帝王的谥号都用一个'孝'字为先，就是为了能使宗庙永享祭祀。如果国家在昌邑王的手里覆亡了，大将军即使是死了，九泉之下又有什么面目去见先帝呢？今天商议的废黜之事，要迅速决断不可迟疑。如果有谁迟疑不决的，请允许我用剑将他斩了！"

田延年手按宝剑慷慨激昂的一席话，一下遏制住了少数朝臣的异动。那些犹豫观望的大臣，更是无人敢出头。

霍光趁此机会，和田延年一唱一和。霍光目光森严地扫视了一遍群臣，接过田延年的话慨然说道："大司农责备我，责备得对啊！如今国家纷扰不安，昌邑王有负社稷，我有负孝武皇帝的嘱托，理当受到责难。"

大臣们见大将军已目露寒光，知道霍光废帝的心意已决，此时若敢当众反对，无疑是自寻死路，便无人再敢公开反对。

于是，霍光领着群臣一道去拜见上官皇太后。由太后召见新帝刘贺，下诏将刘贺废黜为庶民，取消昌邑国封国称号。将刘贺押解回原籍，幽禁在故昌邑王宫里，就像当年太甲帝在桐宫守孝一样，让刘贺闭门思过，给他的父亲昌邑哀王刘髆守孝。昌邑哀王的陵地就在昌邑王府对面的红山上，在王府门口就能望见。

霍光随即安排右将军张安世率领御林军迅速行动，把所有随昌邑王刘贺进宫的两百余昌邑臣子悉数捕押，除留下劝谏过刘贺的几人外，其余的二百五十六人，全部绑赴法场枭首示众。

在废黜昌邑王的这场争斗中，大将军霍光之所以能够将刘贺从皇位上赶下来，大司农田延年在其中发挥的作用可以说最为关键。

然而此刻，田延年却从霍光的一番话语中察觉出了大将军对自己颇有了一些埋怨的意味。

田延年有些纳闷，心里暗道，我这不都是照着大将军的意思做的吗？嘴里却应道："我自从入仕为官，皆赖大将军提携。大将军要我如何做，我便如何去做，即使大将军要我去死，我也不会有丝毫的迟疑。"

霍光眯起眼睛看着田延年，心想，田延年的这席话看似是在向自己表达忠心，但其中却表露出了几分不服气。田延年话里的弦外之音，他自然不会听不出来。

"事情是办得很好，然而却不可能做到让朝中所有的大臣都满意啊！大司农，为长久计，今后你凡事要注意不可张扬，否则恐容易引来祸患啊！过几天，朝堂里还会有再次议立新帝的庭议，到那时，你就暂且告病不要参加了吧。"

田延年见霍光已经将话挑明，知道自己多说无益，便慨然说道："延年自当按照大将军的旨意去办。延年还有些事情，就此告退。"

田延年此刻心中有些不快，对大将军霍光此番过河拆桥之举心里颇为不服。但他知道，眼下自己无论如何也得罪不起大将军。徒说无益，便决定告辞离去。

此时，霍光也已经做出了决定。废黜新帝刘贺虽说是迫不得已，但是废帝的恶名却必须让田延年去担着。废帝之后的这些天，尽管朝臣们谁都没有公开地说些什么，但是，已经有些大臣露出了不服的神态。这次自己以皇太后之名行废立之事，难免不会被人指责有谋逆之心。凭良心说，自受武帝遗诏后，自己对汉室江山忠心耿耿，绝无篡逆之心，但架不住有人趁机大做文章，说自己废了刘贺之后会篡位自立。这简直就是在损毁自己的名节啊！

霍光回想起废黜刘贺的那次庭议，田延年和自己配合得可以说是天衣无缝。在那些不明究竟的大臣看来，自己那天的表现也应当属于是被大司农田延年逼迫无奈。但是肯定也会有大臣猜测到，田延年在朝堂上的举动，定是奉了大将军之命。为长久计，暂时还是应该与田延年疏远一些，以防废帝一事太过影响到自己的声誉。

"只是，废黜刘贺之后，该选谁呢？"霍光觉得此事不宜再拖了，拖得越久，那些怀疑自己将篡位的传言就会越盛。

霍光掰着指头数着："广陵王刘胥已经被否决过了，不可以再选；昌邑王这一辈也没有可供选择的。再下一辈呢？"

脑中突然灵光一闪，霍光想起了当年武帝向自己交代身后事时，曾经特地提起过的一个人。

又过了几天，光禄大夫邴吉也被霍光召到大将军府，同时被召见的还有太仆杜延年，两人在大将军府门口不期而遇。

见了邴吉，杜延年小心翼翼地问道："光禄大夫也是被大将军召来的吗？"邴吉应道："是。太仆也是吗？"杜延年点头。

二人遂一起进府，到了会客的大堂，却见已有四人在座。除了大将军霍光与右将军张安世外，御史大夫蔡义和大鸿胪韦贤也已在座。

见邴吉和杜延年到了，大家又是一番寒暄。

众人落座完毕。霍光开始讲话。就听霍光说："今天请五位来，是有大事商议。昌邑王违背人伦，扰乱朝纲，以致不能承社稷之命。但社稷不可一日无主，今日请几位来，便是想商议一下，接下来该立谁为帝。"

张安世、蔡义、韦贤、邴吉、杜延年五人面面相觑，均不作声。

邴吉见霍光找包括自己在内的五个人来商量立帝的这件大事，却不见了废黜昌邑王时慷慨陈词的大司农田延年，心里犯上了嘀咕。莫不是大将军和大司农有嫌隙了？按理说，议立皇帝这样的大事是不会少了田延年的。

邴吉这么想着却不敢发问。这议立新君的事，无论让谁参与，最终选谁，终究还是要看大将军霍光的意思。

邴吉知道，张安世是霍光一手提拔起来的大臣，现在对霍光是步步紧跟，可以算得上是霍光在朝中的左右手。蔡义和韦贤二人为大儒，精通经典，对经学颇有见地，在朝中很有影响。杜延年和自己则一直在为霍光出谋划策。五人均算得上是霍光的亲信。

邴吉寻思，这次大将军霍光将大家召来，不过是在形式上先听听大家的意见，看是否和他心中所想的一致。经过立与废一事的闹腾，看来大将军的心里头也有所顾忌，怕被人说独断朝纲，擅行废立。大将军的心里肯定已经有了人选考虑，但还是得让其他大臣先提出来，这样他才好表态做决定。作为大汉的实际当家人，大将军能刻意这么去安排，也是不易啊！

愣了半晌，只听御史大夫蔡义说："大将军，孝武皇帝共有

226

六子，现在孝武皇帝的下一代中只剩下广陵王这一脉，之前已经议过广陵王不能承宗庙。昌邑王同辈人中，目前看再无合适人选。接下来，卑职以为只能从孝武皇帝的孙辈中去寻找了。"

第 叁拾玖 回

议嗣君群臣聚首　费周折定音遗孤

将军府小议立新君。御史大夫蔡义建议只能在孝武皇帝孙辈中挑选了。大鸿胪韦贤也补充道："孝武皇帝的孙辈中，孝昭皇帝无子嗣；前太子据有三子，皆亡于巫蛊案，尚余有一孙，养于掖庭；齐王闳无子嗣；燕王旦谋反后，其子均被贬为庶人，且父辈谋反，不宜选为天子；广陵王胥尚在，但已经议过不能承大位；昌邑哀王髆之子贺扰乱朝纲，皇太后已将其废黜。"

右将军张安世接口道："那御史大夫和大鸿胪的意思，可是得从孝武皇帝的曾孙辈中去寻找？"

邴吉见从张安世的口里率先引出了从武帝曾孙辈选人的话题，心中一动。张安世是霍光的心腹，他说出这样的话来一定有深意。如果张安世所说的话是大将军霍光授意的话，那倒和自己今天准备建议的人选完全一致。

蔡义叹了口气："右将军，我只是按照礼法说事。如今，只有前太子、燕王、广陵王、昌邑哀王有后，而燕王、广陵王、昌邑哀王的后人，均由于各种原因，不能成为天子。其余的，就看大将军如何定夺了。"

霍光皱了皱眉："这么说来，就只剩下前太子之孙了。是不是除此之外，别无其他选择了？"

韦贤拱手道："这些我不敢下定论。但假如不选前太子之孙，那么大将军也可以考虑燕王之子或孝武皇帝兄弟分支里的宗室。"

"这位前太子之孙，是哪位王、侯？"霍光接着问道。

张安世正欲开口。蔡义早已查阅过皇室的宗谱，先说道："大将军，前太子之孙名为病已，养于掖庭，长于民间，未有王、侯之位。因此也请大将军慎重……"

杜延年问道："莫非是那位宗室刘病已不成？"他听儿子杜佗提起过，前太子之孙刘病已在民间颇有名声，都说他精通六经，行侠仗义而且交际甚广，故太子刘据从前的门客中，有许多人都与他有交往。

张安世接过话头道："不瞒大将军，这个皇曾孙刘病已，在掖庭中曾由我兄长张贺照看。"

邴吉见大家都在谈皇曾孙刘病已，而大将军霍光似乎也很关注刘病已的情况，便不再犹豫，从袖中抽出一封奏章，对霍光说道："大将军，我本欲待会儿再将这奏章呈上来，但今日见大家都在说皇曾孙，便也想说一说我的看法。"

霍光接过邴吉递过来的奏章："光禄大夫但说无妨。"

"我曾私下里在民间查访，听百姓对朝廷和宗室的议论。我了解到的情况，那些宗室诸侯在民间都没有什么影响。而遵奉孝武皇帝遗诏在掖庭中长大的皇曾孙，却广为人知。皇曾孙以前居住在郡邸狱时还很年少，现在已有十七八岁了，可谓正值英年。他虽然没有王、侯的封号，但据说精通经术，气度非凡。我的这份奏章，便是向大将军举荐皇曾孙的，请大将军明察。"

霍光没有接邴吉的话，却看了看杜延年。

杜延年接过话说道："我也听说过这个皇曾孙，据说确实很有才能，而且精通经术。眼下确实也难以找到比皇曾孙更合适的人选，我也觉得大将军可以考虑皇曾孙。"

邴吉接过杜延年的话说道："大将军可以对皇曾孙详加考察，再以龟甲占卜看是否顺应天命。如果大将军觉得皇曾孙突然显贵有些不妥的话，可以让他先入宫服侍皇太后一段时间，让皇太后决定是否可以给他封侯，然后再决定大事。如果皇曾孙确实是上应天命，则汉室江山社稷得遇新主，那可是天下之幸啊！"

邴吉本想先揣度清楚霍光的意图再说话，见霍光迟迟不表态说话，便索性把自己的想法和盘托出。

霍光听完后闭口不语，脸色却凝重起来。邴吉猜测，这个时候，霍光的心里一定在琢磨，为什么光禄大夫邴吉会举荐皇曾孙？

果然，霍光对着邴吉说道："想当初，光禄大夫在郡邸狱中保护的那个孩子，就是这位皇曾孙吧。"

邴吉赶紧起身应道："大将军记得没错。从前我承蒙大将军

230

厚爱，为廷尉监时，在郡邸狱中看护过皇曾孙。但皇曾孙目前应该并不知晓我为他所做过的这一切。恳请大将军和列位大人答应邴吉，今后也一定不要将此事张扬出去。"

邴吉见霍光这样问话，马上就意识到大将军心里果然对自己的举荐存有顾虑，担心自己徇私。所以赶紧说皇曾孙对自己当年曾经照护过他并不知情，这就让霍光彻底放下了心。

邴吉也猜到自己举荐皇曾孙，应该也符合霍光的意图。霍光此前之所以要立昌邑王而不立广陵王，不就是因为昌邑王比广陵王年轻好控制吗？眼下，皇曾孙比昌邑王年龄还要小，而且在朝中无亲无靠，这样的人选应该正是大将军所需要的。

随后，蔡义和韦贤两人又提议，可以将议立新君之事放到朝堂上去讨论。霍光斟酌了一番，决定明日召集群臣商议。

邴吉心想，明天如果不出意外的话，最终的人选应该就是自己举荐的皇曾孙刘病已了。

邴吉不禁感慨万分。想起当年自己冒险将皇曾孙救下，放在郡邸狱中保护起来，没想到这孩子历经劫难，有朝一日竟有可能接过皇位。

次日，霍光召集群臣再次庭议。

然而就如同蔡义所说的，如今武帝之子一辈中无人可以承大统，而孙辈也没有合适的，只能从曾孙辈中挑选。这自然就落到了皇曾孙刘病已身上。朝中大臣多半都和当年的太子刘据有过接触，对太子当年含冤而死心存戚戚焉，一番商议下来，竟有过半大臣认为可以立皇曾孙为帝。

群臣不约而同地又想起上一次推举广陵王刘胥为帝的那次庭议。那一次庭议上，群臣们一致推举广陵王刘胥继位，却没有合上大将军霍光的意。霍光说当年孝武皇帝之所以没有立广陵王为太子，就是因为孝武皇帝不喜广陵王，而武帝不喜欢的人就不可以接位。一下就把大家的提议给否了。

现在，大家又提出可以立皇曾孙为帝，这是不是就会合上大将军的意呢？大家将目光投向霍光。毕竟，是否立皇曾孙为帝，最终还得看大司马大将军霍光的意思。

这个时候的霍光，心里早已经想清楚了。从礼制上说，立皇曾孙为帝算得上是顺理成章。皇曾孙是前太子刘据之孙，论说起来还是武帝嫡出的一脉。此外，皇曾孙其人比昌邑王还小，而且比刘贺更无依靠——刘贺尚且是个诸侯王，有自己的臣子为他出谋划策。皇曾孙在掖庭长大，无钱无财、无权无势，甚至连一位忠心的策士也没有。皇曾孙一旦登基，能依靠的只能是自己这个大将军了。如此一来，就不易再出现昌邑王刘贺称帝时新君老臣争斗的情况了。

更关键的是，孝武皇帝临终前向自己交代的事情中，就有他最感愧疚的太子的后人。孝武皇帝叮嘱过自己，要善待故太子遗脉！故太子的遗脉也只有皇曾孙刘病已了。

"皇曾孙……"，霍光反复咀嚼着这几个字。

此刻，霍光想起了将自己带进长安的兄长霍去病。去病、病已，皆是去除病患之意，这让他感觉到一丝亲切。此外，自己通过邴吉对皇曾孙有过恩惠，自己的亲信张安世的兄长也对皇曾孙有过大恩。这些都是值得自已考虑的因素。

　　见群臣的讨论渐渐安静下来，霍光下了决心。这一次，他决定顺应大家的意愿，推举皇曾孙刘病已为帝。

　　决心已定，霍光会同丞相杨敞向上官皇太后上了奏章，以群臣的名义一致推举皇曾孙刘病已继承帝位。

第 肆拾 回

病已二进宗正府　霍光试君不见人

　　合朝文武以霍光为首，几乎异口同声，推荐皇曾孙刘病已继承大统。于是上书皇太后，请皇太后旨下。其实都明白，这就是走个形式而已。上官皇太后本是霍光的外孙女，自经历昌邑王刘贺立与废的事件后，对霍光这个外公更是言听计从。很快就诏复：同意。

　　随后，霍光便委派光禄大夫邴吉与宗正刘德、太仆杜延年一起去迎接皇曾孙，准备入宫事宜。

　　三位大人带着十余辆马车轻车熟路地驶进了尚冠里，马车后紧跟着数十名官吏。

　　尚冠里位于未央宫与长乐宫之间，北邻京兆尹的官府，南和霍光的大将军宅邸相接，住的多是有一定身份的人。

　　宗正刘德接到霍光的命令时，心情十分复杂。他万万没有想到，当初那位在郡邸狱中活下来的孩子，如今竟被推举为帝，即将登上天子大位。

宗正那里有每个皇家宗室的住处、姓名等详细记录，刘德已经从尚冠里的里正那里知道，皇曾孙这些天都在家，陪着夫人和出生不过数月的儿子。里正引着宗正刘德一行，很快就来到了刘病已的居所门口。

还没来得及敲门，只听"吱呀"一声，刘病已家的木门正好打开。一个年轻男子扶着一位年轻的少妇，正欲出门，少妇的手中抱着一个孩子。

里正对刘德等人介绍道，这便是皇曾孙和他的妻儿。

刘病已正欲带妻子许平君和儿子刘奭外出，一出门却见家门口停了一排马车，皆装饰豪华，似是皇宫中的軿猎车。軿猎车就是当时皇宫里常用的一种轻便的小车。还有乌压压一片官吏在家门口围着，此时家门口已经戒严了，不许闲杂人等往来。

刘病已见了这情形，起初不明白是怎么回事，但突然间脑海中便窜出了昌邑王被废之后自己是否有可能接班称帝的念头。这念头，他本以为荒诞不经，但见了眼前这阵势，他竟有了一种强烈的预感。

里正引着刘德和邴吉上前，向两位介绍刘病已道："这位便是孝武皇帝的曾孙，前太子之孙。"又对刘病已介绍说："这两位，是宗正刘德与光禄大夫邴吉。二位是奉了朝廷之命，为你而来。"

刘病已认识里正。他瞅了瞅里正刚刚介绍的二人，其中一人他依稀有些印象，乃是带自己从鲁国回长安的刘德。另外一人慈眉善目，看着自己的神情，仿如一位慈祥的老者正看着自己的孩子。刘病已猜测这人应该就是光禄大夫邴吉了。

刘病已和二人打过招呼。刘德便道："皇曾孙，我等奉大将军的命令来府上，是为了传达皇太后的诏书。"

刘病已马上躬身下拜道："不知各位大人光临寒舍，未能远迎，万望恕罪。"听了刘病已的谦辞，刘德面露欣慰神色，邴吉则面带微笑。

刘病已把刘德和邴吉让进了屋内。刘病已的屋舍虽然谈不上破旧，但也不算是大宅，只能算是寻常人家。刘病已让许平君先将儿子刘奭抱回内屋。

刘德问道："皇曾孙，刚刚进去的便是夫人和公子吗？"

刘病已应道："是，正是在下的拙荆和犬子。"

刘德叹息一声："想不到一转眼就已经过去了十数年。想当初见皇曾孙的时候，皇曾孙还是一个孩童，现在皇曾孙却连孩子都有了。"

刘病已不知道该如何答刘德感叹的话，便又望向另外一位老者。却见那老者看着许平君抱着的孩子，正颔首而笑。刘病已总觉得这个老者似曾相识，却又不知道到底在哪里见过。想开口询问，却又觉得唐突。

刘德收起笑意，正色说道："奉大将军之命，请皇曾孙入宫觐见皇太后。"

刘病已这时已经明白，自己的预感将要成真了。他强抑着心头的激动，表示愿意接受召见。

许平君从里屋出来，听到了刘德的话，眼睛睁得大大的，满眼皆是忧虑。刘病已便道："夫人不用担忧，即刻去请爹爹过来和你一起居住些时日，以防不便。你要照顾好孩子，照顾好自己。"

邴吉在旁接过话："皇曾孙不用担心，朝廷已经遣送了婢女过来照顾夫人的起居。"

刘德唤来部下，将一个大箱子呈到刘病已面前打开，里面盛放着一套华丽崭新的御府衣冠。

"请皇曾孙即刻沐浴、更衣。"

刘病已按照刘德的安排前去沐浴。沐浴完后，换上了御府衣，整个人焕然一新，仪表堂堂。刘德便引着刘病已出了门。

门口还有一位穿着官服的男子在等候着。见刘病已出了门来，马上迎上前，自称是太仆杜延年。刘病已知道太仆是位居朝堂九卿之一的重臣，赶忙回礼。

刘病已上了轺猎车，刘德陪坐一旁。杜延年和邴吉分别坐在了后面的车里。

刘病已回望家门，见许平君倚在门框旁，正忐忑不安地凝视着自己，双眼深沉如水。刘病已朝着妻子挥一挥手，脸上挤出了一个开心的笑颜，旋即扭转头去。车队即刻起程，将刘病已的小宅彻底甩在了身后。

刘德将刘病已领进了宗正府，邴吉和杜延年等人没有跟进来。

"皇曾孙，请先在宗正府歇息几日，准备觐见皇太后。"刘德将刘病已在宗正府里安顿下来。

刘病已忽然想起，多年以前，自己从鲁国回长安时，先到的地方便是这宗正府。当时送自己来的，正是刘德。

刘病已猛地看向刘德，刘德似乎察觉到了刘病已的关切，脸上现出一丝笑意："皇曾孙，都说你很聪慧，想必你已经知道皇太后召见你是为何事了吧？"刘德看了刘病已一眼，停顿了一下，又接着说："事关重大，步骤繁多，皇曾孙可在我府中休息几天，平静心境，斋戒以准备迎接即将到来的重任。"

见刘德是多年前的故人，刘病已大着胆子问道："太后召见在下，莫非、莫非是与汉室江山社稷有关吗？"

"是的。"刘德答得十分肯定。

"可为什么……为什么会是我？"

"按照礼制，皇曾孙离孝昭皇帝血脉最近。群臣一致认为皇曾孙最为适合。"

刘德看着刘病已的目光满是欣喜。刘病已愣着，努力地抑制住内心的激动。

恰在此时，电闪雷鸣，酝酿已久的暴雨像决了口似的倾盆而下。昏暗的天色下，一道道霹雳炸响，雷声滚过屋顶，如铁骑踏过草原。刘病已呆呆地望着屋外，突然炸响的雷声让他有些失神。窗外，电闪伴着雷鸣，天仿佛破了个窟窿，暴雨倾泻个不停。虽然还是下午时分，却昏暗得宛若深夜。

见刘病已有些失常，刘德低声提醒道："皇曾孙，您即将登上大位。不过，老臣可要提醒您，千万不要忘记昌邑王的事情啊！"

刘病已闻听，深感茫然，耳边仿佛响起东市法场昌邑群臣就戮时的呐喊，不禁打了个寒战。

刘德面色凝重："皇曾孙啊，朝中的形势，眼下可是十分凶险。昌邑王的前车之鉴就摆在那里，你可千万不要重蹈覆辙，一定要步步为营，慎之又慎啊！"

刘病已用力地点点头，示意自己记下了。就这样，他在宗正府上一住竟住了七天。

这老天爷说来也怪，瓢泼大雨，一直下个不停。除了刘德偶尔过来陪着说说话之外，别无其他人上门。

刘病已待在宗正府里哪里也不敢去。刘德叮嘱过他，这几天大将军可能会派人来考核他，让他务必小心在意。

接下来的日子里，刘病已每天都在焦虑中等待，等啊等啊，眼珠子都等蓝了。偏偏连着几天除了听着窗外不歇的雨声，宗正府的门外却再无其他的声响传来。甭说大将军派的人，就是刘德也不见了影踪。

第 肆拾壹 回

连阴雨晴日难现　选明君一波三折

　　刘病已宗正府内等待面试，等了好几天就是不见人影。他心里忐忑起来了："只要自己还没有正式登上皇位，就还存在很大的变数。自己在朝中没有任何可倚仗的人，也没有王侯的爵位，这些都是明摆着的，不知大将军为何还要对自己进行考校，考校什么内容也不得而知。自己此前除了向东海澓中翁学了六经，尚值得一提外，其余多半是在市井里混日子，弈棋、喝酒、斗鸡、走马，间或替人打抱不平。这些都是上不了什么台面的行为，也不知合不合大将军的意？罢！罢！罢！一切只能是听天由命了。"

　　刘病已暗暗祈祷，千万不要横生枝节才好。

　　这一天，依然是大雨倾盆。刘病已站在窗前，百无聊赖地想着心事，望着窗外的瓢泼大雨发呆。

　　突然，远处隐隐传来了密集的车马之声，打破了连日来的寂静。马蹄踏在石板上的声音清脆而沉稳，车轮在石板地上滚动的声音也听着格外壮阔。

刘病已侧耳凝神倾听，感觉那声响由远而近，越来越大。随着马蹄声的急促临近，刘病已似有感应，心跳加速。

滚滚的车马声终于在宗正府门前停住。刘病已的内心一阵儿紧张，又一阵儿兴奋。他预感到，宗正刘德所说的大将军派人过来考校，可能就在眼下。刘病已抑制住心中的忐忑和兴奋，赶紧正襟危坐，准备迎接来人。

门口传来了一阵儿寒暄声，间或听到有"皇曾孙"三个字。刘病已听出是刘德的声音，皇曾孙说的当然是自己。随后门帘被人挑起，宗正刘德引着一人走了进来。

刘病已看来人个头不高，衣装简朴，脸色严峻得像一片青石。此人眼光平视，胸脯拔得倍儿直，神态威严，虽未开口说一言，却已气夺三军。尤其是他那双眼睛——细小而锋利，像尖钻一样，仿佛能够穿透人心。

刘病已感觉这个人的眼神，似乎有着看穿一切的锐利，眼神后面的东西简直深不可测。不觉有些发虚，心里"咚咚"地打起鼓来。

来人似乎感觉到了刘病已的局促，把故意绷着的神情稍稍放松了一些，冷峻的脸上荡出了一丝笑意。只是这人不笑还好，这一笑却让刘病已感觉更加不安。

刘病已不知道自己的不安从何而来，也许是因为期待已久的时刻就在眼前，因而心情过于紧张，或是因为对前途莫测的担忧，因而过于焦虑。此刻，他的腋下已被汗水浸湿了一片，背上也冒出了冷汗。

来人打量着刘病已，带着谦恭的神情说道："光禄大夫夏侯胜拜见皇曾孙！"说完微微欠身，脸上的冷峻和自负却丝毫未见消退。

刘病已听闻来者是当朝大儒夏侯胜，全身绷得更紧了。刘德告诉过他，在废黜昌邑王刘贺的争斗中，夏侯胜也是有过一番表现的。

昌邑王刘贺称帝后，大儒夏侯胜被擢升为博士、光禄大夫，很受器重。刘贺称帝后，经常带着他的昌邑群臣出宫游猎，光禄大夫夏侯胜在未央宫门口跪在刘贺的车驾前面，犯颜进谏，劝阻新帝不要出宫，以防被小人算计。夏侯胜满腹经纶，引用《尚书·洪范》里的话，说天旱久不雨，天象显示会有人密谋对陛下不利。借口天象不好，隐晦地提醒刘贺要防着大将军霍光。

夏侯胜应该是察觉到了大将军霍光一方可能会做出对新帝不利的行动。他的这番跪谏本意是想向皇帝纳个投名状卖个好，不想却因此扫了刘贺出宫游猎的兴头，反而被刘贺投进了北军狱中。

彼时霍光正和张安世等人秘密筹划废帝行动。听说光禄大夫夏侯胜跪谏刘贺一事后，霍光十分惊惧。没想到新帝刘贺身边有此等能掐会算之人，竟然提前给刘贺示了警。好在刘贺没有听信，否则，鹿死谁手，竟未可知。

于是，霍光亲自提审了夏侯胜，被夏侯胜满腹的才学所惊倒，决定将夏侯胜收归己用。夏侯胜见刘贺不听劝谏，便转而对霍光投桃报李，将自己所知道的刘贺谋士们密谋对霍光不利的情况报告给了霍光，促使霍光下决心趁刘贺出宫游乐的机会，迅速采取行动废黜了刘贺。可以说，正是这个夏侯胜，在废帝行动的最后关头，帮着霍光出谋划策，协助霍光把刘贺从皇帝位置上掀了下来。

废帝行动成功后，夏侯胜便成了霍光的有力帮手。眼下夏侯胜在宫中可谓炙手可热，如日中天，霍光安排他给上官太后讲授《尚书》等治国经典。这样，夏侯胜就成了太后的老师，也深得太后的信赖，在朝中的地位非同凡响。

在宗正府的这些天，刘病已从刘德那里知道了不少宫中的事，对夏侯胜与霍光、刘贺的这一段过节便有了一些了解。他知道夏侯胜才高八斗，精通《尚书》和"四书五经"，尤其是对《洪范》《五行》有很深造诣，通灾异之学，善以阴阳灾异推论时政之得失，是个很厉害的角色。

刘病已紧张地思考着："大将军霍光派这么个厉害的人物来考较自己，不知道是福还是祸啊？要知道，昌邑王被废可就与此人有着莫大的干系啊！"

夏侯胜在榻上安坐下来，气定神闲，稳如山岳。他看着眼前的皇曾孙刘病已，内心百味杂陈，想起了此前被废黜的刘贺。

每每想起昌邑王被废，夏侯胜便唏嘘不已。他实在是没有想到，雄才大略的孝武皇帝，后代竟然是一个不如一个。先帝刘弗陵突然驾崩后，到了昌邑王这一代，竟然找不出一个可以承继江山社稷的人。刘贺被废黜之后，只能在更年轻的下一代中去挑选，选来选去，竟然选到了故太子刘据的遗脉。

夏侯胜心想，若非当年巫蛊一事，汉室江山早已是太子刘据的天下，那便就没有了后来的皇帝刘弗陵驾崩、昌邑王刘贺被征召入宫典丧这一节。让人没有想到的是，十几年过去，眼下昌邑王刘贺被废黜后，大将军竟选中了眼前这个年轻人，皇位又将回到戾太子刘据的后裔手中。命运如此轮回，饶是像夏侯胜这样善于推论阴阳的大儒，也觉得实在是鬼神难测。

夏侯胜琢磨着，大将军霍光安排自己来考校这个准备接班称帝的年轻人，自己究竟该如何考校呢？如果今天的考校结果符合大将军霍光的心意，那么自己今天的考校就是考量得当。但是，如果今天的考校不符合大将军霍光的心意呢？那自己的好运就算到头了。

夏侯胜心里又暗道："之前刘贺被废黜也算是咎由自取，假如他当时能够听进去自己的劝谏，何至于很快就被废呢？怪只怪刘贺太糊涂，自己冒死进谏都没能让他醒悟过来，反倒将自己下狱。自己转身投奔霍光也是不得已而为之，毕竟生命只有一次，如果自己当时不转身投向大将军霍光，恐怕这世上早就没有了夏侯胜这个人了。"

对霍光，夏侯胜心中除了畏惧也有几分敬重。说良心话，武帝之后的大汉朝幸亏有霍光这么个大将军在，才有了这十几年来难得的安定太平。这些年来，霍光遵照武帝遗诏，尽心辅佐年幼的皇帝刘弗陵，可谓是内外兼修，鞠躬尽瘁。现在国家安定，四海升平，和匈奴的征战也渐渐停息了下来，通往西域各国的贸易日渐繁盛，大汉能有目前这个局面，大将军霍光可以说是居功至伟。都是因为昭帝驾崩得过于突然，才引出了昌邑王这档子事。夏侯胜深知，霍光以臣子身份效仿"伊尹放逐太甲"的典故，将刘贺废黜，实属迫不得已。那今天这个皇曾孙又怎么样呢？我得亲自考来。

第 肆拾贰 回

考经文对答如流　从名师敢称才俊

　　夏侯胜奉命考校刘病已。平时在夏侯胜心里经常评判大将军霍光，他认为大将军对汉室江山是忠心耿耿的。实际上，在处理完燕王刘旦、左将军上官桀、御史大夫桑弘羊等人的谋逆案后，大将军霍光便在朝中处于说一不二的特殊位置，不仅管着群臣，甚至也管着皇帝。在对昌邑王刘贺行立废之事后，大将军霍光的威势更是达到了顶峰。以大将军霍光在朝中的威望，即使他在废黜昌邑王后，效仿当年的伊尹代帝执政，自己去坐天下，估计在朝堂之上也没有人敢说半个不字。

　　但是，大将军霍光却并没有这么去做，而是决定继续从孝武皇帝的后代中去选接班人。从大将军霍光的这个举动来评判，他对孝武皇帝可谓是忠心不二。此番对昌邑王刘贺的立与废，让霍光备受朝野的责难。但即便如此，大将军也没有表现出有丝毫的

246

异心。废黜昌邑王，虽说事出突然，也只能怪昌邑王在宫中闹腾得太不像话了，大将军霍光废黜他实属无奈之举，不能全怪霍光。

夏侯胜对霍光处理大事的能力钦佩不已。就拿这次对昌邑王刘贺的废立事件来说，从霍光主张立昌邑王为帝开始，到霍光意识到刘贺不堪社稷大任时，就果断地将其废黜为民，短短的几十天时间里，不仅展现出了霍光的霹雳手段，也足见了此人对汉室江山社稷的担当。要知道，霍光走出以臣子的身份废黜皇帝这一步，那就是要准备在历史长河中让后人戳脊梁骨的。但是，霍光竟然就敢于这么去做了。仅凭这份胆魄，就无人匹敌。

当年大将军霍光受孝武皇帝遗诏辅政，眼下霍光选择的人又回到了孝武皇帝嫡出的故太子后代身上，冥冥之中，这难道不是天意吗？

夏侯胜越想越觉得冥冥之中，有一只看不见的手在主导这一切。夏侯胜认为，自己对前皇帝刘贺已经是尽到人臣之责了，刘贺不听自己的劝谏那是他自己的事。好在霍光还算慧眼识珠，对自己高看一眼，厚爱三分。大将军不仅让自己给当今的皇太后当老师，尽享尊荣，而且现在又让自己来考校眼前这个准备挑选来登基称帝的年轻人，足见大将军对自己的看重。士为知己者死，无论如何得对得起大将军的信赖啊！

夏侯胜对霍光派自己来考校皇曾孙，心里既感荣耀，又感压力巨大。他深知，这场考校是在为国选主。要知道，皇曾孙和昌邑王年龄相仿，又都是武帝的后代。选好了是江山社稷之幸，假如皇曾孙和昌邑王是同样的德行，那没选好人的责任便得由自己来扛。

夏侯胜心中默默地期盼着，希望眼前的这个皇曾孙千万不要是另一个昌邑王才好。否则，老天爷也太捉弄雄才大略的孝武皇帝，太捉弄刘氏列祖列宗了。

夏侯胜审视皇曾孙刘病已片刻，便暗下决心："自己今天是在为汉室江山社稷挑选英主，如果眼前的这个年轻人像昌邑王刘贺一样猖狂任性、不晓事理，那么就断断不能让他过了自己这一关。大汉的江山社稷万万不能再交到一个像昌邑王刘贺一样的蠢货手中。哪怕是大将军已经打定了主意要立他，自己拼上老命也要阻止，就像当初冒死犯颜跪谏劝阻新帝刘贺出宫一样。否则，将来在九泉之下，自己有何面目去见孝武皇帝？好就好在，据说皇曾孙是东海澓中翁的高足。澓中翁和自己一样都可以称得上是当世大儒，他教出来的学生，应当不至于像昌邑王那样晦暗不明吧！"

夏侯胜心神稍定。

"咳、咳"，他连咳了两下，清了一下嗓子，方才缓缓地说道："连日大雨。老子曾说过，骤雨不终日。可这大雨夹着雷电却连下了这许多天。"夏侯胜停顿了一下，似乎要引起刘病已的注意。见刘病已在仔细倾听，夏侯胜便接着说道："曾皇孙，听说你是东海澓中翁的高足，你说说看，这连日不断的雷雨天气该当何解？是吉还是凶啊？"

刘病已见夏侯胜一上来就问雷雨天象，脑子里即刻涌出了屈原《天问》里的诗句："薄暮雷电，归何忧？厥严不奉，帝何求？"他又想到了前皇帝刘贺。身为皇帝，刘贺称帝仅 27 天就被大将军霍光废黜为民。臣子能废黜皇帝，皇帝的尊严都得不到保证，你对上天还能有什么要求呢？夏侯胜让自己解释连日来的雷雨天象，不过是借题发挥而已。这就像是《诗经》里惯用的比兴手法，先说景，由景及人及思及理，最后才是正题。

刘病已暗道："对夏侯胜抛出的这个问题，只要顺景而答，应该就不会有什么大的问题吧。"

刘病已随即又想到夏侯胜曾经犯颜跪谏刘贺。那次他劝谏新帝刘贺说，"天久旱不雨，以谋可乘之机也"。以"久旱不雨"的天象，隐言有人将要不利于皇帝。

刘病已心想，夏侯胜跪谏刘贺时说的话里有"雨"字，却是"久旱不雨"。今天夏侯胜一上来又是以"连日雷雨"来考校，怎么这个夏侯胜这么喜欢谈"雨"啊？

刘病已故意斟酌了一下，似在小心谨慎地思索生怕会错了题意，过了一会儿，才应道："数月来中原大旱，连渭水都快干涸了。眼下的大雨正可谓久旱逢甘霖。这连日来的雨水，乃是苍天赐福我大汉子民啊！"

夏侯胜听皇曾孙这样说，是由景应景，从关中大旱说到眼前的连日大雨，说的都是天象，久旱逢甘霖，倒也对应得刚好。

夏侯胜不置可否，只是"呵呵"地干笑了两声，猛地盯着刘病已的双眼，眼中的精光一闪即逝，看得刘病已心里直发毛。

夏侯胜紧接着又压低了声音，神神秘秘地说道："难道皇曾孙不知高祖身世的故事吗？当年高祖之母在大河畔歇息，梦中与神相遇，这时雷电交加，天色晦暗，高祖之父见蛟龙盘其上，之后其母怀孕，方有高祖。"

刘病已听夏侯胜说出了高祖刘邦的典故来，心中一震："夏侯胜今天所谈的雷雨竟是与江山社稷有关的大话题啊！他用高祖降生的故事来考校我，这岂不是在暗示，这雷雨相连的天气，预示着将要出真龙天子吗？"

刘病已委实不知夏侯胜此番借雷雨的问话，到底是善意还是恶意，只好装作不懂，生怕一旦没应好反而坏事。反正夏侯胜也是皇太后的老师，自己今天就权当在听老师授课了。刘病已便索性佯作不知，用茫然而谦卑的眼神看着夏侯胜，等待他接着往下训讲。

夏侯胜见刘病已不似刘贺那般张扬，对自己一直是很谦恭的神态，心里大为受用。于是，便不再纠缠于连日来雷雨不停这个天象的话题，开始步入了正题。

夏侯胜详细考察刘病已对《尚书》《国策》《左传》《大学》《中庸》《老子》《论语》《孟子》《韩非》《墨子》等经典的理解，刘病已放松下心情，尽己所知一一回答。好在刘病已这些年跟着老师濊中翁，从学《诗经》入手，熟习了不少经学典籍，知识足够庞杂，倒也能够对答得上，不至于被夏侯胜问倒。

两个人一个上午没歇一口气。中午用了些简单的面点，下午夏侯胜又以《诗经》开问。

刘病已本就是东海濊中翁的高足，而濊中翁又以传授《诗经》见长，这下刘病已更是对答如流。一天下来，饶是夏侯胜对自己的学问一向自负得紧，内心里也不禁对刘病已庞杂的学识频频点头。心想：不简单啊，这皇曾孙，博闻广记，不愧人称长安才俊！

250

第 肆拾叁 回

过大考初拜太后　册封侯二见霍光

宗正府面试刘病已。溜溜考校了一天，终于结束了。主考官夏侯胜的神色里已经没有了和刘病已刚见面时的那种倨傲跟自负了，他最后甚至对这位皇曾孙刘病已一直都笑意盈盈。看得出来，夏侯胜对这场为国选主的考校结果，颇为满意。

经过夏侯胜这番考校之后，刘病已在宗正府里又安静了几天，转眼，就到了7月25日，刘病已在宗正刘德的府上已经住了十几天了。

连日的大雨突然停歇，竟然红霞满天，晴空万里。自从进了宗正府，刘病已几乎是天天与雨为伴，他觉得自己的心都快要长出霉来了。久雨后的晴天，天空中竟然出现了彩虹，那彩虹横跨在渭河之上，五色炫耀，与远山相互辉映，绚丽无比。刘病已的心情也随着这难得的好天气晴朗起来。

一早起来，宗正府上下人等便忙乎了起来。刘德告知刘病已，今天要进宫去拜见太后。让刘病已早早地沐浴更了衣，做好进宫的准备。

刘病已激动不已，对即将到来的太后召见既兴奋，又惶恐。刘德让刘病已放松心情，见到太后只管按照事先准备好的去叩拜，不需多言。

宗正刘德陪着刘病已乘坐着轺猎车到了未央宫的前殿门前。车子刚停稳，便有宦官上前接引。宦官们一个个头都不敢抬，引着刘病已往前殿行去，规矩真大。

一路上，刘病已的眼神始终正视着前方。这是刘德反复叮嘱过的，切不可左顾右盼，以免让人觉得不稳重。路旁之人见着刘病已赶紧一个个躬身避让，露出诚惶诚恐的表情。刘病已按捺下潮水般起伏的心情，只管随着引路的宦官往前走，不久便到了前殿。

上官皇太后端坐在大殿的帷幕后，华贵的妆容，却掩盖不住些许的憔悴。

看到上官太后的时候，刘病已心里一阵颤动。想起小时候有一次在掖庭里玩蹴鞠时，曾经远远地见过这位女子。当时她才七八岁，比自己还小，却在那天被册立为皇后。从辈分上说，她算是自己祖母一辈的人了，但现在自己却即将成为她的嗣子，这样一来，自己的辈分平白地就涨了一辈。

刘病已的目光又瞄到了立在上官皇太后身边的两人。其中的一位是右将军张安世，刘病已认得。另一人个头不高，微微

252

有些发福，已是须发皆白，看上去已经年过六旬。看张安世在他边上谨小慎微的样子，刘病已猜测，这人必定就是大司马大将军霍光了。

刘病已感觉霍光正注视着自己，赶紧敛起目光。霍光面无表情，注视着刘病已时透着几分威严，而张安世则一脸肃穆。

刘病已对太后行过三跪九叩的大礼后，上官皇太后就让人宣读了诏令，封刘病已为阳武侯，嗣为子。

刘病已再次下拜接旨叩谢，心里生起了感慨。他想起昌邑王刘贺进宫时，也是像自己这样被嗣给上官为子。论说起来，刘贺是自己的叔叔辈，却和自己一样同被上官嗣为子。这下自己和刘贺叔侄俩岂不是又成了同辈兄弟了？这辈分乱的！

刘病已不敢多胡思乱想，谢恩叩拜完就起身立在了殿下，听由他人摆布。

上官皇太后仔细打量着眼前这个外表看起来内敛沉稳的嗣子。虽说从年龄上看，这个嗣子的年龄和前面的那个嗣子刘贺也差不了多少，但他身上显示出来的那份沉稳劲，却是刘贺身上所没有见过的。她是真心希望这个嗣子不要重蹈前面刘贺的覆辙，武帝、昭帝传下来的大汉江山，哪里还经得起这么反复的折腾呢？

望着刘病已年轻而略带稚气的脸庞，上官太后又想起自己的夫君昭帝刘弗陵。刘弗陵也不过只比眼前的嗣子大三四岁而已。想当初自己被立为皇后的时候，才七八岁，一晃就当了七八年皇后。眼下自己15岁，比眼前这个嗣子却还小了两岁，比前面那个嗣子刘贺要小四岁，却已经是皇太后之身了。这年龄和辈分是没法匹配了。

上官知道，刘贺之所以惨遭废黜，关键在于没有听大将军霍光的话。刘贺在帝位27天，很任性地下了一千多道诏书，竟然没有一件事先经过大将军霍光的首肯，这明摆着丝毫没有把大将军放在眼里。大将军霍光才是拥立刘贺为帝的最大功臣，没有霍光的提议，就不会有刘贺的继位。但是让谁都没有想到的是，刘贺一上位却让拥立有功的大功臣霍光坐了冷板凳，后来竟至于要剥夺霍光执掌的兵权。霍光肯定是感觉到自己执掌的权力和至高无上的地位受到了威胁，这才执意要废黜刘贺的。

其实上官太后对霍光有很复杂的感情。霍光是自己的亲外公，却又是自己的杀父仇人。当年霍光在处理燕王刘旦谋反案时，以自己的祖父上官桀与燕王合谋为名，将上官桀全家族灭，自己的父亲上官安一家也未能幸免。经此一难，上官一族就只剩下自己了。虽然贵为皇后，却事事都必须听霍光的安排。

这次外公霍光以臣子的身份决定皇帝的立废，可也是给大汉朝开了个恶例。而且这次从征召昌邑王入朝典丧，到废黜刘贺为庶民，所下的诏书先后是以上官皇后、皇太后的名义颁布的。眼下，将皇曾孙嗣为继子，诏封为阳武侯，且即将承接帝位，也是以自己这个皇太后的名义来颁布。将来的史官不知会如何记录这一段历史啊！

上官太后幽幽地想着，眼角竟泛出了一丝泪光。她心里暗暗祈祷，眼前的这个嗣子可千万不要再重蹈刘贺的覆辙才好。她此前已经从夏侯胜那里了解到皇曾孙的一些情况，稍感放心。您看一人寡居，甭管你多高身份，虽然贵为一国的太后，也有道不尽的苦楚。说明自古以来，夫妻二人相互珍惜，相互关爱才能偕老；只有有夫有妻有子女，一个家才算完整美满。

这样想着，上官皇太后竟轻轻叹了口气。叹完气后，生怕被人发觉，赶紧偷偷地瞅了一眼身旁的霍光，却见霍光面沉似水，没有任何反应。

见太后已经册封刘病已为阳武侯，霍光迈步走上前来。

霍光刚才一直在端详审视。他对皇曾孙今天在册封仪式上的沉稳表现，总体上比较认可。堂堂的大汉皇帝，可谓是大国之君，可不能像昌邑王刘贺那样张狂任性。

对眼前这个自己选择的皇位接班人，霍光心中感慨良多，眼里又浮现出当年郡邸狱中皇曾孙的模样。当时，看皇曾孙那瘦弱和怯怯的样子，不光邴吉担心他在狱中难以长大，就是霍光当时也有担忧。没想到十几年不见，皇曾孙已经出落成一个英俊青年了。

自从考虑让皇曾孙上位后，霍光一直就没有闲着。他明面上安排夏侯胜对皇曾孙进行正式考校，暗地里却安排了几拨亲信，对皇曾孙离开郡邸狱后的情况进行了详尽的考察，对皇曾孙的情况已了如指掌。皇曾孙虽是故太子之后，但是在朝廷里却没有任何的根基，邴吉虽然对他有恩，但他却并不知晓，这个不足为虑。皇曾孙除了斗鸡、玩犬、弈棋等爱好以外，在民间也没有什么不良的行为记录。

霍光比较看重的是，皇曾孙曾经跟着大儒濮中翁学过几年诗三百，通六经，也算是饱读诗书之人。对皇曾孙的学识，连一向自负得紧的光禄大夫夏侯胜都赞叹不已，这一点颇出乎他的意料。所谓"腹有诗书气自华"，这个皇曾孙绝不会像昌邑王刘贺那样晦暗不明，看来要比昌邑王刘贺更合适担当大汉重任。

第 肆拾肆 回

未央宫登临九五　祭祖庙刺背如芒

刘病已叩见太后已毕，霍光对刘病已做了个"请"的手势，朗声说道："阳武侯，请先歇息一会儿。"

刘病已离开郡邸狱后是第一次这么近距离地见到霍光。他觉得眼前这位老者，虽然对自己说话平和，但谦恭的语调中却不自觉地有股杀气。一股强大的威严气场，让朝堂上的群臣都唯他马首是瞻，也令自己不得不从。

也许是见过了两百多昌邑臣子被戮杀的血腥场面，刘病已对大将军霍光陡然升起了恐惧。他努力让自己保持冷静，谦恭道："大将军请。"

霍光点点头，引着刘病已入了大殿里间。张安世等大臣跟在后面。

群臣都已清楚皇曾孙已经被内议推举为皇帝了。大家见皇曾孙镇定自若，感觉和昌邑王刘贺比起来，的确不一般。

经过一番繁复的仪式，几个时辰之后，刘病已被群臣簇拥着再次来到前殿。群臣奉上玉玺、绶带，宦官们为刘病已佩戴上。然后满朝文武簇拥着刘病已来到正殿，宣读策文。

至此，刘病已完成了继承帝位的朝堂程序，成了大汉帝国的天子。

端坐在未央宫前殿硕大的龙椅上，接受着群臣"吾皇万岁万岁万万岁"的跪拜，这一刻，刘病已有些恍惚，像驾云一样。

虽然之前已经知道自己此次进宫会被立为皇帝，但直到坐上龙椅的这一刻，刘病已仍然觉得仿佛在梦中一般。他有些不敢相信，这一刻，自己已经是大汉天子了。

即位典礼一结束，大将军霍光率先上前："陛下辛苦了！"霍光的声音如同警钟，将刘病已从神思恍惚中拉回到了朝堂之上。

见大将军霍光上前问候自己，刘病已赶紧起身致谢："大将军辛苦了！"他想起了刘德对自己的提醒，登上皇位后，最最要紧的事，就是吸取昌邑王的教训，与实际上执掌着朝廷权力的大司马大将军霍光搞好关系。

刘病已看着霍光，忽然想起刘贺被废黜的理由。当初废黜刘贺帝位的理由中，就有"宗庙重于君，陛下未见命高庙，不可以承天序，奉祖宗庙，子万姓。当废"的说法。霍光当初拥立昌邑王为帝时就留了后手，没有安排新帝刘贺去高祖庙行祭告之礼，使得刘贺没有完成称帝的最后一道关键的礼仪程序。所以被废黜的理由中就有"未见命高庙，不可以承天序"的说法。

看到眼下自己也没有去宗庙行祭告礼的安排，刘病已心里慌了起来。刘贺被废黜后，被大将军安排人押解回到昌邑老家。大将军霍光不仅没有杀掉刘贺，反而给了刘贺两千食邑，这相当于是给了一个中等诸侯的生活待遇，让刘贺衣食无忧。不仅如此，霍光还允许刘贺继承故昌邑王所有家财，让这个前皇帝依然过着锦衣玉食的生活，除了没有足够的行动自由，刘贺在其他方面和诸侯王没有两样。

大将军霍光为什么要留着刘贺在世上呢？

刘病已知道"太甲既立不明，伊尹放逐桐宫"的历史典故，心里不由一紧。太甲帝当年被放逐回老家桐宫三年后，又被伊尹迎请回朝继续当皇帝。现在大将军霍光也是将刘贺放逐回昌邑老家，莫非大将军霍光也给自己留了一手，一旦将来自己不合他的意，那么他也仍然可以继续效仿历史旧案，将前皇帝刘贺迎请回朝？

一想到这里，刘病已禁不住冷汗直冒。真要到了那时，汉室江山社稷可就没有自己什么事了，自己的下场可能比昌邑王还要惨。

刘病已觉得，当上皇帝后最要紧的事，应该就是去宗庙行祭告之礼了，免得像前皇帝刘贺一样，留下一个隐忧。

刘病已向霍光答谢完，目光朝着群臣逐一扫视过去，心里却在紧张地思考："眼下自己刚登大位，群臣中没有一个是自己可以倚仗的后援，要想去宗庙行祭告大礼，只能靠自己去争取了。今天是登基大典，如果自己马上提出这个事，估计大将军也不好不答应的。"

一念及此，刘病已对霍光躬身施了一礼，谦恭地说："朕尚有一事，希望大将军允诺。想当初，太祖高皇帝披荆斩棘创立基业，至今已一百余年。如今朕刚刚继承先祖基业，是为汉室江山社稷之大事，不可不去高祖庙谒见禀告列祖列宗。"

霍光面色沉稳，心里却一动："眼下新帝貌似随口提出去宗庙祭告，却提到了关键处。新帝提出来去宗庙禀告的理由，自己还真是不好反对。原本打算先观察新帝一段时间后，再决定是否安排他去宗庙行祭告大礼，没想到新帝却趁着新上位公开地提了出来。

"也罢，既然自己选定了接帝位的人选是他，那就索性好人做到底吧。"霍光这么决定着，却没有立刻回答，而是沉吟了一下。

见霍光面如冷月沉吟着没有说话，刘病已的心里咯噔了一下。他生怕霍光会当众回绝自己，那让自己在群臣面前颜面何存啊！

刘病已心里暗自后悔，自己提出的去宗庙祭告这个问题，就好比是把双刃剑。假如大将军霍光答应了自己，那么自己这个皇帝在今后的朝堂上还有几分面子，能说得起话；而假如大将军霍光回绝了自己，那就会让自己今后在朝堂上很是被动，恐怕再也说不起任何话了。说的话也不会有人听。

就在刘病已惴惴不安时，却见霍光稍稍沉吟一下后，对着刘病已施了一礼，缓缓说道："去宗庙祭告一事，原本准备过几天再做专门的安排。但是，既然陛下现在想去，那么臣现在便派人

260

准备车驾。"

刘病已见霍光答应马上安排，心中的一块石头落了地，冲着霍光感激地一笑。

刘病已清楚，新皇登基典礼的仪程已经全部进行完毕，自己临时动议去宗庙，霍光完全可以以各种理由不做安排。眼下霍光答应马上安排，这就是给了自己很大的面子。

刘病已乘坐着由六匹马拉的天子车辇，前往未央宫外的高祖庙拜谒，大将军霍光亲自陪同前往，坐在了刘病已的身边陪侍，以示尊崇。

您别看霍光的身材虽然不算高大威猛，但面容冷峻，不怒自威，从里往外有一股子杀气，让人感觉瘆的慌。刘病已从未如此近距离地接触过霍光，只感到一股强大的气场压迫得自己透不过气来。

在去高祖庙的路上，刘病已只觉得自己脖颈发硬，背上冷汗直冒。他仿佛能感觉到自己身上、腿上那根根毛发，也如钢针般竖了起来。一时间，他甚至有想要下车逃跑的念头，以躲避霍光身上令人窒息的强大气场，却又仿佛被人捆住了手脚，一动都不能动。

刘病已目不斜视，不敢多瞧霍光一眼。他仿佛又听到了东市广场那刑场上传出的撕心裂肺的呼喊，似乎看到了那一道道通红的血光在眼前蹿动。

刘病已突然觉得背上传来一阵锥心的麻痛，像有千百根针芒刺来，他想挥臂去拍打，两只手却像是被冻住了，一动也不能动，没有了任何知觉。刘病已一身冷汗，心里暗自痛恨，自己这是怎么了，怎么会这么没用！

霍光冷眼瞥见刘病已窘迫的样子，有所感悟，俯首对着刘病已的耳边柔声说道："陛下不用局促。"

刘病已"唔"地应了一声，那芒刺在背、痛彻心扉的感觉似乎稍稍缓解，便朝着霍光故作轻松地一笑。

见刘病已坐在车辇里很是局促不安，霍光心里一动，心想：知道怕就好，说明这个新帝还知道天高地厚，知道我这个大将军才是大汉江山社稷的实际当家人。哪怕是皇帝，眼里也必须有我这个大将军。

霍光看透了刘病已心中的恐惧，冷森森地说了一句："陛下不用惧怕为臣。"

第 肆拾伍 回

君惧臣亘古罕有　忍一时海阔天高

　　刘病已登基祭祖庙，跟霍光君臣同乘一车，新皇上总觉得瘆得慌，如芒在背啊！刘病已有一种奇怪复杂的感觉，大将军霍光眼下既是一个能够管着皇帝的威严无比的大臣，又像一个正在对皇帝谆谆教导的老者。

　　霍光自从将刘贺废黜为民后，心里不但没有丝毫的胜利喜悦，相反倒是有了重重的挫败感。昌邑王刘贺是自己选择的帝位人选，虽说将其废黜实属迫不得已，但是，对昌邑王先立后废这件事已成了他心头抹不去的痛。

　　将昌邑王废而不杀，就是要给后面的接位者提个醒。当年伊尹废黜太甲帝时不也是没杀他吗，三年后还以太甲已悔过自新为由将他迎请回朝继续做皇帝。古人做过的事情，今人也可以做。假如你像前皇帝刘贺那样骄狂任性，说不定我还得再效仿一次伊

263

尹废太甲的历史，将刘贺请回朝堂，那时候天下可就没你什么事了。而刘贺经此立与废的磨难，肯定也该收起性子，可以做一个好皇帝了。

霍光暗自寻思，新帝刚一登基就提出要去宗庙祭告，看来对昌邑王被废一事也是下了一番功夫研究了的。看新帝一路上汗流浃背的样子，应该已经悟透了自己这个大将军的心思。

悟透就好，这正是自己所希望的。不要以为去宗庙行了祭告大礼，你这个皇帝就可以为所欲为了。霍光冷眼瞅了一眼刘病已。见刘病已神色稍定，不再说话。霍光便也专注着前方，不再言语。

霍光自知自己已年过六旬，终究是时日无多。他最挂心的是两件事，一是当年武帝将天下安危托付于己，只有选对了接班者才能对得起武帝的嘱托；二是霍家能否长久地安稳下去。别看眼下，霍氏门生故吏遍布朝堂，自己这个大司马大将军可谓是一言九鼎。但是，朝堂之中也无时无刻没有暗流在涌动。大臣们表面上对自己毕恭毕敬，私下里究竟怎么想，谁能知道！眼下自己大权在握，没有人敢说个不字，但是一旦某一天自己不在了，霍氏家族能够永葆荣耀吗？别的不说，光是自己的那几个儿孙，还有妻室霍显，就够让自己操心的。

谒见高祖庙不需要很长时间。刘病已向列祖列宗禀告完自己已承继大位之事后，就从高祖庙返回。

返回皇宫的路上，为缓解刘病已的紧张情绪，霍光没有再陪侍一旁，而是安排了右将军张安世继续陪侍。这让刘病已大大地松了口气。

说来也怪，当张安世坐在身边时，刘病已竟全然没有了先前霍光坐在边上时那种局促不安的感觉了，他甚至能够轻松地和张安世聊起天来。

刘病已虽然认识张安世很久了，但张安世对他却一向不冷不热。此刻，张安世执臣子之礼，更是自觉地和皇帝保持着距离。

刘病已忽然想起张安世的儿子张彭祖："右将军，彭祖和朕曾一起跟着濊中翁习研六经，同窗三年，实为好友。朕希望能够召张彭祖入宫担任侍中。右将军以为如何？"

张安世闻听后虽然表情不变，内心却感新帝刘病已有情有义，发达之后，不忘故人。于是，躬身行礼道："陛下的心意，臣无以为报，臣希望彭祖能够跟随陛下。"

张安世见刘病已登上帝位首先想到的是故旧张彭祖，又担心刘病已会重蹈昌邑王刘贺的覆辙，一上位，便大赏故旧，却把拥立有功的霍光等老臣凉在一旁。有了昌邑王的前车之鉴，大臣们对新帝的一举一动，可都关注着呢。张安世很忧虑一旦刘病已像刘贺一样任人唯亲，恐怕不仅会连累到张彭祖，甚至也会连累到自己，这是他所不愿意看到的。

张安世沉吟了一会儿，见刘病已一脸的真诚，便直率地说道："臣很是感激陛下对彭祖的看重，但是臣有一句话，不知当讲不当讲？"

刘病已见张安世有话相告，赶紧应道："右将军但说无妨。朕希望，今后右将军和朕说话时不必有任何顾忌。"

张安世躬身施了一礼："陛下圣明，不嫌臣鄙陋，虚心纳言，实为宗庙社稷之幸。今陛下已贵为天子，却能不忘故旧，欲提携犬子彭祖，臣很是感激。但是，陛下请恕臣直言，彭祖只是陛下的亲近之人，尚未有寸功于朝廷，即使陛下不忘故旧，此时却不便封赏与他。臣觉得，眼下陛下最应该封赏的是那些有功之臣，而不应该只是亲近之人哪！"

张安世这番话说得很直白，既表示了自己对新帝好意的感激，又委婉地提醒不能像前帝刘贺一样一上位便任人唯亲。

刘病已心里涌出一股暖流。他觉得张安世在皇帝陛下明确表示要重用他的儿子张彭祖的时候，能够劝谏皇帝不要任人唯亲，这实在是难能可贵。

刘病已心里对张安世的好感又胜了几分。他醒悟过来，扶持自己登上皇位的，是以霍光为首的朝中重臣。自己登上皇位后最应该封赏的，首先也应该是这些拥立他当皇帝有功的重臣们，而不能像前帝刘贺那样一味地封赏旧部。

一想通这点，刘病已便再次真诚地对张安世致谢。接着又说道："右将军的兄长张贺对我有大恩，这点我也决不敢忘。"

张安世默不作声起来。当年兄长张贺欲把孙女兰兰许配给落魄之中的刘病已为妻，是自己拦阻着不让，搅黄了这桩婚事。现在，刘病已已是皇帝，这会儿主动提起张贺来，不知是何主意。这个与自己家里关系如此密切的人如今当了皇帝，真不知道这对自己一族究竟是福，还是祸啊！

刘病已当了皇上，自然把许平君也接进了皇宫。她这个时候已经知道夫君刘病已当皇帝了，却并不明白事情的原委，只知道把儿子刘奭紧紧地抱在怀里，不让宫女抱，好像生怕会被其他人抢去一般。直到见到刘病已回宫，许平君紧绷着的神经才松懈了下来。

刘病已从许平君的怀里接过儿子刘奭，马上就有宫女接了过去，这次，许平君却没有拦阻。

许平君已多日未见刘病已，见夫君精气神还不错，安心了许多。刘病已见爱妻从开始刚见面时的愁眉不展，到现在的如释重负，不禁笑道："平君，你可想过有朝一日当皇后吗？"

许平君眼睛一亮："皇后？对啊，你是皇帝，那我就是皇后了。哎，啊？"她有些惊慌地说道："可我又不是什么贵族出身，哪里配得上皇后的尊位。"

刘病已坚定地说道："平君，我一定要立你为后的！"

从高庙祭告回宫的次日，刘病已便在朝堂上向百官宣布："今后凡朝政之事，一律由大司马大将军霍光处置，处置完毕向朕奏报一声就可以了。"

刘病已充分吸取了昌邑王刘贺的教训，他决定不去具体处理任何朝政。他只需要坐在皇帝的位置上，每天接受百官朝拜就可以了。尽管霍光一再地表示请皇帝亲自处理朝政，但刘病已却坚决不允，继续维持着前朝形成的"天下事悉决于光"的朝堂格局。

刘病已心里明白，自己正在下一盘大棋。自己手里握的可是一副好棋，便是岁月的天秤在自己这一边。毕竟自己才17岁，而大将军却已是花甲之年。自己有充足的时间与满朝文武，特别是大将军霍光去下好这盘棋。谁能熬到最后，谁才是最终的胜者。

这就是刘病已比刘贺高明的根本所在。

此后，凡是上朝的大小事务，刘病已皆任由霍光去处置，就连朝臣们上的奏章，他这个皇帝也无须过目。这皇上好，整个一个甩手大掌柜啊！大司马大将军霍光也备感满意。

第 肆拾陆 回

大将军权倾朝野　文武臣各有心机

　　刘病已登基了，他很聪明，仍然把所有政务都交给霍光处理。不过霍光还是在一些事情上象征性地征询皇帝的意见，虽说就只是象征性做做样子奏报一声，让皇帝知道结果而已。对此，刘病已似乎也毫不介意，相反倒是一副很是受用的样子，这让大司马大将军霍光十分满意。

　　久而久之，刘病已又觉得，这每天朝堂议事也是十分地无聊，远不如自己入宫前和张彭祖、陈遂等好友在市井中玩耍来得愉快。只是现在已身为皇帝，出宫都不能轻易为之，更何谈与故友游玩。

　　这天又是一个上朝的日子，夏日的暖阳熏得端坐在龙椅上的刘病已昏昏欲睡。

　　"臣冒死上奏，大司马大将军霍光擅废立主，无人臣礼，不道……"一个声音突然响彻朝堂，惊得刘病已睡意全无。

群臣皆震惊无比，谁吃了熊心豹子胆，敢公开弹劾大将军霍光？

刘病已激灵一下，精神来了。他望向出班启奏的那位大臣，认出是侍御史严延年。

严延年接着大声叫道："陛下圣明，乾坤朗朗。汉室江山，不容奸邪当道。臣请陛下明察，做出决断！"

刘病已愣着，不知该说什么，眼光飘向霍光，却见霍光不动声色。

尚书令收了严延年的奏章，递给了刘病已。刘病已接过奏章，看也不看就放在一旁。转而说道："朕感觉今天身体有些疲倦，暂且退朝吧。"

群臣虽然十分愕然，但见霍光什么也不说，便也都不吭声。下朝后，谁也不敢再提严延年那份奏章的事情，但是所有人都避着严延年，就像是避瘟神一样。

退朝后，刘病已返回宣室殿。他装作十分不解，询问身边的侍臣："侍御史严延年为何要弹劾大司马大将军霍光啊？莫非两人有什么深仇大恨不成？"

有侍中答道："陛下，侍御史严延年为故昌邑王刘贺的岳父，故而才有此行为。"答话的人是金赏，大将军霍光的女婿。也就是当年汉武帝驾前宠臣金日磾的儿子。

刘病已叹道："这样便能说得通了。"他心中猛地一激灵，"侍御史严延年为前皇帝刘贺的岳父，而霍光将前皇帝刘贺废为庶民，因此严延年才会对霍光十分怨恨。可是，眼下朝堂之中，霍光才是实际当家人，严延年在朝堂上公开弹劾霍光，这岂不是不自量力、自讨屈辱吗？自己该如何处置这件事呢？如果没处置好，岂不是要影响到自己和大将军的关系了吗？"

刘病已心中苦笑，侍御史严延年上的这个奏章，是要把皇帝架在火上烤啊！自己登基时间不长，朝中的一切都唯大将军霍光之命是从，怎么可能对大将军霍光不利呢？而霍光在朝堂上却一言未发，这其中又有什么玄机呢？

直至入夜，刘病已依然在苦思冥想。他少时游历四方，见识不少，养成了遇事喜欢细细剖析，理清脉络的习惯。最终，刘病已从侍御史严延年敢于公开弹劾大将军霍光这件事上，梳理出了朝中错综复杂的关系。

从严延年弹劾霍光一事中，可以看出，朝廷中的官员并非铁板一块，也就是说，并不是所有的朝臣都甘心听命于霍光。许多大臣对霍光废立皇帝的做法其实已经颇有微词，只不过没人敢像侍御史严延年这样公开发难而已。也有大臣对于霍氏家族及其姻亲、门客被安插在朝廷各处要职十分不满，只是因为霍光的势力太大，朝堂中无人敢作声。除了侍御史严延年，恐怕朝中也还会有其他大臣对霍氏一族不满。

刘病已也认为，霍光在朝堂之上对侍御史严延年的公开弹劾不置一词的做法，十分聪明。因为被弹劾的是大将军霍光自己，所以他在朝堂上不作声是明智的。但霍光必定也知道，侍御史只不过是个小官，严延年作为昌邑王刘贺的岳父，不避嫌疑去替刘贺翻案，肯定掀不起什么风浪。不说别的，皇帝已经易人，如果任你翻案，却把现今的皇帝陛下摆放何处？

刘病已甚至猜到了大将军霍光的内心想法："让严延年蹦跶一下也好，刚好可以趁机观察新帝和其他朝臣们的想法。处置不知死活的严延年，手段有很多，若是在朝堂上由自己当面去驳斥，反而落人口舌，有损自己的形象。"

刘病已望向夜空，心里越来越敞亮。无论如何，自己都应努力避免与大将军霍光发生冲突，而且要刻意地与他亲近，借助大将军的力量巩固自己的皇位。假以时日，只有待到自己羽翼丰满之日，才是重新将这江山社稷牢牢掌握在刘家手中之时。

刘病已的心中其实早就已经有了应对之策。他决定将严延年弹劾霍光的奏章批给霍光自己去处理。一来表明自己对大将军霍光绝对信赖，连弹劾霍光的奏章也不作任何回避，依然很信任地交由霍光处理；二来却也借此观察霍光会如何处理这件涉及他自己的棘手事情。

刘病已猜测，大将军霍光接到自己退给他的奏章后，一定会故意显出大司马大将军应有的风范，此次不会就这个弹劾奏章去与严延年计较。但霍光一定会在未来某个时候，找个借口和机会狠狠地惩戒严延年这个不知死活的家伙。

霍光接到奏章后，就跟邴吉、田延年等人商量："各位，这是侍御史严延年的奏折，大家有什么看法啊？"光禄大夫邴吉连忙上前："大将军不必生气，这只不过是一件小事，不值得为此动怒。侍御史只是因为与故昌邑王有翁婿的关系，方才有此行为。

大将军为国为民，朝中群臣，天下百姓，谁人不知？陛下也肯定是知道的，所以才会把侍御史的奏章批给大将军处理。"邴吉性格平和，一直低调行事，致力于平衡朝中群臣关系。

大司农田延年却说道："大将军，我觉得对侍御史严延年污蔑大将军这件事情必须严惩不贷。侍御史胆敢在朝堂之上公开弹劾大将军，污蔑大将军的名声，这绝不是一起孤立的事情，我想其背后必定是有人主使。只有将背后主使的这个人揪出来，方才能够使得朝廷安定。"

霍光看着田延年："那依大司农看，该如何处置呢？"

田延年慷慨说道："我认为应该将侍御史严延年即刻下狱严审，他竟敢在朝堂上公开责难大将军，说出如此大逆不道的话，若不严惩，难保以后不再出现效仿者！只要大将军一声令下，我即刻便带人将他拿下。"田延年摩拳擦掌，恨不得马上去将严延年绳之以法。

霍光瞅了一眼田延年，又看了一眼邴吉，意味深长地说："还是光禄大夫说得对啊！这种事情确实是一件不值一提的小事，没有必要揪着不放。当今陛下乃仁圣之君，不计旧恶，宽厚为怀。陛下将侍御史的奏章交给我等议处，是无比地信任我等啊！陛下定是知道我等会宽大处理此事，才会交给我等处理的。我觉得此事就此搁置好了。"

众人都觉得大将军霍光这样处理比较妥当，只有田延年依然面露不忿之色。但见霍光尚且不主张追究，便也不再说什么。

于是，严延年弹劾霍光的奏章就被搁置在了一旁，但朝中群臣却从此对侍御史严延年唯恐避之不及。

　　进入秋季之后，经历了皇位废立风波的朝堂内外的局势渐趋稳定下来。

　　9月，刘病已大赦天下，免全国百姓赋税一年。

　　10月，在一次庭议中，突然有大臣进言，说新皇即位以来，国家昌盛，百姓安居，应该考虑册封皇后，以使江山永固，万世永嗣，天下心安。

　　刘病已心里其实也早已有了这个念头。在他心目中，皇后人选只有一个，那就是自己的发妻许平君。

第 肆拾柒 回

选皇后事小体大　壁上观霍光暗察

　　朝堂上文武提议当册立皇后，听到朝臣的提议，刘病已微微一笑，正欲满心欢喜地说出自己的想法，却听一人朗声说道："臣听闻大司马大将军有一女，名成君，性情端淑，可母仪天下……"

　　马上有朝臣呼应："霍家女聪慧貌美，与陛下正是人中龙凤，天作之配。"

　　刘病已闻言，呆坐在龙椅之上，哑口无言。

　　他万万没有想到，在议立皇后的问题上，朝臣们提出的人选不是自己的原配夫人许平君，而是大将军霍光的女儿霍成君。

　　望着振振有词的群臣，刘病已的心里涌出一股寒意："你们明知朕已经有了发妻许平君，而且给朕生了儿子，无论从哪方面考虑，都应该册立许平君为后。但是，竟然就有人提出立霍光的女儿为后，而且群臣竞相呼应。"

　　刘病已的心里窝着一团火："大臣上奏之前，怎么也不同皇帝本人商量一下呢？提出立霍成君为后，这究竟是朝臣个人的意思呢？还是大将军霍光的意思？如果没有大将军霍光的首肯，他们敢这么启奏与附和吗？在这些臣子眼里，把大将军看得比皇帝还要重，眼里还有自己这个皇帝吗？"

刘病已心里羞愤交加，胸中有火却不敢发作出来。堂堂的大汉天子，连立后之事都不能自主，这还算个皇帝吗？

此时此刻，刘病已感到自己是如此的无助。

自打登上皇位之日起，刘病已就将朝政大事均交由大将军霍光处理，自己甘当摆设。

刘病已的心里清楚得很，在朝堂上，自己充其量只是个名义上的天子，霍光才是一言九鼎的人。大将军的门生故吏遍布朝堂，只要霍光不点头，哪怕是皇帝发出的诏令也绝对出不了未央宫。昌邑王刘贺又怎么样？还不就是因为掌权心太急，破了前朝形成的"天下事悉决于光"的规矩吗？

刘病已思忖，昌邑王称帝只有短短 27 天，却依靠昌邑旧臣下了一千一百二十七道诏令，也算得上是敢作敢当了。只是这些诏令均绕开了大将军霍光，等于是剥夺了大将军霍光已行使多年的最高权力，这必然会激怒霍光。刘贺的皇帝宝座还没有坐热就被废黜为民，他的昌邑旧部数百人头落地，这前车之鉴，可谓是殷鉴不远哪！但立许平君为后，这是自己进宫后就向爱妻表白过的，对这一点，相信大臣们也心知肚明。可眼下，朝臣们根本不与皇帝商量，就在朝堂之上公然提出了立后问题，人选却又不是许平君，而是大将军霍光的女儿霍成君，这不明摆着就是欺负自己这个皇帝是个傀儡吗？真是欺人太甚，简直岂有此理！

刘病已恨不得即刻站起来，厉声呵斥朝臣们太放肆了，却又强制自己忍住了冲动。千万要忍，要忍啊！这"忍"字就是在心尖上架着一把刀，这刀尖顶在心窝上的滋味可不好受啊！但是再难受也得承受，哪怕是咬碎钢牙也得忍！小不忍，则乱大谋！他的心中有着自己的一幅蓝图，那就是光大祖辈们创下的江山社稷伟业，有朝一日真正恢复刘氏天下的荣光。他相信，做傀儡皇帝的日子终有一天会结束。自己正是血气方刚之时，而大将军已是花甲。只要自己能忍常人之所不能忍，终会有扬眉吐气的那一天。

只是，眼下朝臣们都竞相在拍大将军霍光的马屁，自己这个皇帝却该怎么去表这个态呢？弄不好，不就得罪了大将军霍光了吗？万一得罪了霍光，自己就前功尽弃了。

刘病已闭上眼，仿佛又看到了东市广场昌邑群臣被戮杀的一幕，猛地打了个冷战，背上又起了芒刺般的感觉。

许家于己有大恩，许平君更是患难之交，只要自己良知未泯，就不能改变初心。在任何事上都可以听大将军霍光的，唯独在立后这件事上不能违背自己的良心。但是，也不能像刘贺那样硬碰硬地直接拒绝，得找个妥善的法子，将今天的局面先对付过去再说。刘病已暗暗下定决心，心里有了主意。

刘病已端坐在朝堂之上，仿佛在认真地听着满朝文武大臣对霍光的女儿霍成君的赞美，嘴角竟露出了一丝笑意。他偷偷地瞥了一眼霍光。却见霍光依然是面无表情，就好像群臣提议的立后人选霍成君与他没有任何关系一样。刘病已强忍着心头的不快，清了清喉咙，故意连咳两声，引起了群臣的注意。

待群臣的喧嚣声平息下来，刘病已方才朗声说道："众位大臣主动替朕考虑立后事宜，忠心可表，令朕十分感动。但立后一事，兹事体大，须择黄道吉日，问过宗庙和太后，才好决定。"

刘病已对群臣提议的立后一事，既没有明确地说同意，也没有说不同意。他只说立后一事须问过太后和宗庙，却没有明确地回应说立谁为后的事宜，对霍成君三个字更是只字未提。他用这样一种模糊的语义，含蓄地表达着自己内心的不满，希望有朝臣能够读懂自己的心思。

随后，刘病已便以身体已感疲倦为由，宣布退朝。

退朝之后，刘病已心潮难平。他在宣室殿里来来回回地踱步徘徊，发散着内心的烦躁和不安。

和煦的阳光穿过门窗，投射进宣室殿的殿堂。阳光照在身上，刘病已感觉到了几分舒爽的暖意，心里也渐渐跟着暖和起来。今天议立皇后之事总算是拖过去了，明天呢？明天该怎么办？刘病已的思绪飘飘荡荡，一会儿想到了过去，一会儿想到了朝堂，一会儿又想到了不堪回首的往事。

正是那场巫祸，让自己失去了祖父，失去了父母，襁褓之中即被投入郡邸狱中，从而失去了自由。假如没有那场祸端，自己的人生将完全会是另一个样子。但是，假如真的是那样的话，自己会像今天一样成为皇帝吗？现在，自己已经成了皇帝，会成为像曾祖父孝武皇帝那样叱咤风云、威震四海的皇帝吗？自己会光耀祖父戾太子刘据未能有机会完成的社稷大业吗？

刘病已内心反复地询问着自己。沐浴着照进宣室殿堂的阳光，他紧锁着的眉头渐渐舒展。

过去九死一生的日子都过来了，难道还怕过不了立后这一关？刘病已越想越有信心，心里渐渐充满了阳光和力量。

其实今天退朝以后，却另有一人也和刘病已一样心潮难平，这个人就是光禄大夫邴吉。

群臣在朝堂上纷纷响应立霍成君为后的提议，作为霍光亲信之人的光禄大夫邴吉，却始终未发一言。因为他知道，刘病已心里的立后人选肯定是发妻许平君。

见刘病已没有在朝堂上当场拒绝群臣的建议，而是采取了拖延的战术，很隐晦地表达内心的不满，邴吉暗暗点头。

自从朝臣们提出立霍光的女儿霍成君为后以来，刘病已一直心乱如麻。朝臣们都说大将军霍光之女霍成君德昭日月，足可母仪天下，是皇后的最佳人选，建议皇帝将其纳入宫中，立为皇后。这一动议，在群臣的喧嚣下几成定局。他这个皇帝说不出也不敢说出反对的理由，只好一拖了之。

这一提议打了刘病已一个措手不及，也让另外一个当事人颇感意外，这个人就是大司马大将军霍光。对于朝臣们在庭议时突然荐立自己的女儿霍成君为后一事，霍光事前却也并不知晓。

自领衔辅佐孝昭皇帝刘弗陵以来，霍光见惯了朝堂上各种惊涛骇浪。他对朝臣们的提议虽感意外，却处变不惊，始终保持着不动声色。他想作壁上观，看看皇帝和朝臣们接下来会将立后这场大戏如何演下去，然后再伺机而动。

第 肆拾捌 回

立皇后难舍荆妻　议朝政心有主张

　　群臣朝议立后霍成君，大将军霍光没表态，不置可否。这个霍光只有两子，却有七个女儿，前面的六个女儿皆嫁去了大户人家。其中有一女嫁与前左将军上官桀的儿子上官安，生有一女，后来配与昭帝刘弗陵为后，也即当下的上官皇太后。后上官安牵涉进父亲上官桀谋反案，全家被诛，只留下了上官皇后一人，刘贺称帝时被尊为皇太后，也是刘病已称帝时的皇太后。另一女与前车骑将军金日磾之子金赏成婚。金日磾与霍光同为孝武皇帝临终授命的辅政大臣，辅政一年即病逝。金日磾是霍光的坚定支持者，两人关系很不一般。霍光如今的夫人霍显，是其原夫人的婢女，颇有姿色，在霍光的原配夫人因病去世后，被霍光所宠爱而上位。霍成君是霍光的小女儿，为霍显所生，霍光夫妇倍加宠爱。刘贺称帝后，两人就曾经有过将霍成君立为皇后的想法。

刘病已称帝后，霍显见霍光对女儿的事不怎么上心，便瞒着霍光暗地里策动朝中的大臣奏请皇帝刘病已立霍成君为皇后。

霍光处理完上官桀、桑弘羊和燕王等谋反案后，在朝堂上一言九鼎。霍显转为正室后不甘寂寞，也频频参与霍光的政事。此时霍家势头正旺，因此接受霍显的请托为其进言立霍成君为后的大臣不在少数，一时间，朝堂上掀起了一番争相荐立霍成君为后的热潮。朝议时，大臣们各种喧嚣，大有皇帝如果不答应群臣的请求，就不可能再议其他任何事情之势，逼着皇帝刘病已尽快表态。

霍光见众多大臣纷纷向皇帝刘病已荐立霍成君为皇后，心里已猜到定是老婆霍显擅自为之。霍光虽然也喜爱小女儿，但在皇帝立后问题上却已另有一番考虑。对老婆霍显竟然瞒着他擅自做主策动群臣动议立后，霍光心里暗暗生气。但权衡了一番之后，他决定暂不开口，先观察一下再说。他想看看接下来皇帝会如何去处理这件事，同时也想借机观察群臣在立后的问题上会有哪些不同的立场。

那些赞成立霍成君为后的朝臣，当然也是对霍家忠心不二的，至少是想借此向霍家表忠心的，将来可以考虑纳入自己的阵营中，多加培植；而那些反对立霍成君为后的，当然就不会和霍家一条心，对于这些异心者，自己将来就需要好好地考量考量了。而对于皇帝刘病已，霍光心里却早已做出了决定，不管皇帝做出什么样的决定，自己都会顺着他的意思去运筹。

霍光之所以在朝堂之上纹丝不动，是因为他压根就没有打算像上次将女儿推荐给刘贺为后一样，再向刘病已又推荐一次。

自从对昌邑王刘贺行废立之事、拥立刘病已以后，霍光在朝中上管天子，下管群臣，已经无须靠皇帝岳父这种外戚身份来巩固自己的地位了。更为关键的是，眼下太后是自己的外孙女，如果自己的女儿成了皇后，名义上就是太后的下一辈，而自己又是女儿的上一辈，岂不成了太后这个外孙女和自己同辈了？这可是好说不好听啊！

而且，眼下刘病已的情况和当初刘贺的情况又不一样，刘贺称帝时将自己这个大将军晾在一边，坏了前朝形成的"天下事悉决光"的规矩，自己想将女儿配给他为后是要拉拢他，因为事态紧急，所以也就不管什么辈分不辈分的了。而对于刘病已而言，天下大事都交由大将军自己决断，这种情况下女儿成君做什么后不后的也就没有那么重要了，况且还有个辈分的问题摆在那里。自己只需要借眼下议立皇后的机会，知道谁是值得关注的对象就行了。

所以在群臣竞相荐立霍成君为后的时候，霍光一直不动声色，好像大家所议之事与他压根就没有什么关系一样。而实际上，群臣的一言一语，皇帝的一举一动，他都尽收眼底。

对刘病已没有爽快地表态顺从群臣的动议立霍成君为后，霍光一点儿也不意外，因为他知道刘病已与许平君的那些事，在立谁为后的问题上，无论于情还是于理，刘病已都不应该抛弃许平君，否则，这个皇帝就不足以成为天下表率。

霍光知道，刘病已的心里对议立霍成君为后自然是十分的不情愿，却又不敢发作出来。他见刘病已故作平静，却在朝堂上几次三番偷偷地向着自己这边看了又看，心里不禁暗暗发笑，索性低眉垂目如老僧入定，仿佛局外人一样。

刘病已既不想也不敢公开地得罪大将军霍光，又猜不透霍光的心里到底是何想法，只好借故先暂时退朝了事。

但是，刘病已也知道，册立皇后一事既然在朝议时已经正式提了出来，那自然是不能长久地拖下去的。自己一日不做出一个明确的答复，那些提出动议的大臣们便会没完没了地继续在朝议时催着自己立霍成君为后。

只是自己内心早已决意将结发妻子许平君立为皇后，与朝臣们提议的不是同一个人选，怎样才能够化解这个难题呢？要做到既不引起大将军霍光的不满，又要符合自己立结发妻子许平君为后的初心意愿，这无疑是一个两难的问题。

朝堂上有大臣奏议立大将军霍光的女儿霍成君为后的事情很快就在后宫传了开去，许平君自然也知道了。她见刘病已退朝回来闷闷不乐，知道是在为这个事犯难，便安慰道："我已听说了今天的朝议之事，正想和陛下说说，请陛下不要为此事揪心。"

刘病已和许平君心意想通。两人对视一眼，深情款款，不用多说什么话，彼此都能够知晓对方的心意。刘病已知道，许平君接下来的话定是会宽自己的怀。

果然，许平君接着说道："陛下刚即帝位，朝堂内外的很多事都需要大将军的鼎力支持。若是离开了大将军的支持，陛下只怕在宫中寸步难行。陛下既已明确朝堂之事悉由大将军处理，大将军实际上就已经成了大汉朝堂的实际当家人。朝臣们为了拍大将军的马屁，竞相提出立大将军之女为后，这也在情理之中，只不过是超出了陛下原先的预想而已。臣妾恳请陛下不要为此揪心，即使陛下不立臣妾为皇后，只要对夫君有利，臣妾也不会在意半分的。"

许平君越是这么说，刘病已越觉得对不起她。他知道许平君明事理，晓利害，为了夫君，她是会甘愿去受委屈的。

刘病已看着许平君强作欢颜的笑容，看着她怀里抱着的儿子彤红的脸蛋儿，忽然间在心底涌出一股豪强之气。他打定主意，不光要立许平君为皇后，而且今后还要立儿子刘奭为太子。这个弱女子一心一意都在为自己考虑，她的心里只有夫君和儿子，却唯独没有她自己。这样的皇后哪里去寻？不管前面有多少艰难险阻，不管他人如何地启奏建议，这个皇后人选必须由自己这个皇帝来决定，哪怕是为此得罪了大将军也在所不惜。

心意已决，刘病已反倒轻松了许多："你是我明媒正娶的结发妻子。若是我这个皇帝不能立你这个正室为皇后，那成何体统？如何为天下楷模？我知道你的心意，但是我也有我的主意。你是知道我的想法的，即使最不济的话，我暂时不立皇后也就罢了！但是，谁若想让我违背初心意愿，却是万万不能。"

第 肆拾玖 回

贤内助大义劝君　登朝堂欲寻故剑

　　君妃二人后宫谈心，这恐怕在中国历史上也是很少见的。夫妻商量半天，许平君望着刘病已坚毅的脸庞，感动得热泪盈眶，又不无担忧："只怕会因此得罪大将军，到那时却不利于陛下啊！昌邑王的教训可是殷鉴不远啊！在宫里待了这些天，臣妾知道哪怕是皇帝陛下也有许多事情是身不由己的。自从进宫以后，臣妾时时刻刻都在为陛下担忧着，只要陛下好好的，就是我们娘儿俩最大的福分。什么后不后的，平君真的不会放在心上。"

　　许平君热切地凝视着刘病已："陛下对平君的好，平君甚是感动！只是此事宜从长计议，三思而后行。陛下若执意为之，恐会在朝堂上闹出乱子，到那时却该如何是好？陛下就听平君一次，万万不可任性为之啊！"

　　刘病已不想让许平君担心，微微一笑："梓童无忧，朕自有

285

主张。"

刘病已不想在立后问题上和大将军霍光发生冲突。但是他也摸不准这立后的动议到底是不是大将军霍光本人的意思。心里千回百转，刘病已一时却又想不出一个万全之策。

霍光下朝回到家中，瞅见老婆霍显和家奴冯子都在一起说说笑笑，便板起脸走上前去。

霍显发觉霍光的神色不对，赶紧撇下冯子都，过来探问。冯子都见霍光一脸严霜，势头不对，赶紧悄悄溜走，却躲在不远处偷听他们说话。

霍光直截了当地问霍显："让大臣们给皇帝陛下上奏，荐立女儿霍成君为皇后的事情，这是你的主意吧？"

霍显也不隐瞒："是又怎么样？我们家成君已经成年了，凡是见过她的人没有不夸赞她的。都说女儿国色天香，人见人爱，母仪天下最是合适不过的。"

霍显说起自己的女儿来，从不吝啬溢美之词，脸上泛出了红光。她看都不看一眼霍光："据说被你扶上皇位的新皇年轻英俊，行事沉稳，我想，新皇跟我们家成君倒真是天生的一对，将来女儿若是母仪天下，你就成了皇帝的岳父，我就成了皇帝的岳母，这大汉的江山社稷不就是我们家的了……"

霍显正欲接着说下去，霍光把脚一跺，大声呵斥道："你这是什么话？！什么我扶上的新皇，国家的朝政大事，却被你说成是私相授受似的，你懂什么？我警告你，立后之事不是你应该掺和的，你在家给我安安稳稳地待着，不要给我多事，更不许再插

286

手立后之事半分。"

霍显张了张嘴，想说什么却没有说出口来。她没有想到霍光会对自己策动大臣荐立女儿霍成君为后一事如此动怒。她一时找不到合适的理由为自己辩解，只是嘴角动了动，心里有些发虚。

"现在我外孙女是皇太后，若是女儿成君当了皇后，岂不是要颠倒辈分了？你这么做，却要将当今太后置于何地啊？又会将我置于何地啊？"霍光先搬出了外孙女和女儿之间的辈分问题。

鉴于外孙女上官皇太后的特殊位置，女儿霍成君在辈分上目前比太后还要高一辈，从现有辈分上讲，显然不宜将女儿许平君立为皇后。如果霍成君成了皇后，那自己这个外公岂不是和外孙女上官太后成了平辈人了？霍光将太后和女儿两人的辈分一摆，是想让霍显知难而退。

见霍光说起了太后和女儿的辈分来，霍显更不以为然："什么辈分不辈分的，乱辈分的事又不是从我们这里开始，他刘家早就有了。兴他们这么做，难道就不兴我们霍家这么做吗？再说了，前面那个昌邑王当皇帝的时候，我们不是就将女儿成君推荐给他当后吗？那时怎么没见你反对呢？都是给皇帝当后，你的想法怎么就变得这么快？你不是管着皇帝管着群臣吗？只要你想做，这辈分又算个什么事？"

见霍显胡搅蛮缠，竟然说起孝武皇帝的家事来，霍光气不打一处来，怒道："你个蠢货，孝武皇帝的家事也是你应该说的吗？什么我管着皇帝管着群臣，你说这样的话简直是大逆不道，一旦传了出去那还了得，还不赶快给我闭嘴！"情急之下，霍光直骂霍显是个蠢货，此前，他可是从未这样骂过她。

霍光知道老婆霍显不是盏省油的灯，但是没有想到她竟然已经膨胀到连皇帝都不放在眼里了，竟敢说皇帝也归他这个大将军管。朝臣中本就有人对他这个大将军在朝堂上一言九鼎颇不服气，霍显这话要是再传出去了，岂不是立即就会掀起轩然大波！眼下新帝即位不久，朝堂政局并不稳固，这个女人这么说话岂不是要把他放在火上烤吗？

霍光越想越气，觉得应该把话给霍显说明白了，省得她再去瞎倒腾："如今陛下已有明媒正娶的结发妻室许平君许婕好，而且许婕好已经给陛下生有儿子。皇帝陛下已经有妻有子，无论从哪方面讲，陛下都应立许婕好为后。陛下只有这么做，才能奉宗庙，子万民，为天下表。"

霍显仍然不服气，强辩道："以前那些没有这么做的皇帝难道就不是子万民、奉宗庙了吗？"

"话却不能这么说。以前虽然也有皇帝没有按照惯例和规矩办的，但那时的情况和现在不一样。现在是我这个大将军在承担辅政之责，我受孝武皇帝重托辅政，就不能不按规矩来。有关陛下立许婕好为后一事，即使陛下本人不提出来，我这个大司马大将军也有责任有朝一日主动提出来，这不仅是陛下的家事，也是国家稳定的需要，是朝堂大事。当今陛下可不是昌邑王，陛下比昌邑王要圣明得多了。你不要听那些个朝臣瞎鼓捣，他们吵得倒是欢腾，用意我当然也很清楚。但是事情可没有你和他们所想的那么简单。"

霍光怕霍显仍然听不明白，白了霍显一眼，又心事重重地说道：

"朝议时不是还有不少大臣没有说话吗？据我观察，不少大臣对这次立平君为后的动议颇有不服之色，那些神色不服的大臣中，既有文臣，也有武将。而皇帝陛下也没有就立后一事表明自己的态度。陛下不表态，重臣不说话，这本身不就是一种态度吗？你以为霍家真的能够在朝堂上一手遮天啊？我倒是真的担心，一旦哪天我不在了，霍家会不会毁在你的手上啊！"霍光说完，森冷地盯着霍显。

霍显收敛起了先前的骄狂，神色显出几分紧张。霍光见霍显已有触动，缓和了一下语气："我受孝武皇帝嘱托忠心护国，一切事情均不能违背了'公道'二字，又岂可在立后一事上乱了分寸，让人诟病我徇私，说我这个大将军管着朝堂还不够，还欲立女儿为后，是不是想当太上皇？"

霍光顿了一顿，瞪着霍显正色说道："霍显啊霍显！我可警告你，不要再给我惹事了！你再这样瞎折腾下去，当心哪天我真的会一怒之下把你也给废了！还有那个该死的奴才冯子都，他只是个家奴，据说竟然也打着霍家的招牌在结交朝臣，收人钱财。你说说看，这次议立皇后一事，是不是也有他在里头鼓动啊？你可给我记住了，他要是敢再胡来，当心我要了他的狗命！"霍光的眼里冒出了杀气，霍显心胆为之一寒，不敢再言语。

冯子都此刻正躲在门外偷听，听了霍光充满杀机的话，心胆俱裂，吓得赶紧跑得远远的。

霍显被霍光训斥了一通，心里很是不爽。虽然她在家专横跋扈，在外也趾高气扬，但是对霍光还是很惧怕的。见霍光动了真火，便不敢再犟嘴，只得把银牙一咬，不满的怨气，暂时藏在了心中。

第 伍拾 回

再议事峰回路转　大将军一语定音

　　大司马大将军霍光其实早就听闻新帝刘病已对妻子许平君一往情深，尽管霍光也隐隐地希冀刘病已能够答应群臣的建议立女儿霍成君为后，但是他的理智告诉他，皇帝刘病已无论如何都不应该接受群臣的动议，哪怕群臣提议的这个人是他这个大将军的女儿。如果刘病已在朝议中顺从了群臣的意见，违心地答应立霍成君为后，恐怕他从此也将另眼看待这个没有一丝骨气的皇帝。这样一个屈从权势的皇帝还能够承受宗庙社稷之重吗？见刘病已在朝议时采取了不置可否的拖延战术，霍光的心里虽然隐隐有点失望，却又感到如释重负。这个皇帝还是一个有血性也懂得隐忍的皇帝，汉室江山社稷终究有一天要交到他的手里，一个知道节义、懂得隐忍、不负誓约的皇帝，正是这个国家所需要的。

　　霍光的心中生又出了一股深深的忧虑。妻子霍显背着自己策动群臣荐立女儿为后，这胆子也实在是够大的了。自己受孝武皇帝遗诏，忠心为国，为刘氏江山，为汉室社稷操劳了一辈子，好不容易有了眼下这个比较稳定的局面。可霍显为了达到自己的目的就敢如此恣意妄为，连立后这么大的事情她都敢插手，还有什么事她不敢干的？自己的一世英名，将来可别毁在这个女人手里啊！

隔了几日，又到了朝议的日子。百官依秩上殿入朝，大臣们行拜礼完毕。方才落定，就有大臣手持笏牌准备出班启奏。

刘病已早将朝臣们的举动尽收眼底。见准备出班启奏的是上次朝议时动议立后的大臣，不待他出列开口启奏，先朗声说道："众位爱卿，朕今日有一事相告。朕当初在民间游历时所带的一把旧剑不知丢到哪里去了。虽说这把剑并非是什么名贵的宝物，但朕使用惯了，所以一直很挂念它，希望众卿能够帮朕找到它。若是有谁能够帮朕将它找出来，朕一定会重重的奖赏。"

刘病已今天主持朝议和以往有些不一样。往常每次朝议时，刘病已都是静静地听群臣先启奏，从来都没有自己抢着先说事的。今天却好没来由地突然讲起了他过去用惯了的一把旧剑的事，让朝臣们一时都有些迷惑不解。

本来有大臣准备继续向皇帝建议立大将军霍光女儿霍成君为后事宜的，见刘病已先抛出了一个寻找旧剑的话题，也就不好紧接着上奏。

按照皇帝的说法，这把宝剑并不贵重，只是一个寻常的物件，又没有特殊的标记。对这样一个物件，皇帝只是用惯了而已，本没有太大的价值。世上与之相似的东西定然是多了去了，为何皇帝却要郑重其事地在朝议中给群臣说这把旧剑的事呢？皇帝难道真的是很喜欢那把旧剑而非要把它找出来不可吗？或者皇帝是在借这把旧剑说其他的事呢？

很快就有一些大臣揣摩出刘病已说这把旧剑的用意了，皇帝所说的这个故事可以说是"故剑情深"啊！皇帝表面上是在说自己贫贱时用惯了的一把旧剑，实际上却是在借此说上次朝议时议而未决的立后之事啊！一把老旧的故剑尚且不肯轻易舍弃，还在朝堂之上郑重其事地晓谕群臣谁把它找出来将有奖励，这不是在借物说事又是什么呢？！姑且不去论证皇帝所说的这把旧剑到底存不存在，仅仅是皇帝借此所表明的不弃旧物的态度就值得深思啊！陛下说这把旧剑的意思，岂不是在隐喻群臣，在立谁为后的问题上，他是绝不会抛弃贫贱时便与自己在一起的结发妻子许平君的啊！陛下可也真是用心良苦啊，他不敢在朝堂上公开地拒绝大臣们关于立大将军霍光的女儿为后的提议，却想出了用这种讲"故剑情深"故事的方式含蓄地表达自己的想法。这是希望有人能够读懂他的心思，在朝堂中替他说出不便说的话啊！

众臣习惯性地瞄向了大司马大将军霍光，想揣摩他的看法，却见霍光仍是一副事不关己的样子。霍光的目光和大家坦然相对，面无表情，甚至显出几分泰然自若。看大将军霍光没有要说话的意思，大家更是谁也猜不透他究竟是怎么想的。

霍光此时心里倒是笃定坦然得很。他已悄悄地安排了亲信大臣在今天的朝议中替他说出立后的人选，而他自己则只需要静静地看着皇帝和大臣们的表演就好了。

刘病已抛出"故剑情深"的故事，霍光很快就明白了刘病已的心思。皇帝这是在和朝臣们在打"哑谜"呢。什么"故剑情深"？皇帝表面上说的是剑，实际上指的却是人。

刘病已用这种方式含蓄地表达自己内心的想法，霍光心里暗暗为刘病已对立后一事的执着而感动。反正自己已经做了安排，这个时候倒也乐得逍遥，安下心来继续当看客。

一时间，群臣都猜不透这朝堂上的一君一臣到底打的是什么主意，便都不敢随便说话。偌大的朝堂连咳嗽的声音都没有，静得若是掉下一根针来定会清晰可辨。

"陛下，臣有事启奏。"有人打破了沉默。

朗声说话的人是龙雒侯、前将军韩增。韩增是官宦世家，在朝中资历不浅。霍光废黜刘贺后，韩增与大将军霍光一道拥立刘病已称帝，也是拥立刘病已的功臣之一。

韩增对大将军霍光废黜刘贺以后独断朝纲的做法早已有几分不满。上次朝议后，韩增私下里就已经对荐立大将军之女霍成君为后表示了异议。

果不其然，韩增开门见山地沉声奏道："臣听闻，陛下有一结发妻子许婕好，且许婕好已给陛下生有一子。臣以为，一把再普通不过的旧剑丢了，只是因为使用惯了，陛下尚且不肯抛弃它去另换一把新剑，却让臣等想方设法将之找出来。若是把这把剑换成了一个陪伴陛下已久的人呢？陛下乃仁圣之君，德被四海，恩泽万民，想必结发妻子许婕好对于陛下来说更是重要。陛下刚才说的是把旧剑，臣听着却以为说的是故人啊！臣听闻许婕好端庄贤淑，德仪俱佳。许婕好不就是陛下丢失的那把'故剑'吗？陛下何不册封许婕好为皇后呢？如果册立许婕好为后，则陛下已有子嗣，汉室江山后继有人，这实乃是社稷之幸，万民之望啊！"

刘病已称帝后，韩增对大将军霍光的门生故吏在朝堂上日益不把皇帝和其他大臣放在眼里，只知道唯霍光的马首是瞻的做派，私下里已经很看不惯。上次朝议时，韩增见霍氏亲信在立皇后的问题上频频发难，把皇帝逼得走投无路，当时就想挺身而出仗义执言，却又没有想透该怎么说，便隐忍了下来。今见刘病已先抛出个寻找故剑的故事来，心里一动，忽有所悟。

见群臣听完皇帝所讲的"故剑情深"故事后都沉默不语，韩增知道大家应该也和他一样明了皇帝刘病已的心思，便不再犹豫，率先站了出来，借回答刘病已所说的故剑话题，直截了当地建议皇帝刘病已立结发妻子许平君为后。

韩增的这番话可是说到刘病已的心窝子里去了。

刘病已说完"故剑情深"的故事后，正揪着一颗心着急大臣们不能理解他讲这个故事的本意呢，见韩增率先站出来将他这个皇帝心里不便说出口的真实想法替他说了出来，而且说得有情有理有义，完全符合自己的意图。刘病已长长地舒了一口气，揪着的一颗心稍稍放松了几分。

刘病已不动声色地朝前将军韩增抛去一个感激的目光，又看了看大将军霍光，见霍光依然不动声色，刘病已便又赶紧正襟危坐单等下文。

第 伍拾壹 回

立皇后举国欢庆　封岳丈帝愿难遂

前将军韩增出班跪奏皇帝，建议立许平君为后。他率先站出来说这番话，一来确实是想为皇帝刘病已鸣不平；二来也担心霍家谋得皇后之位后，权势过大，会危及皇权。韩增家世显赫，性情耿直，忠于汉室，并不惧怕霍光，因此他敢于率先站出来。

大鸿胪韦贤也站了出来，接过韩增的话，大声说道："臣赞同前将军所说的话。臣听闻，许婕妤入宫后，上孝顺皇太后，下爱护下人，克勤克俭，有孝文窦皇后的风范。臣以为前将军所议甚是有理。臣也以为，许婕妤足以母仪天下，可册立为后。况且许婕妤还是陛下的结发妻子，又已给陛下生子。陛下乃仁圣之君，应当为天下人的表率。所谓糟糠之妻不可弃，臣也以为，陛下应当立许婕妤为后。望陛下明察。"

大鸿胪是九卿之一的朝廷重臣，掌管着朝廷的礼宾事务，地位显赫，影响力不小。韦贤自幼通晓经学，禀性淳朴，对于名利丝毫不看重，对大将军霍光在朝中说一不二也颇有微词。上次朝议立后事宜时，他暗地里也为皇帝刘病已感到不平，但是惧于大将军霍光的威势，不敢率先站出来说话。今见前将军韩增先出了头，便不再犹豫，也站了出来附和前将军韩增的提议。

见韦贤也站了出来，刘病已的心里更踏实了几分，看向韦贤和群臣的目光，便多了一些嘉许。

丞相蔡义也紧接着站出来奏道："许婕妤为陛下的结发妻子，贤良恭俭，臣也以为应当册立为后。"

丞相蔡义是研习儒学经史的饱学之士，素明大义，此时尚无官场习性，也不喜欢奉承别人。蔡义曾在霍光的手下为官，称得上是霍光的老部下。他能当上丞相一职，也完全是得大将军霍光之力。作为霍光的亲信，蔡义此番能够附和韩增、韦贤的提议，着实让大臣们颇感意外。

三个重臣不约而同地荐立许平君为皇后，这与上次朝议时大臣们几乎众口一词地提出立霍成君为后，画风完全不一样，这让其他大臣都深感意外。捉摸不透朝堂局势的朝臣们又偷偷地瞥了大将军霍光一眼，却见大将军那边仍然没有什么动静。大家把不准局势，便不再接话，朝堂上出现了一阵儿沉默。

沉默的时间并不长，又有人出班奏道："陛下，大将军，臣粗通礼法，按照朝廷礼制，陛下立许婕妤为后最合礼法。"

说这话的是大儒夏侯胜。夏侯胜精通经史，此时已是上官皇太后的老师，任长信少府一职。在刘病已尚未继帝位时，夏侯胜

296

曾经奉大将军霍光之命考校过当时的皇曾孙刘病已。在朝臣们的眼里，夏侯胜是大将军霍光所信赖的人，他的话一定程度上也代表了上官太后的意思，当然也代表大将军霍光的意思。

夏侯胜此时出班说这番话，确实也是霍光事先安排。霍光早已决定，在立后问题上，不管刘病已做出何种选择，他都会遂了皇帝刘病已的心愿。因为上次朝议时说的是自己的女儿，自己出面多有不便，就暗中对夏侯胜做了交代。

大臣们见霍光不再说话，便都明了夏侯胜所奏必是大将军霍光的安排，便都纷纷附和起来。

刘病已见群臣众口一词皆说应该立许婕妤为后，再无人提议立霍成君为后的事宜，而大将军霍光那边也似乎没有什么不满的表示，便准了大家的奏议。

自登上皇位以来，刘病已终于第一次如愿以偿。他借着一把故剑的故事，赢得了朝臣们的同情和理解，得以册立自己的结发妻子许平君为后，兑现了对爱妻的承诺。

只是，他却不知道，其实大将军霍光早已对立后事宜做出了符合皇帝心愿的安排。皇帝刘病已的这一番举动在霍光的眼里更像是演了一出好戏而已。

刘病已在朝堂上讲故剑的灵感，来自他幼时在鲁国受教的武术教师无解。

当年，无解教他剑术时，使用的是一把发黑的木剑。史高看到后，对无解说："师父，我给你铸把好剑吧。"

当时鲁国的冶炼术已极其高明，铸剑师很多。但是无解却谢

297

绝了史高的好意："这把剑虽是寻常木剑，可却是我拥有的第一把剑。这把剑陪伴着我经历了很多事情，我对它很有感情，这一辈子是不会离弃它的。"刘病已听了这话后，觉得无解老师是个有情有义之人，就把这事儿记在了脑子里。

朝堂上众臣荐立霍成君为皇后的那几天，刘病已苦思对策，彻夜难眠，在万般苦恼中突然灵光一闪，想起了这件往事，心里一下有了主意。

果不其然，当刘病已郑重其事地在朝堂之上讲起一把旧剑的故事后，马上得到了朝臣的理解和响应。在韩增、韦贤等朝中正直大臣们的推动下，由剑及人，将皇帝刘病已的结发妻子许平君推到了群臣关注的焦点之下。夏侯胜按照霍光的事先安排适时地推动了一把，刘病已最终得以册立许平君为后，化解了他登基以来的第一次危机。

在刘病已长舒一口气的同时，光禄大夫邴吉也长舒了一口气。邴吉的心里既对皇帝刘病已的智慧称赞不已，也对大将军霍光的运筹暗暗称奇。

公元前 74 年 11 月，未央宫举行了隆重的立后仪式，许平君正式被册封为皇后，诏告天下，举国同庆。

同时，管理皇室内务的少府也在张罗着为皇帝陛下广选良家女子充实后宫。刘病已虽不太情愿，却架不住少府引经据典三番五次地奏议。少府屡次进言道："周礼曰，古者天子后立六宫、三夫人、九嫔、二十七世妇、八十一御妻以听天下之内治，以明章妇顺，故天下内和而家理。陛下不应专宠一人。"

刘病已无奈，加上许平君也劝他按照规制谨守礼仪，不要做让臣子为难的事。许平君皇后无丝毫的嫉妒之心，皇帝刘病已便也不得不听从少府的安排。这一波海选，连他昔日斗鸡好友王奉光的女儿也被选入了后宫。

许平君被册封以后，上官皇太后便搬出了专给皇后居住的未央宫椒房殿，入住长乐宫。

许平君出身微贱，登上了皇后之位，依然十分节俭。她把受到的封赏、获得的财物，都分给下人和家里有困难的奴婢，所使用的侍从、车马、服饰也都非常朴素，一切从简，因而深得下人们的爱戴。

许平君还每五天一次到长乐宫去觐见上官皇太后。虽然两位女子辈分相差悬殊，却年纪相仿。许平君每次见上官太后必亲自捧着案几，奉上食品给太后食用，尽儿女之道，这让上官皇太后深受感动。两人名义上虽然分属上下两辈，却比亲姐妹还要亲密。

按照礼制并效仿前朝，刘病已提议给岳父许广汉封侯。可这一次，大将军霍光等一干朝中大臣却断然反对，没有再给他这个皇帝半分面子。大将军霍光反对的理由冠冕堂皇，说是"受宫刑之人，不宜封侯"，其他的大臣也纷纷附和。

看到自己的提议被否决，刘病已心里十分不快。他心想，孝昭皇帝刘弗陵的外祖父也曾因犯法而被处以宫刑，做了宦官，后来过世。而孝昭皇帝却还追赠自己的外祖父为顺成侯，当时追赠的时候大将军霍光不是也没有反对吗？怎么我按照惯例提出来给岳父封侯的时候，却振振有词地反对呢？

静下心来后，刘病已却又想清楚了。大将军霍光不同意给许广汉封侯，那是在借这个事儿对自己这个皇帝发出警告。上次虽然在立后的问题上维护了皇帝的想法，但并不表明皇帝就可以决定一切事情了。霍光借阻止给许广汉封侯一事，在向皇帝表明，这个朝廷还是大将军说了算。

第 伍拾贰 回

真皇帝收尾隐忍　隐天子昂首专权

　　刘病已明白，自己这个真命天子虽然如愿以偿地立结发妻子许平君为后，但是在朝堂中仍需夹起尾巴，继续修炼"隐忍"功夫啊！反观大将军霍光，不动声色就可以否决掉皇帝的意见，这个不仅管着群臣也管着天子的大将军，真可称得上是"隐形天子"啊！

　　见给许广汉封侯不成，刘病已只好退而求其次，提出给岳父许广汉封"昌成君"。相比于"侯"，"君"不能世袭，也无封地，尊号级别离"侯"甚远。但这已经是刘病已能够为岳父争取到的最好爵位了。

　　霍光见刘病已在给岳父许广汉封侯的事情上先退了一步，自己便也退了一步，不再阻止封许广汉为"昌成君"。双方各退一步，君臣和好如初。

刘病已登基时所使用的年号仍是"元平",乃是汉昭帝刘弗陵的第三个年号,也是刘弗陵的最后一个年号。

中国历史上的第一个年号出现在汉文帝时期,年号为"后元"(前163—前156)。之后,每次新皇登基,均会改元纪年,并同时改变前朝所用的年号。一般改元从下诏登基的第二年算起,也有个别的从本年年中算起。皇帝一般都喜欢换年号,好事坏事都要换,有的几年换一次,偶尔也有的一年换几次。

年号是帝王正统的标志。过完年,刘病已便召集群臣商议更改年号事宜。

经群臣商议,最后给刘病已定的新年号为"本始",意为回归原始、本初之意。刘病已身为孝武皇帝太子刘据的后裔,取"本始"年号,寓意一元复始,回归本位,隐喻了自己乃是孝武皇帝嫡出的一脉。

这个年号,别有深意。

"本始"的年号刚一确定,朝堂上就发生了一桩大事:大将军霍光叩请还政于帝。

刘病已登基之初便晓谕百官,"朝堂之事悉听于光",依前朝例将朝政大事全部交由大将军霍光处理。虽说一直以来君臣都相安无事,但是朝中却已有一些大臣在议论大将军贪恋权柄,迟迟不肯还政于帝。霍光心中本就对新帝刘病已将朝政大事全部交付于己有所疑忌,便决定借"还政于帝"再试探一下皇帝刘病已心里的真实想法。

霍光之所以敢于主动提出要还政于帝,一是他料定刘病已目前还离不开自己的辅助和支持，前朝已经形成的规矩一时还破不了；而更重要的是，他要以此堵上群臣非议自己贪恋权柄的口舌。

刘病已虽然已有了自己的"本始"年号，已经是一个完全意义上的正统皇帝了，但他却时刻不敢忘刘贺的前车之鉴。他对大将军霍光在朝堂上公开表示要还政于帝的举动十分谨慎。刘病已敏锐地觉察到，霍光在确定皇帝年号的同时提出还政于帝，只不过是故作姿态试探他而已。

刘病已没有丝毫犹豫，马上对霍光和群臣说道："孝武皇帝将重任托付于大将军，至今已十余年，如今国泰民安。以孝昭皇帝的聪慧，都尚且需要大将军辅佐，朕即位不久，就更离不开大将军了。天下事都需要继续有劳大将军，朕希望大将军万万不可推卸。"

刘病已的这一番话说得霍光十分畅快。皇帝不但没趁机剥夺自己手中的权力，反而给了自己更充分的信任。刘病已能够这么做，实属难能可贵，不枉自己一番苦心，选他为帝算是选对了。

自此以后，刘病已与霍光的君臣关系比过去更进了一层。并且此时的霍光已开始在考虑，寻找个合适的时机，正式将朝政大权交还给皇帝陛下。

借拒绝霍光请求还政之机，刘病已下诏封赏那些拥立他为皇帝的有功之臣。霍光增加食邑一万七千户，张安世增加食邑万户。拥立刘病已即位的丞相杨敞虽然已经去世，但其子杨忠受了封赏。蔡义、范明友、韩增、杜延年、夏侯胜等大臣也分别被加封食邑。又封了御史大夫田广明为昌水侯，后将军赵充国为营平侯，大司农田延年为阳城侯，少府史乐成为爰氏侯，光禄大夫王迁为平丘侯。又加封苏武、刘德、邴吉等人为关内侯。

对于其他大臣，刘病已也没忘记，均各有赏赐。朝廷中大部分大臣皆被封赏了一番。于是，朝堂上下，无不欢欣鼓舞。

对于百姓，刘病已也同时大加赏赐，赐天下百姓民爵一级，女子每百户赐牛肉及酒，租税免收。这样一来，百姓也对这个新上任的皇帝称颂有加。

这年 6 月，长安城的坊间起了一个传言，说当今皇上并非是太子刘据的孙子。此传言和当初孝昭皇帝刘弗陵即位时，流传刘弗陵并非孝武皇帝之子的传言，简直如出一辙。

刘病已敏感地意识到，看来定了年号以后，还不足以高枕无忧。要让天下人都认同自己这个皇帝是正统，还得考虑更为重要的"名正"的问题，名正才能言顺哪！

为了确立自己血脉的正统性和即位的正当性，刘病已特地召集群臣朝议："故皇太子葬在湖县，还没有谥号和举行祭祀的祠庙，朕觉得应当给故皇太子和朕的父母亲等人议定谥号、建置陵园及安排守陵民户。"

刘病已的父亲刘进、母亲王翁须、祖父刘据、祖母史良娣，还有曾祖母皇后卫子夫，皆在巫案中身亡，且前太子刘据并未彻底平反。这些自己最亲的亲人，都没有设陵园、墓园，只是草草埋就，刘病已每每想到这种情况，便觉得难受。如今他提出为自己的祖父故太子刘据等人设置陵园，一来是为了肃清谣传，为己正名，让天下人都知晓自己乃是孝武皇帝嫡出的一脉；二来也是了却心中的遗憾。

刘病已欲以"皇考"的谥号尊称自己的父亲刘进，群臣皆认为不妥。掌管礼宾事务、位列九卿之位的大鸿胪韦贤通精《礼经》，当即说道："陛下用'皇考'称呼史皇孙，有违礼节。"

刘病已大感意外，问是何原因。

韦贤答道："陛下的皇位嗣自孝昭皇帝，而非史皇孙。陛下既已为孝昭皇帝的嗣子，那么自己的生父史皇孙就只能降位屈尊，享受不到'皇考'的祭祀，这是对祖宗礼法的尊崇。陛下不可逾限越规，要恭谨行事。"

刘病已听了有些生气："朕为皇帝，朕的父亲也是皇族，为什么不能尊称父亲为'皇考'呢？"

"史皇孙过世时，并非皇帝。朝廷有朝廷的制度和礼法，若是称皇考，那岂不是等于又立了一个天子。这是自太祖高皇帝以下，所有先帝都不会同意的事情。臣就算是死，也不敢同意陛下的提议！"

韦贤的意见并非孤立，其他大臣也反对以"皇考"称呼刘进。刘病已望向霍光。他观察着霍光的表情，想弄清楚这究竟是不是霍光授意的。

"陛下，老臣也觉得大家说的有道理啊！史皇孙的尊称，还请陛下三思。"霍光表明了自己的态度，话中之意却是不容置疑。

见大将军霍光也不支持自己，刘病已泄了气，朝议不欢而散。

退朝后，又有不少官员上奏，引经据典地言说不宜对史皇孙刘进用皇考之名的道理。这些奏章先是交到霍光处，都被霍光派人呈送给了刘病已。

朝中大臣几乎都不同意自己的主张，刘病已明白如果自己一意孤行，只会陷入僵局，更会因此与朝中大臣们弄僵关系，将不利于自己。

许平君也劝他："陛下应考虑大局，万万不可感情用事。"刘病已见许平君也劝说自己，便打算不急着推动此事，先放一放再说。刘病已转念一想，对了，我何不先给孝武皇帝追尊庙号，然后再缓而图之。

第 伍拾叁 回

尊武帝追封庙号　责夏侯诽谤先皇

　　转天上朝，刘病已和群臣说起孝武皇帝当年驱逐匈奴、开疆拓土的往事，感叹道："孝武皇帝之时，好男儿只要肯上阵杀敌，便有机会晋爵封侯。故此，虽然匈奴屡屡犯我边境，孝武皇帝均能将之驱逐。孝武皇帝保家卫国、开拓疆土的功劳真可谓是居功至伟、前无古人啊，实堪为万世表！"

　　接着，刘病已话题一转："朕以为，应为孝武皇帝追尊庙号。"

　　庙号和谥号不同。在汉朝，每个皇帝都有谥号，但庙号则不是每个皇帝都有的。一般君王死后都会建筑专属的家庙祭祀，但在几代之后就必须毁去原庙，而与太庙合并祭祀。只有对国家有大功、值得子孙永世祭祀的帝王，才会特别追谥庙号，以示永远立庙祭祀之意。西汉在孝武皇帝之前，只有太祖高皇帝刘邦、太宗孝文皇帝刘恒有庙号。如今，刘病已提出给孝武皇帝追尊庙号，自然是非同小可的一件大事。

霍光注视着刘病已，不动声色，内心在揣摩着刘病已说此话的深意。追尊孝武皇帝庙号，表面上是有鼓励军民奋勇抗击匈奴之意，但此外是不是还有其他特别的深意呢？

刘病已当然另有深意。之前他提议为自己的曾祖母、祖父、祖母、父亲、母亲追谥名号、修建陵墓，结果遭到群臣的反对。刘病已后来仔细分析群臣反对的理由，发现群臣之所以会强烈反对，那是因为自己是从孝昭皇帝刘弗陵那里继承的皇位。现在他想要天下人认同自己的皇位乃是源自于自己的曾祖父孝武皇帝，因为自己的祖父乃是故太子刘据，而刘据唯一的遗脉就是自己了。刘病已要借助孝武皇帝的英名和威名，告诉天下人"朕乃嫡出"。他如果为曾祖父孝武皇帝立了庙号，就彰显了自己乃是孝武皇帝的嫡系重孙，是皇位的正统血脉。这样一来，不仅确立了自己皇位的正当性和正统性，也昭示自己的祖父母、父母为正宗皇室。

刘病已的这一提议，让众大臣一时难以找到反驳的理由。因为，孝武皇帝在群臣的眼里简直就是一尊神，朝臣们几乎都经历过孝武皇帝时的辉煌。

霍光自然是明白刘病已的如意算盘。他本想站出来敲打一下刘病已的，但一想到武帝对自己的恩德，便又感到不好反对，也就不吭声了。见大将军霍光没有反对，其他大臣自然也就无异议了。

次日，皇帝刘病已便下诏：

"孝武皇帝实乃仁义无双。他强汉室，征匈奴，驱单于，蛮族纷纷遁于远方；他平氐羌，收甄駱，囊朝鲜，建郡县以服天望；他定音律，兴乐舞，禅泰山，光我汉室辉煌；他礼天地，定历法，制年号，实乃冠冕堂皇；他继往圣，尊贤能，赏功臣，崇周裔恢复礼仪之邦。他缴获的战利品和四方朝贡的珍宝，陈列于庙堂。他的功绩感动上苍，各种吉兆满目琳琅。宝鼎出土，白麟献瑞，巨鱼跃水，神仙来访，高山欢呼万岁，千秋功德无量。他的功绩不能用千言万语来表达，他的庙中还没有与他的功绩相称的音乐汤汤，朕为此感到不安和心伤。今顺天意，从民望，宜立庙号，以彰其德于四方。"

皇帝的诏书一下，群臣纷纷表示赞同，并都说希望尽早确定庙号建造宗庙。

长信少府夏侯胜极力反对给孝武皇帝立庙，他给皇帝刘病已上奏道："孝武皇帝虽然有抵御四方强敌，扩大疆土之功，但在战争中滥杀俘虏及庶民，过度铺张耗尽天下钱粮，百姓流离失所，至今逃亡在外的流民都没有安顿下来。孝武皇帝功过相抵，不宜立庙。"

夏侯胜此言一出，群臣愕然。韦贤觉得夏侯胜点评孝武皇帝太过分了，首先发难："这是天子的诏书，做臣下的，当唯皇上是听，忠于君王，你竟敢诽谤先皇，罪在不赦。"

夏侯胜毫不退缩："为人臣，就应该直言正论，臣意既已说出，虽死不悔。而且君主为天，民众为地，地以承天，天才得以覆地。如地立翻覆，天何以覆地。食君禄应为君远计，做臣子的看到君主有失而不直言，以小错铸大过，使庶民心散，让社稷危卵，这才是没有尽到臣子的责任。"

群臣都觉得夏侯胜这番话说得太过分了。夏侯胜这么说岂不是抨击了朝堂上的众多大臣？好像只有他自己才算是尽责，其他的大臣都是只会恭维迎合皇帝的小人。夏侯胜的这番话，犯了众怒。

韦贤的才学并不逊于夏侯胜。他见夏侯胜再开口时竟不分青红皂白，一棍子打倒一大片，心头火冒："孝武皇帝晚年封禅泰山时，下诏罪己，深陈既往之悔，决意禁苛暴，止擅赋，力本农。这做法不仅受惠于当世，也延及子孙后代。这正是一代贤君的风度和气魄啊！孝武皇帝对外开疆拓土，之后又能休养生息。这两件事情本来就不能够在同一时候来做。孝武皇帝最能理解国家需要什么，也最了解百姓最紧迫的需求，所以才会针对具体情况而及时调整改变政策，这正是孝武皇帝高明之处啊！长信少府总在强调对外征伐的战争让百姓受苦，你难道又岂不知道，若没有孝武皇帝将匈奴驱逐到漠北以外的远方，又哪里会有边境百姓这些年来的安宁？长信少府说的话，实在是太过于偏颇和苛求了。"

丞相蔡义和御史大夫田广明二人也严厉弹劾夏侯胜非议皇帝陛下诏书，诋毁孝武皇帝，指责夏侯胜大逆不道，应当严惩。

按照法令，诋毁先皇这罪名就可以处斩。群臣皆支持丞相和御史大夫，一致赞成严惩夏侯胜。只有任丞相长史的黄霸支持夏侯胜，结果也被群臣批驳犯了怂恿之罪。

于是，夏侯胜和黄霸两人被捕入狱，按律要处死。刘病已却说道："长信少府和丞相长史只是议论朕的诏书，因此获罪，应该归入诏狱中。"

见皇帝开了金口，众大臣便也不再反对。夏侯胜和黄霸被关入了诏狱。

诏狱也就是由皇帝直接掌管的监狱。虽然二人的罪名按律应该处斩，但刘病已并未下诏行刑，而是长期关押起来。相当今天的无期徒刑。

很快，为孝武皇帝立庙号的举措便得到实施：尊孝武皇帝的庙号为世宗，在庙中奏《盛德》《文始》《五行》之乐；凡孝武皇帝巡狩所到过的郡国，都建庙祭祀。

为庆贺为孝武皇帝立庙号，刘病已又下诏赏赐民爵位一级，赏女子百户牛酒若干。民众又是一派欢腾。

不久，韦贤等群臣上奏，追谥皇帝刘病已的生父、史皇孙刘进谥号为"悼"，意为年轻早夭。而刘病已的母亲王翁须则被称为"悼后"。在刘进和王翁须之前安葬的广明苑附近，比照诸侯王的规格建立陵园，配置供奉采地三百户。将故皇太子刘据的陵墓戾园建在湖县下葬处，配置供奉采地二百户。史良娣陵墓建在博望苑北边，离思后园不远，配置守坟户三十户。

虽然韦贤等人所议的结果与刘病已的期望值仍有距离，但他还是略感欣慰，至少自己的祖先终于得以安息，可以享受供奉了。刘病已不再固执己见，同意了韦贤等人的奏议。

就在孝武皇帝的庙号、刘病已生父史皇孙刘进的谥号等大事尘埃落定的时候，宫中传出喜讯，许皇后将要临盆。

百官、百姓无不欣喜欢乐。可是有一人听到这个消息后，却恨不得咬碎银牙，这个人就是霍显。霍显根本不甘心在女儿立后的事情上败北，每时每刻都在寻找机会把女儿霍成君推上后位。

第 伍拾肆 回

许皇后顺利分娩　霍光妻下毒逆天

皇后许平君这次顺利分娩了，产下个女儿。许平君欣慰地笑道："第二个孩子是个女儿……也好，也好……"一儿一女一枝花吗？做母亲的自然高兴了。她沉浸在喜悦之中，静候刘病已的归来。

刘病已近日来十分忙碌，今天又去祭祖庙了。许平君怀着幸福的满足，吃着太医开的补药，闭眼入睡。她感觉身体十分沉重，大概是分娩后劳累了。

不多时，许平君感到胸闷。她微睁眼睛，向旁边的太医问道："我方才吃的是什么？"

当值太医淳于衍听到许皇后问话，答道："皇后好好休息，方才吃了补药，不要担心。"

许平君还想继续问话，却已开不了口。她觉得喘不过气来，大口地呼吸，眼睛却再也睁不开了。

淳于衍见状，慌忙唤来其他太医。当其他太医赶来时，许平君如同一片羽毛般躺在床榻上，竟然已经绝气身亡了。

刘病已正在宗庙祭祖。他知道许平君今日分娩，但国家大事，容不得太多私情。幸好许平君也理解他，劝他不用太挂心。他本打算今日的事务结束，便去看望许平君的。

然而没有想到的是，祭祀的仪式还未结束，就有人匆匆赶来报告，说皇后产后病危。

刘病已听到这个消息如闻晴天霹雳，急忙赶回宫中，看到的却是许平君一具冰冷的尸体。见爱妻透着黑气的苍白面容痛苦异常，刘病已感觉皇后的死太不寻常。他失态地紧紧抱住妻子的尸身，撕心裂肺地大喊："平君！平君啊！说好要白头到老的，你说好要白头到老的！"那痛彻心扉的哭喊让在场所有的人都为之落泪。

刘病已发泄过一通心中的悲恸后，怒问少府太医令："这是何故？！昨天皇后还是好好的。"

太医令磕头如捣蒜，胆怯地说道："为臣罪该万死，医护失职啊！"

刘病已眼睛似要冒出火来："凡看护皇后的御医，全部下诏狱严审，务必查明皇后是怎么薨的！"薨者死也，皇后用薨；皇帝死用崩。

刘病已心中涌出一股悲怆，一股怒火，皇后之死太可疑了。平君身体一直很好，生儿子刘奭的时候，条件远比现在的时候差，却顺顺当当的。当了皇后以后，一大堆太医调护着，却让皇后不明不白地薨了。难道我堂堂的大汉皇帝，居然保护不了自己心爱的妻子？！

许皇后突然死亡，群臣深感愕然。皇帝悲痛欲绝，大家都伤心不已。

霍光听到消息后，急忙赶到宫中，劝慰了刘病已好大一阵子，要刘病已为汉室江山社稷和天下百姓着想，保重身体，切不可过度哀伤。见刘病已渐渐地止住了悲泣，霍光才回了家。

霍光回到家时，已是傍晚。霍显准备了一桌丰盛的酒席，正满面含笑地在迎着他。

霍光略感意外。自上次严厉训斥过霍显，让她不要插手立后一事之后，霍显就一直对霍光避而远之。她已经很久没有这样子主动示好了。

一桌酒席就他夫妻两人。霍光不明就里，笑着问道："贤妻今天摆的是哪门子宴席啊？难道有什么好事值得庆贺不成？"

"我听说皇后薨了。这下，我们成君的事情总可以商量了吧？"霍显难掩心里的兴奋，话语里带着盈盈的笑意。

"许皇后薨了，关我们家成君什么事啊？"霍光狐疑地看向霍显。

见丈夫不上心，霍显便进一步点明："哎，你怎么这么不关心女儿啊？许皇后不在了，我们家成君不就有机会做皇后了吗？"

霍光不高兴了："你怎么还没死心啊？我不是说过不让你掺和立后的事吗？"

顿了一顿，霍光又接着说道："皇上对许皇后感情深切，他已将护理许皇后的太医全部收监严审，要查明许皇后的死因呢。看皇上那哀恸欲绝的状态，一时半会儿又哪里会有心思考虑再立皇后的事呢？你就省省心吧！"

霍显大吃一惊，这才想起御医淳于衍还一直都没有过来给她报信呢，原来却是被收监了。一想到淳于衍收监后可能会出事，霍显不禁慌乱起来，忐忑不安地问道："那淳于衍也被收监了吗？"

霍光警觉起来，心中掠过一丝不祥之感。他目光犀利地盯着霍显，冷冷地问道："你这么关心御医淳于衍是不是被收监了，难道说许皇后这件事还跟她有什么干系不成？"

霍显已被御医们下诏狱的消息震得心神大乱。见霍光已开始怀疑淳于衍可能与许皇后之死有关，更加恐慌不已。她深知，一旦淳于衍熬不过刑罚供出了是她在背后指使，那霍家就万劫不复了。不行，得赶紧自救！眼下唯一能够挽救危局的，恐怕只有霍光了。

霍显不敢与霍光犀利狐疑的眼光对视，愣了好一阵儿，才牙齿打着冷战，吞吞吐吐地说出了实情："是，是，是……我，我，我……让淳于衍毒死许皇后的。"霍显说完，痛哭流涕，可怜巴巴地看着霍光，哀求霍光赶紧想想办法救救她，救救霍家。

闻听霍显之言，霍光如同五雷轰顶，"啪"的一声，手中的筷箸落到了案桌上。他死死地盯着霍显，从霍显慌涣散绝望的眼神中，他已判明，霍显并没有在开玩笑。

霍光五内俱焚，眦眦尽裂，大叫一声，猛地将案几一掀，满桌的酒菜盘盏摔了一地。

震惊不已的霍光一把抓过霍显的衣领，勒得霍显几乎透不过气来。霍光似乎还想亲口验证一下，怒喝道："你说的可是实情？"

见霍光震怒，霍显愈加恐惧起来，身子筛糠似的颤抖不已。她知道，这个时候恐怕已经是福不是祸，是祸躲不过了。横竖是一死，霍显索性把心一横，停止了痛哭流涕的表演。

她很清楚，眼下霍光虽然暴怒不已，但是能救自己、能救霍家的也只有霍光。她必须得让霍光明白，如果他见死不救，接下来的结果，不光她会死，霍家也都得完蛋。

霍显不再回避霍光凶巴巴的眼神，几乎是歇斯底里地哀吼："我这样做，还不都是为了我们的女儿成君吗？你如果不救我，不光是女儿做不成皇后，恐怕整个霍家都得完！"

霍光知道许平君皇后在刘病已心中的地位。他原本以为，虽然皇后的突然死亡确有可疑之处，但是刘病已将御医全部下诏狱严审，不过是情急之下的非常举动而已。万万没有想到许皇后竟然是霍显指使人下药毒死的。听霍显这么一说，霍光深知恐怕霍家是在劫难逃了。

霍光的心在滴血。"啪"的一声脆响，他给了霍显一个大嘴巴，又指着霍显咬牙切齿地怒骂道："你这个贱人！我霍家几十年的功业，怕是就要毁在你这个贱人的手里了！"

骂归骂，霍光也意识到了局势的严峻和紧迫。一旦御医淳于衍在诏狱中扛不住，危险马上就会降临。必须赶在诏狱审讯前挽回危局。

霍显捂着被霍光扇红的脸颊，见霍光仍然愣着，在发呆，又小心翼翼地问道："那淳于衍是在皇上的诏狱中受审，不归你管控，审讯结果不得而知。如果她今晚供出了我，那可怎么办？"

"那我只有先杀了你，然后再去向陛下请罪。"霍光怒火攻心，作势欲抽出随身佩带的宝剑。

霍成君突然冲了进来，一把抱住霍光的腿大哭："父亲，你不要杀母亲，要杀就先杀了我吧。都是我不好，都是我想当皇后，母亲这么做都是为了我啊！"

一见到女儿，老霍光手中宝剑喀啷一声落地了，他心潮百转老泪纵横。

第 伍拾伍 回

闻真相霍光震怒　进后宫老臣乞主

　　霍显下毒害死了皇后，霍光一听就急了，真想一剑宰了她，看见女儿又手软了。这时候，霍显心里冷笑一声，赶紧趁机跟霍光说："你去向陛下请罪，能说得清吗？你以为陛下会信你？你以为满朝文武会信？既然事情已经到了这个地步，为了霍家的安危，必须想个法子扛过去。如果实在扛不过去，那就找个理由效仿废黜昌邑王的旧案，将陛下给废了。"

　　霍光感到天旋地转，身体晃了一晃，摇摇欲坠。他赶紧撑住旁边的靠椅，却感觉自己的手也在不住地颤抖，压根就不听自己使唤。霍成君见父亲神色不对，赶紧扶他坐了下来。

　　霍光强迫自己调整情绪，开始冷静下来。霍显的话虽然自己不爱听，却是说得没错。这毒死皇后的实情若是揭发了出来，朝堂上下没有人会相信自己这个大将军和毒死许皇后的事情会毫无

319

瓜葛。许皇后之死不仅会引起朝廷里那些正直大臣的愤怒，而且也会引起民愤的。那些对霍家不服的朝臣唯恐抓不到自己的把柄，现在有了许皇后之死这件事，再加上此前还有议立女儿成君为后之事，自己怕是跳进黄河也洗刷不清干系了。到时候遭殃的，恐怕将会是整个霍氏家族，当然也包括自己这个大将军。真要是那样，自己可真是一世英名毁于一旦哪！

霍光此时既惶恐又很懊悔。悔不该当初被霍显姿色迷了心窍，将这个工于心计的女人做了继室。怪不得此前霍显总在自己面前游说，要将御医淳于衍做掖庭护卫的丈夫调到安池监去。安池监掌管安邑之地的盐池，那可是个肥缺。原来霍显早已和淳于衍做成交易了。

霍光回想自己在朝廷这么多年，从一个小小的朗官做起，几十年如一日不敢有任何闪失，因此才被孝武皇帝信任，最后成了权倾天下的大司马大将军，霍氏家族及其姻亲也一并共享了荣华富贵。没想到随着自己在朝中的地位愈加稳固，那些跟着自己一起荣华富贵起来的霍氏族人尤其是老婆霍显，竟也被权势迷住了心窍。为了让女儿当上皇后，霍显竟敢买通御医去毒杀许皇后！这一切都是自己平素放纵家人，宠溺过度的错啊！霍显竟然还讲出效仿昌邑王旧案将皇帝废黜的话来，实在是太可怕了！霍家只怕早晚要毁在她的手里啊！

霍光终于支撑不住，"哐当"一声，瘫坐椅上。他似乎感到霍家这座大厦正在崩塌。

不，不行，我不能让这座耗尽了自己一辈子心血的大厦倾覆！霍光挣扎着要站起来，却力不从心。

霍显和霍成君慌忙上前将霍光搀扶起来。

霍光忧急交加，踌躇良久，终于沉重地长叹一声："唉！罢！罢！罢！这事恐怕过不了今夜，我得马上进宫面见陛下。"

见霍光已被说动，霍显一颗悬着的心终于放了下来。她知道，只要霍光出面，皇帝十有八九会收回成命，放了那些太医们。那样的话，霍家就逃过了一劫，而女儿成君当皇后的事仍有可能。只要过了今夜，明天又将迎来绚丽的朝霞。

霍光一把挥开霍显搀扶的手，步履蹒跚地走出厅房，唤仆从准备车马入宫。如同被霜打的茄子一般，霍光的背影显得有些老态，仿佛在一瞬间就枯萎了。

早春时节，天黑得早。霍光出门时已经是戌时，天空中飞舞着漫天大雪。马车离开霍府宅门，很快淹没在雪夜当中。

霍显和霍成君在门口久久站立，目送霍光坐车而去，心里忐忑不安。她们不知道，霍光这一去，会带来什么样的转机，但愿老天保佑。化解迫在眉睫的危机，在此一举了。

夜虽已深沉，皇帝刘病已却仍未就寝，依然沉浸在丧妻的震惊和悲痛中。未央宫中已经挂满了白色的孝幔，宫女和宫中百官们都穿着孝服，陪着刘病已为许平君守夜。

刘病已坐在许平君的灵柩旁，神情憔悴，沉浸在深深地哀思之中。见大将军霍光来到身前，赶紧起身相迎。

刘病已想起霍光刚刚返回家中不久，这会儿却又转了回来，以为霍光很为自己担心，又特意过来劝慰，心里一热。见霍光悲伤的眼神里有慈父般地哀伤，心里很是感动。

让刘病已惊讶的是，只不过才几个时辰没见，霍光的神情竟有些委顿，坚毅的身躯也仿佛比平时缩小了几分，腰也有些佝偻了。

刘病已以为是自己哀伤过度，眼睛受燃起的灯烛影响看不真切所至。便眯起眼睛，借着烛火的光线，仔细看了霍光一眼，发觉霍光原来红润的脸色也变得焦黄，神情中还显出几分忧虑，不禁更是诧异。

"陛下！老臣放心不下陛下，所以又特地过来和陛下说说话。"霍光说话间，对刘病已行了跪拜之礼。

刘病已赶紧扶起霍光："有劳大将军惦念了！大将军往来宫中劳顿，朕甚是感动。大将军请起！"

霍光深吸了一口气，像一个和蔼的老者在与晚辈谈心似的，语调低沉和缓："陛下请节哀。老臣也是在陛下这个年龄逝去夫人的。陛下的悲苦，老臣也是感同身受啊！"

霍光说得情真意切，刘病已频频点头。

"皇后的离去，天下无人不感到悲痛。尤其是服侍过皇后的人，都亲身感受过皇后的恭谨善良，心中的悲痛尤甚！"见刘病已对自己所说的话似是颇为认同，霍光便接着说道："但是，老臣听闻陛下已将照料皇后的御医们下了诏狱，严加审问，老臣为此心里很是不安。老臣担心，陛下这么去做，会让皇后在天之灵不安，让服侍皇后的人心寒啊！"

见霍光问起御医们被下诏狱一事，刘病已有些意外，赶紧解释道："皇后一向无病无灾身体很好，竟然无端亡故。朕以为御医难辞其咎。朕将他们下诏狱实属无奈，无论如何，朕也要给天下人和皇后一个交代吧？"

霍光沉吟道："皇后在世时对下人们十分慈爱，陛下是知道的。现在皇后尸骨未寒，陛下却欲对日夜照料她的御医严刑拷问，这恐怕与皇后的本愿相违啊！"

刘病已平息了一下心绪，想起许平君平日与下人们相处甚是融洽，觉得霍光说的似有道理。

"那么依大将军之意，该如何处置呢？"

"陛下。皇后生前德行昭昭，善名远播。臣觉得眼下最要紧的是考虑给皇后修建陵墓的事，以告慰皇后在天之灵。臣建议陛下赦免照料皇后的众御医，以向天下百姓表达陛下和皇后的仁慈。"霍光终于说出了自己的想法。

刘病已望向霍光，电光火石般地闪出一个念头："霍光为什么如此关心御医们下诏狱受审这件事？他身为大司马大将军，有必要连夜赶来过问这件事吗？下午过来的时候，没见他帮御医们说话，怎么才隔了几个时辰，他却又过来说起御医们的事来了？"

刘病已这么想着，看着霍光的眼神便有了几分犹疑。他想从霍光的表情里找出一些端倪，却发现霍光的神色如同坚冰一般冷毅。

刘病已不动声色："大将军说的确有道理。但是朕担心，若是御医中真的有人害了皇后，那朕放了他们岂不是放纵了奸恶！那样的话也对不起皇后啊！"

霍光心里一紧，避开刘病已的目光，看向许平君的灵柩："陛下，臣听说皇后服药前，御医皆要先尝，且彼此监督。在这种情况下，怎么可能会有人敢冒天下之大不韪，去毒害皇后呢？众目睽睽之下，又怎么可能做得到呢？"

霍光望向刘病已，正与刘病已狐疑的目光相遇。霍光心里有些发虚，感到背脊一阵寒冷，生怕自己时间久了撑不住，会露出胆怯和马脚，那可就彻底全完了。

第 伍拾陆 回

请圣旨瞒天过海　再立后霍女愿偿

深宫院霍光午夜求情，看着满脸狐疑的皇上。"扑通"一声，霍光突然跪倒在地，对刘病已再拜道："陛下此时心神不宁，忧伤过度，老臣深恐陛下忧则生乱，有污圣明。若陛下真的怀疑皇后之死可能与御医们有关，老臣不辞浅陋，愿亲自审讯，以查明真相。"

霍光定定地看着刘病已，几乎是带着哀求在说这番话。

霍光决定主动将审讯御医的事情揽过来，免得夜长梦多。自己先开口，皇帝就不便推却，这样自己就占据了主动。

刘病已从霍光的眼里看到了犹如垂死老虎一样的悲凉和偶尔一掠而过的凶光。他更加怀疑霍光可能知晓皇后之死的内情，只是因为某种原因，迫不得已才专门过来找自己。眼下霍光仍然是大权在握，按理说不至于这样对自己哀求，难道这里面真的有什么隐情不成？

刘病已心思百转，怎么想也想不透。也许是自己想多了也未可知啊！自己因皇后突然死亡而心神大乱，暴怒中做出将御医们下狱的决定也许真的是不合适啊！

一念及此，刘病已开始平静下来。既然霍光提出来要亲自审案，那也只有将御医们交给他去审问了。如果不答应霍光的请求，反倒显得自己对大将军不信任了。

"既然大将军如此重视此事，那么调查御医的事，就有劳大将军了。"

霍光长舒了一口气，深深地拜倒在地："多谢陛下信任！老臣这就连夜去办。"

霍光确实从心底里对刘病已说出了感谢。这次入宫，他是带着亏欠和内疚的心情来的，要是刘病已继续追问下去，他实无把握能不能最终熬过内心的自责而不吐露实情。

霍光再次起身时，一个踉跄险些摔倒在地，刘病已赶紧伸手将他扶住。霍光心里默想："真是侥幸得很，霍家的这一难总算可以过去了！"

当晚，霍光就完成了对御医们的审讯，结果当然是大事化小，小事化了，霍家逃过了一场灭顶之灾。

霍显本想待事情平息后，找个机会将淳于衍干掉以绝后患。不料淳于衍倒是很警觉，她从许皇后这件事上领教了霍显的手段，知道霍显恐怕不会留下自己这个知情人和当事人，搞不好会对自己灭口。淳于衍意识到自己久待长安可能会有生命危险，竟远走他乡不与霍显照面了。

霍显找不到淳于衍，只得作罢。

公元前71年春，大将军霍光上奏，奏封许平君谥号为"恭哀皇后"。许平君皇后被隆重地葬于杜县，那是刘病已年轻时曾经带许平君游历过的地方。

许皇后安葬之后，霍光渐感自己精力不支。他越来越担心随着自己有朝一日地老去，霍家这个大厦会渐渐倾塌。

霍光想到自己的儿子中郎将霍禹虽然志大才疏，但将来若是靠着继承自己的爵位，不去惹是生非，倒是能让霍家继续安稳地延续下去。而另一个已经过继给兄长霍去病的儿子霍山尚没有侯的爵位，还需要自己在皇上面前推一把。

霍光最担心的就是自己的妻子霍显将来又会干出什么惊天动地的蠢事出来。

霍显也明显地感到了霍光对霍家未来的担忧，便加紧鼓动霍光将女儿霍成君送进宫去，只要女儿当上了皇后，那霍家的荣华富贵就不会有忧。而一旦女儿给皇上生下了儿子，那将来的汉室江山还不就是霍家后人的吗？

霍光再次被霍显说服。他不知道自己还能够撑几年，眼下也管不了什么辈分不辈分的了，先想办法说动皇帝刘病已将女儿霍成君纳入后宫，再让皇帝册封她为皇后，然后就等着女儿给皇帝生子了。

有了霍光亲自运筹，不久，霍成君便入了宫，封为婕妤。

第二年，即公元前70年春，霍成君被册封为皇后，入主椒房殿。霍家终于如愿以偿，一旦霍皇后给皇帝生下儿子，以霍光在朝中的地位和影响，那太子之位也是有望争取到的。

在立霍成君为后的同时，刘病已又下诏赏赐官吏民等，并大赦天下。

这年夏季4月，多个地方发生地震。刘病已下"罪己诏"，检讨自己的过失，并再次大赦天下。夏侯胜和黄霸在这次大赦中得以出狱。

夏侯胜出狱后先被任用为谏大夫给事中，后恢复了长信少府一职，又迁太子太傅，等于是给太子刘奭当老师，继续得到了刘病已的信任和重用。

夏侯胜没有忘记狱友黄霸。他亲自向皇帝刘病已举荐黄霸，不久，黄霸被提拔为扬州刺史。

针对地震灾害频发，刘病已与群臣商议，将次年的年号由本始改为地节，寓"大地节制灾祸"之意。

转眼间又是一年过去。霍光逐渐将朝堂之事交由皇帝亲自处理，虽然朝廷颁布的各种诏令在程序上仍然需要他这个大司马大将军最终确认才能发出，但是实际上霍光已渐渐地退出了朝堂一线的事务性工作，就差正式还政于帝了。

到了地节二年，即公元前68年正月，主政近20年的大司马大将军霍光终于一病不起，这时距刘病已登基称帝已整整6年之久。

听说大将军霍光恐将不久于人世，刘病已心里很是挂怀，决定亲自去大将军府看望这位四朝元老。

刘病已到达霍府时，霍家全族人等都已经守候在霍光的居室外面，等候着与霍光告别那最后时刻的到来。

卧床不起的霍光时而清醒，时而昏睡，处于浑浑噩噩之中，已进入弥留之际。

霍光突然觉得自己从床榻上凌空而起，一张望，竟是一片原野。一位少年将军率着一队精锐铁骑，冲破匈奴人的军阵……他想看看那将军是不是自己的兄长霍去病，但天地突然倒转，原野忽然翻转下来，四周陷入一片黑暗。待眼前再次变得明亮时，又发觉自己跪在了床榻前，皇帝——孝武皇帝已是弥留之际，说道："朕决定，封霍光为大司马大将军，领尚书事……"他欲开口拒绝，却仿佛被卡住了喉咙，发不出声音。他拜了又拜，再起身，发觉那不是垂垂老矣的孝武皇帝，而是年纪轻轻就患病卧床不起的孝昭皇帝刘弗陵。刘弗陵消瘦异常，眼睛定定地盯着自己，仿佛在说："大司马大将军，朕没有留下子嗣，皆是你的缘故！"霍光深感悔意，想悔罪，却见那青年一跃而起，拿剑指着自己，面色冷峻，正是昌邑王刘贺！霍光踉跄几步，向后跌倒，那青年跃来，一手持剑，一手将自己扶起："大将军，朕还需要你的辅佐啊！"霍光再定睛一看，那人变成了当今的皇帝刘病已。霍光心有悔意，拜倒在地，说道："陛下，臣有罪啊！"那声音突然又变了，一个威严的声音传来："奉车都尉，你说，你有什么罪过？"分明是孝武皇帝杀气腾腾的声音。

"臣——"霍光正欲将霍显毒杀许平君，自己包庇夫人罪过的事情说出，却听到有声音高喊道："皇帝驾到！"

霍光猛然惊醒，一睁眼，发觉刚才不过是做了一场梦。霍禹、霍山、霍显正一脸悲戚，正守在床前。

刘病已急匆匆迈入霍光的居室。霍光勉强动了动身子，示意霍禹将自己撑起。

刘病已止住霍禹，疾步上前握住霍光枯瘦的手："大将军不用起身。听说大将军卧床不起，朕放心不下特地过来。大将军这些年为国操劳，夙兴夜寐，实乃国家柱石，堪为天下表率。望大将军安心静养，早日康复，朕离不开大将军的辅佐啊！"刘病已轻轻地抚摸着霍光的手，眼里闪出了泪光。

霍光想起梦中的情景，心中一动，眼角盈出了泪花，哽咽着说："陛下，老臣对不起陛下啊！"

第 伍拾柒 回

霍子孟重疾难愈　留遗嘱撒手人寰

汉宣帝刘病已过府探病。看见霍光的情况很不好，似有什么事想对自己说，刘病已赶紧宽慰："大将军须安心静养，若有什么事，尽管对朕说来。"

霍光感激地看着刘病已，又喘了几口气，断断续续地说道："陛下，看在老臣这些年来，为汉室江山社稷，尽忠尽责的份儿上，臣尚有几个未了的心愿，想托付与陛下。"

"大将军尽管讲。"刘病已看向霍光的眼神充满了关切，霍光心头一热。

霍光闭上眼睛歇息一下又吃力地睁开，看着刘病已的目光很是不舍："老臣家里的几个小子，都愚钝不堪。老臣忙于国事，对他们疏于管教，为此老臣十分惭愧不安。老臣希望陛下将来能够宽恕他们一些小的过错。"刘病已握着霍光的手稍稍加了点儿力，表示自己听进去了。

霍光的目光看向了儿子霍禹："臣之子霍禹，现为中郎将，虽无大才，却有忠心，老臣希望他能够继续得到陛下的关爱。"刘病已频频点头，安抚着霍光。

见刘病已点头应允，霍光又接着说："臣的兄长，骠骑将军霍去病为国建功，英年早逝，没有后人。臣将臣之子霍山过继到兄长名下，以续香火，现为奉车都尉。臣愿分出食邑三千户，恳请陛下将奉车都尉霍山封为列侯，好世世代代祭祀骠骑将军。"

"大将军放心，朕答应你。"刘病已语调一如往常的温和而恭敬，霍光眼中泪光滚动。

霍显见霍光自始至终都没有在皇帝面前提自己半个字，心里很是不爽，但在皇帝面前却也不敢撒野。

刘病已返回未央宫的当天，便封霍光的儿子霍禹为右将军，将霍山封侯之事交给丞相和御史大夫商议办理。

公元前 68 年农历三月初八，执掌朝政近 20 年的大司马大将军霍光辞世了。一个由大臣主政的时代宣告结束，刘病已亲政的时代终于开启。

霍光去世后，刘病已马上下诏："大司马大将军博陆侯宿卫孝武皇帝三十余载，辅佐孝昭皇帝十有余年，屡逢国难，躬秉忠义，安定宗庙，功高德劭。其对国家的贡献堪比丞相萧何，应当让其子孙享受其荣光。不减少其爵邑，且世世代代不负担徭役赋税。"

之后，刘病已和上官太后亲自去霍光灵堂吊唁，赐予霍家金钱帛绢无数。刘病已还特赐了玉璧珠玑、金缕玉衣，又赐予梓宫、便房、黄肠题凑，指派少府制作温明葬器等。这些都是皇帝驾崩后才能使用的东西。霍光逝后享受到的礼遇可谓是极尽哀荣。

霍光的陵墓设置在了孝武皇帝的茂陵边上。刘病已让这个孝武皇帝指定的辅政大臣，死后与卫青、霍去病等孝武皇帝的爱将一起，在另一个世界里陪伴他们心中神一般存在的孝武皇帝。这样的安排，着实颇费斟酌。

刘病已又赐霍光谥号为宣成侯，"宣"寓意圣善周闻，"成"寓意安民立政，皆是褒谥。按照霍光生前的遗愿，封霍山为乐平侯，以奉车都尉的身份领尚书事。

见刘病已如此厚待大将军，优待霍光的后人，群臣都感皇帝刘病已的恩义普泽天地，心中感佩不已。

经过登基以来六年时间的磨砺，刘病已已经在不声不响中聚集了一批忠于自己的大臣。虽然朝廷的关键岗位上仍然多是霍光的旧部，但是早已不比自己刚当皇帝之初那时的情况了。霍光去世后，皇帝刘病已终于可以自己做主了。

刘病已的心中一直有个梦想。这个梦想就是希望有朝一日能够像曾祖父孝武皇帝那样纵横宇内，威震八方。现在大汉社稷已归己手，离实现心中梦想的目标，越来越近了。

霍光去世之后，霍系人马仍然占据着朝堂的大半江山，加上霍光辅政期间形成的一些习惯和规矩，刘病已施政起来有些束手束脚，决定开始变革。

亲政伊始，刘病已便让朝中群臣直接向皇帝报告工作。每五天上朝一次，丞相以下各官按照自己的分管事务报告履职情况，以此来考察每个官员的政绩与能力。对于能力很强的臣子和做出突出贡献的地方官吏，刘病已随时下令封赏，或提升其俸禄，或赐予其爵位，开始逐步地调整官员岗位。

刘病已的一系列举动，昭示着他正在努力摆脱霍光长期当政所带来的影响。然而，让奉车都尉霍山领尚书事，这一安排却让很多人看不懂。尚书是直属于皇帝的机关，把管着群臣给皇帝的奏章。刘病已的这个安排等于将这一至关重要的岗位交与了霍家人。对此，不少大臣认为皇帝仍然想倚靠着霍家执政，心里暗暗担忧。

从前霍光任大司马大将军时，即是以领尚书事的名义控驭尚书一职。领尚书事的人，执掌文书奏章，会比皇帝先阅览奏书，便有机会凭借个人好恶上下其手，架空皇帝。虽然刘病已已经亲政，但百官的奏章仍然需要先过霍家这一道手，这样的"亲政"，便打了折扣。

这日，昌成君许广汉正欲外出，家仆来报，有客到访。许广汉问是谁，家仆却说不甚清楚，只说来人正在门外。

许广汉感觉奇怪，走到门口仔细一看，大出意外，原来却是御史大夫魏相。魏相穿着寻常百姓才会穿的麻布衣服，怪不得仆人认不出来。

许广汉赶紧将魏相迎入屋中："御史大夫……魏公这副装扮来寒舍，可是有什么事吗？"

魏相将一封帛书从衣中取出："昌成君，我这副装扮过来实属无奈，恐被人撞见认出来而已。我有一封奏书，想直接呈送给

334

陛下，但担心被领尚书事的霍山截留。这奏书关系着汉室千秋大业，望昌成君亲自将它呈予陛下。"

见魏相说得如此凝重，许广汉赶紧接过帛书，放于自己衣中紧密处。见魏相眉头紧锁，忧心忡忡，便道："魏公放心，我会直接交予陛下。"

魏相离开后，许广汉径直去了皇宫。

许广汉是许皇后的父亲，皇帝刘病已的岳父，也就是国丈。尽管许后已薨，皇后也已易人，但刘病已对许广汉一直很亲密。

许广汉轻车熟路，直接进了皇宫。先去太后宫中看望了外孙和外孙女，之后就去拜见刘病已。未央宫的侍卫都知道他是皇帝的岳丈，也不敢做什么盘问，直接放他进去了。

刘病已正在翻阅书卷，见岳丈来了，赶忙起身。

许广汉将帛书从衣中抽出，呈给刘病已。又将御史大夫魏相乔装打扮找到自己再三叮嘱让亲自呈送的事说了一遍，还说此奏章事关汉室千秋大业。

见许广汉郑重其事的样子，刘病已便没有耽搁，在案几上展开帛书阅览起来。只见上面用隶书端端正正地写着几行文字，落款正是御史大夫魏相。

《春秋》曾讥讽那些世世为卿代代为相的人，从宋国一家三代人都做大夫，到鲁国季孙氏专权当道，这些世代为卿相的人都曾使国家处于危难祸乱之中。我朝从孝武皇帝后元年间以来也是如此，国家的政要之事皆由大臣来决定。现在大司马大将军霍光虽然已逝，但其子霍禹为右将军掌京师兵马，其侄霍山领尚书事执掌政枢，其婿要么掌有兵权，要么掌管政事，正所谓世世为卿代代为相也。大将军的夫人霍显素无贤名，只因其女为后，其子侄身处显位，便随意出入宫禁，放纵不羁，不服管束，多有不敬。长此以往，恐将带来祸患。为江山社稷计，陛下应削弱他们的权势，防灾祸于未然，以固万世基业，保大将军威名。"

刘病已将帛书捧在手中，半晌说不出话来。原来御史大夫魏相的这份奏书正好戳中了皇帝要害。

第 伍拾捌 回

真天子终亲朝政　封功臣聚贤用能

御史大夫魏相偷偷上书刘病已。御史大夫负责监察百官，协助丞相处理政事，相当于是副丞相。御史大夫魏相为了避开领尚书事的霍山这道"关口"，竟要通过皇帝的岳父来给皇帝上奏书，可见朝中的大臣们惧怕霍家到了什么地步？这不就是《春秋》所议论的世代为卿为相之事吗？自己当初让霍山承继霍光的领尚书事一职，本是为了安抚霍家，看来考虑欠妥啊！

刘病已抬起头看着许广汉："你不要和他人提及此事。我自有打算。"

不久，刘病已就给御史大夫魏相加官给事中，让魏相常侍皇帝左右，参与机枢，每日上朝谒见。

在魏相的出谋划策下，刘病已很快下诏："为广开言路，官吏百姓给皇帝上书，可直接呈皇帝阅视。"这一下便将领尚书事的霍山给架空了。

之后，魏相按照皇帝刘病已的旨意，又公开上书：

"圣王奖有德以徕四方，扬有功以劝百官，因此朝廷得以尊荣，天下得以归服。朝廷新失大将军，应宣扬圣德以昭示天下，表彰功臣以镇抚藩国。车骑将军张安世侍奉孝武皇帝三十余年，忠信谨敏，勤劳政事，日夜不怠，向与大将军共定策，天下受其福，乃国之重臣，应尊其位，可任车骑将军领尚书事，不兼光禄勋事，使其专一精神，忧念天下。安世之子延寿稳重厚道，可任光禄勋，兼领宿卫。"

刘病已马上准奏。

车骑将军统领京师军队和宫廷禁卫，执掌征伐叛乱，是仅次于大将军的军队最高首领。此时，大将军霍光已逝，朝廷没有任命新的大将军，车骑将军便成了掌管军队尤其是守卫京师的统帅。张安世以车骑将军领尚书事，一如当年霍光以大将军领尚书事一样，可谓位极人臣。而张安世的儿子张延寿，也成了九卿之一的光禄勋。再加上他另外两个儿子张千秋和张彭祖已为侍中中郎将，顿时，张家成了朝廷中不亚于霍家的大家族。

刘病已之所以要起用张安世，主要是通过安排张安世为车骑将军，分散霍家所掌握的兵权，尤其是宫廷禁卫大权，削弱霍家在朝堂上依然很强大的力量。让张安世也领尚书事，可以分散霍山的权力，平衡朝堂格局。同时，也是因为他一直以来对张安世颇有好感，觉得张安世为人忠诚厚道，堪为大用，加上张安世的儿子张彭祖亦为自己的同窗好友，重用张安世家族可谓是用了自己的人，对霍家权力是对冲。

刘病已始终没有忘却当年刚登基之时，去宗庙朝拜回来的路上与张安世所说的话。现在，他通过这种对张家大肆封赏的方式，兑现了自己的诺言。据刘病已这些年来的观察，张安世虽然是霍光的旧部，但是在朝堂上始终谨言慎行，从不搞团团伙伙，只知对上负责。大将军霍光逝后，更是只对皇上负责，是个值得信赖的大臣。

刘病已同时又下诏书，让各地推举贤才、孝子为国所用。很快各地推举了不少贤才、孝子。刘病已的好友陈遂，刘病已想起贫贱之时与陈遂一起闯荡江湖的往事，感念故人，将陈遂封任太原太守。

对岳父许广汉当年因霍光阻挠而没能封侯一事，刘病已一直耿耿于怀。这时，他将许广汉封为平恩侯，了却了一桩心愿，也借此告慰了许后在天之灵，同时还引入岳父家的力量进一步改变朝堂格局，可谓是一石三鸟。

见御史大夫魏相内敛稳重，参谋朝政运筹得当，刘病已感念其功，将魏相封为关内侯。

经过这一番调整，朝堂已不再是霍氏一家独大了。

陈遂临上任之前，奉皇帝刘病已诏令去往未央宫。

得知刘病已要在未央宫单独召见他，陈遂心里又是激动，又是忐忑。当年两人是好兄弟，无话不谈，吃喝也不分彼此，论说起来，刘病已还欠着自己一屁股赌债呢。可现在，人家已是九五至尊的皇帝陛下了，见了他却该如何讲究呢？

陈遂见到皇帝刘病已正要下跪磕头，被刘病已一把扶起："陈兄，你也跟我来这套？"

见皇帝刘病已和自己称兄道弟，陈遂吓得还要下跪磕头，却被刘病已有力的手撑着身子动不了半分，只得抬头看着刘病已"呵呵"傻笑。刘病已也满脸欢笑。

陈遂感觉得出皇帝刘病已的欢笑完全出自内心，与当初两人游历京兆陵邑城、下棋斗鸡赌马时毫无二致。陈遂松了一口气，这才放松身心笑了起来。

刘病已笑着道："以后我们两人在一起的时候仍以兄弟相称。"

陈遂点头称"是"，却又瞬即把头摇得像个拨浪鼓似的，连连摆手道："陛下不要折煞微臣，和陛下兄弟相称，却是打死我也不敢。陛下可不要消遣微臣了。"

刘病已与他坐定，又打趣道："太原太守可是个肥缺，当年我欠你的赌债可以就此抵消了吧？"

见刘病已还惦记着当年欠下的赌债，陈遂知道刘病已这是又在消遣自己，乐了："这事我却早已忘了，想不到你还记着。就依你，那些赌债一笔勾销，谁让你是皇帝呢？"说完，两人都是哈哈大笑。

刘病已又问渜中翁先生可好。

陈遂告诉刘病已，两年前，先生不告而别，不知所往。刘病已听了不禁伤感叹息。他原打算让陈遂专程去拜望渜中翁先生，并请他来当太子太傅的，没想到老师却已不知所往。

刘病已叮嘱陈遂，在太守任上要成为自己这个皇帝知晓民情、了解官场的一颗棋子。对民间议论之事，访查到的情况，不论大事小情都要禀报。并给了陈遂随时可以给皇帝上书，如遇紧急情况也可派人随时面见天子的权力。

陈遂磕头如捣蒜，允诺而去。

刘病已接下来还有许多大事要办。要实现心中的梦想，必须只争朝夕。

听说刘奭被立为太子，霍显气得吐血。

公元前67年，夏四月二十二日，刘病已突然诏立儿子刘奭为太子，兑现了当初对结发妻子许平君的承诺。

霍显一心希望女儿霍成君能够早日怀上龙种，以便将来与刘奭竞争太子之位。虽说按照规制应当立长不立幼，但是刘家的皇帝立幼的也不在少数，霍显没想到刘病已这么快就册立刘奭为太子，将她心里的如意算盘给彻底打乱了。

自从立霍成君为后，刘病已也知道霍家的想法。他突然立刘奭为太子，就是为了防范将来可能会出现的纷争。为了安抚霍家，刘病已又下诏："宣成侯霍光在宫禁中侍奉天子忠诚正直，为国家辛勤操劳。褒奖忠良应推及后代，封中郎将霍云为冠阳侯。"

霍云是霍山的儿子，霍去病的孙子。因为霍山是由霍光的儿子过继给霍去病的，所以实际上霍云也就是霍光的孙子。刘病已给霍云封侯，显然是为了平衡霍家的情绪。但这种平衡并未让霍显感到满意。

有一天，霍显来到后宫。

见母亲过来，霍成君正要请安，却见霍显怒气冲冲地骂道：

"你没有和陛下说吗？立太子怎能如此仓促？刘奭是陛下在民间时所生，怎么能当太子？将来如果你生了儿子，不就只能做诸侯王了吗？你怎么这么没用，就不知道跟陛下闹吗？"

霍成君很无奈："陛下立太子并未提前知会我。女儿也是在诏书下来后方才知道的。等我知道时，木已成舟了。此时我去和陛下抱怨，陛下反倒会说我不懂事了。再说了，陛下不是也给霍云封侯了吗？"

"一个小小的冠阳侯就可以打发我们霍家吗？你入宫这么多年了，怎么还没生下个一男半女呢？这下可好了，让人家抢了先。"

霍成君见母亲责骂，非常无奈，她问："您看事已至此，我又该当如何呢？"

第 伍拾玖 回

霍氏显再施毒计　收兵权霍族出局

霍显进宫责备皇后，一通牢骚，说的霍成君无言以对。说实在的，霍成君也是有苦难言。她如愿以偿地入宫当上了皇后，却发现这皇后只是徒有虚名而已。皇帝刘病已一直沉浸在对许平君的思念中不可自拔。自打自己入宫后，刘病已就很少临幸她。下朝后不是斗鸡就是走马，甚至把赌友王奉光招入宫中，有时两人一赌就是一天，有时还连赌数日。皇帝天天不照面，怎么可能生育啊？

见女儿默不作声，霍显又将成君拉到一旁，低声说："干脆寻机将那刘奭毒死算了，免得留下后患。"

霍成君一听大惊："母亲，这怎么可以。那太子被看护他的王夫人照护得很紧，一刻都不离开，太后也对他照护有加，吃的东西都是仆人先吃过确认无毒后他才会再吃。就算我有这个心，

343

却也没机会啊！”

"好你个没用的东西。如果当初我也像你这样，又哪里会有你今日的皇后之位？"霍显说完，愤愤不已，转身而去。她是走了，可霍家又出事了。

因为当时，丞相韦贤已八十多岁，不能正常履职。刘病已安排魏相暂以御史大夫的身份代行丞相一职。

魏相正在丞相府中处理公文。正在忙碌之时，有属官急匆匆来报，说有人在御史大夫府上闹事。

魏相详细询问，得知是霍家和魏家的家奴因为行车抢道起了争执，彼此互不相让，结果霍家的家奴大打出手。打伤了人还不算，又跑到御史大夫府里去闹，非要御史大夫魏相亲自出来赔罪不可。见魏相不在家，霍家的家奴便踢坏了大门。要不是当值的侍御史磕头请罪，霍家的家奴还堵着御史大夫府大门不让人进出呢！

丞相府的官吏人等听了这事，都很气愤。霍家在朝中专横跋扈也就罢了，连霍家的家奴都敢到御史大夫府上撒野踢门，这等于是在公开地打御史大夫魏相的脸，真是太不像话了！官吏们纷纷为魏相鸣不平，鼓噪着要去霍府理论一番，替御史大夫魏相找回颜面来。

魏相却很镇静："那些霍家的家奴，现在还堵在门口吗？"属官报告说闹事的人已经离开了。

魏相叮嘱道："这事不要声张，也不要追究了。"

对魏相的做法，大家均感不解，魏相也不做解释。他匆匆返回御史大夫府，安抚了手下的门吏，又自己出钱修好了大门。有官吏很是纳闷："御史大夫难道是害怕霍家不成？"魏相却避而不谈。

霍家自然也知道了家奴去御史大夫府上寻衅踢门一事，一开始还有些忐忑。按理说，两家家奴争斗，本是一件小事，但霍家家奴围攻御史大夫府踢坏大门可就是大罪了。魏相身为掌管监察的御史大夫，如果以此事弹劾霍禹等人放纵家奴也未尝不可，派人来霍家府上兴师问罪也属正常。后来见御史大夫魏相那边无声无息，就好像从来没有发生过什么事情一样，霍显、霍禹等人以为魏相终究是怕了霍家，便更加得意起来。

不久，丞相韦贤上书，请求告老还乡。刘病已感韦贤之德，赐予黄金百斤，让他回家颐养天年。

几个月后，魏相被任命为丞相，封高平侯。魏相卸任御史大夫后，刘病已任命光禄勋邴吉接任御史大夫一职。

刘病已对邴吉的感觉一直很好，每次和邴吉在一起的时候，他都有一种亲人般地感受。他尚不知邴吉对自己有过大恩，只是从直观上感觉邴吉是个值得信赖之人，便让邴吉也进入了三公之列，接替魏相担任御史大夫这一要职。

8 月，度辽将军、未央宫卫尉平陵侯范明友转任光禄勋，中郎将、羽林监任胜调任安定太守。霍家这两个女婿手中的兵权被收。霍家开始不安起来。

范明友从未央宫卫尉调任光禄勋，虽然均是九卿级别，却是从负责宫禁的军队关键岗位调到了不能直接指挥军队的闲职，虽属平调，含金量却差了很多。任胜从羽林监调任安定太守，官秩从六百石升到两千石，属于升了官，但却是从中央调往地方任职，且被剥夺了兵权，在朝中几乎就没有什么影响力了，等于是明升暗降。

之后不久，霍光的外甥女婿、给事中光禄大夫张朔也调出长安，出任蜀郡太守。又过了不久，霍光的大女婿、长乐宫卫尉邓广汉转任少府，不再负责太后所居的长乐宫的禁卫。

经过这一番调整，霍氏在朝中只剩下霍禹、霍山、霍云等少数几人，渐有孤掌难鸣之势。霍氏族人已经隐隐地感到山雨欲来了。

公元前67年9月，又发生了大地震。刘病已见改了地节年号以后，地震灾祸仍然不息，觉得这是老天爷借此在警示他，朝中还有"人祸"问题没有解决。魏相对刘病已的隐忧感同身受，便借着地震天灾积极筹划，进一步剥夺霍氏权力。

10月，皇帝刘病已下诏："9月地震，朕深感惶恐，希望群臣能箴戒朕的过失，无所讳忌，不避权贵。由于朕德行不足，不能使边远地区归附，以致边境屯戍不息。而重兵屯守，又增加了百姓的负担与将士的劳苦，这并不是一种安靖天下的长策。现决定撤除车骑将军、右将军屯兵。"

车骑将军，乃是大司马车骑将军张安世，而右将军，则是霍禹。刘病已的这道诏书，同时解除了张安世和霍禹的兵权，霍家和朝臣们都没有觉察出异常。

隔了几日，刘病已又再次下诏，被撤除屯兵的车骑将军张安世改任卫将军，而原右将军霍禹则改任大司马。张安世的卫将军仍是卫戍京师的统帅。霍禹的大司马不掌兵权，只是一个空头名号而已。刘病已通过这样翻来倒去的安排，实际上只解除了霍禹的兵权。

霍禹这个大司马和之前霍光所任的大司马有根本性的不同。霍光是大司马大将军，大司马后有个"大将军"的名号，权力便大不一样。当初孝武皇帝特设大司马以代太尉之权，大司马属于"无印绶，官兼加而已"，其地位的高低要靠所加将军的地位来体现。霍禹此时只有一个孤零零的大司马头衔，虽然位居三公，表面上还提拔了，但因没有了兵权便成了一个朝堂摆设，硬气不起来。

霍家有苦说不出，却又无可奈何。

霍光的三女婿赵平本为散骑骑都尉、光禄大夫，统领羽林骑，这会儿骑都尉官印也被收走。

至此，在护卫京师和宫禁的军队中，凡是和霍家关系密切的，均被调职离开。霍家所掌握的军权和宫廷禁卫大权，基本不复存在。而接替他们的，则是和皇帝刘病已有姻亲的许家和史家。刘病已的岳父许广汉的弟弟许舜担任了长乐宫卫尉，负责太后的安全。许广汉的另一个弟弟许延寿和刘病已的叔叔史高担任了侍中，刘病已的另两个叔叔史曾、史玄担任了中郎将，直接掌管宫廷禁卫。

通过这一番大的调整，皇帝刘病已的身边终于全部换成了自己的亲信之人。

第二年夏。

这天，晴到下午，突然天气骤变，下起了冰雹。

8月落冰，极端的气候仿佛预示着今年将会有一个多事之秋。冰雹泻落一地的时候，刘病已正在宫中看书。这时，有陈遂的密使求见。

刘病已见陈遂派密使前来，知道肯定是有紧要之事必须当面禀告。这是陈遂赴任太原太守之时，自己给他的特权。刘病已没有丝毫的耽搁，立即召见。

陈遂的密使脱下马靴，以牙将马靴的皮革咬开，从中取出一份密奏呈上。

见陈遂安排得如此缜密，刘病已知道事关重大。展开密奏一看，只见薄如蝉翼的绢帛上密密麻麻地写着小字，一看就是陈遂的手书。陈遂的字他是认识的。

看罢之后，不由得他是泪湿衣襟啊！

第 陆拾 回

收密报许后雪冤　得实信狗急跳墙

陈遂密奏刘病已，等打开看完，皇帝哭了。写的什么啊？陈遂密书上告诉皇帝一个天大冤案。密书说："臣到太原后，深感圣恩，无以为报。臣一直惦记着许皇后之事，深感其中定有可疑。虽然当年大将军已经审过此案，但臣仍觉得需仔细辨察。臣在太原无意间查知，当年宫中护理许皇后的太医淳于衍现在太原，臣寻机将淳于衍收监密审当年皇后死亡经过。据淳于衍供认，当年许皇后之死系她受霍显指使下毒所致。臣不敢有片刻耽搁，立即将此情密报陛下，望陛下明察。"

刘病已看完帛书，能不哭吗？

陈遂的密报坐实了他几年来的猜测：许后之死果然与霍家有关！霍光不只是知情不报，而且还在拼命地掩盖真相。当年霍光连夜来找自己说御医下诏狱之事，主动提出亲审御医，原来却是欲盖弥彰。

"啊！"刘病已再也忍不住压抑多年的悲愤，抽出墙上的宝剑对着几案劈去，"哗啦"一声，几案上堆积的典籍散落一地。

刘病已仰天狂吼："平君！平君啊！我要为你报仇！我要杀！杀！杀！"真把皇帝气晕了，就差哇哇暴叫了。

刘病已这发疯发狂的喊杀声，让宫中震怖不已。很快，宫中的百官们就都在传，说当年许后之死是霍夫人指使御医所为，陛下气疯了要杀人。消息很快也传到了皇后霍成君耳中。

霍成君当即判断出，这定是当年许后之事暴露了，赶紧向母亲霍显示警。霍显急忙将霍禹、霍山、霍云等人召来商议对策。这几人也几乎是同时听到了传言，正往家里赶来。

看着霍禹等人焦急疑惑的样子，霍显叹道："没想到传言竟已传遍长安。传言所说不虚啊！许皇后的确是被毒杀的，而且就是我安排人干的。"霍显将当年毒杀许后之事，一五一十地说了出来，众人听了震惊不已。

毒杀皇后，这可是灭族之罪啊！

霍禹惊慌起来："这等事情，为什么不早对我们说呢？天子离散斥逐我们霍家，收了我们的兵权，现在看来竟是因为这个缘故啊！"

霍云也十分惊恐："陛下既然已经知道了内情，定然要为许后报仇，这可如何是好啊？！"

霍山心有余悸："这事或许还没有坐实，陛下不见得就有确凿的证据。"

霍云应道："天子在宫里发狂似的连连喊杀，怎么可能没有证据？！"说完一咬牙，狠狠地说道："看来只有拼死一搏了，干脆像当年对昌邑王那样，效仿旧案！"

霍显夸奖霍云："只有你的身上还有霍家的血性！"

在霍显的调度安排下，霍家开始联络亲朋，秘密筹划效仿旧案将皇帝刘病已废黜，改立霍禹为帝。

霍光的女婿赵平被收了骑都尉的官印后，只剩下光禄大夫闲职。他的门客石夏参与了霍家的密谋。石夏分析霍家必败，便以星宿天象来警示赵平，想让赵平悬崖勒马。

石夏说道："从星象来看，太仆奉车都尉霍云恐会有血光之灾，不是被贬官就是被杀头。"赵平默不作声，不敢与霍家决裂，石夏只得作罢。

霍云的舅舅李竟有个好友是东织室令张赦，也参与了密谋。见霍家想效仿旧案，就给李竟出策谋划："要效仿旧案，得先说动太后，由太后下诏先把魏相和许广汉杀了，然后才能够行废黜之事。"李竟一听有礼，赶紧报告给霍显。

未央宫，宣室殿，虽是深夜，却灯火通明。

侍中金安上禀报刘病已："陛下，霍家门客张章求见。"

这张章不是别人，却是刘病已混迹市井时在长安结识的赌友，早被他安排在霍府卧底。

张章将霍家的密谋详细报告给了刘病已。

听闻霍家欲效仿旧案，刘病已马上下诏："传侍中史高。"

不多时，史高来到宣室殿。

刘病已马上布置："霍显谋害许后一事已东窗事发。朕已得到密报，霍氏不思悔改竟欲谋反。你去亲自负责宫禁，不许霍家的任何人出入宫门。"

史高领命而去。刘病已又吩咐金安上："请太后。"

上官太后已经很久没有来未央宫宣室殿了。

虽然已是深夜，宣室殿中却烛火通明。偌大的宫殿，此时只有太后和刘病已母子两人，连陪侍的随从也被拦在了殿外，显然是有机密事要谈。

刘病已恭恭敬敬地对太后行礼，恭请太后坐上。

上官太后也已听到了传言。她万万没有想到许后之死竟会是霍夫人安排人所为。

见刘病已深夜有请，她已猜到定是与许后之死、霍家之事有关。决定霍家命运的时刻怕是就要到了。虽说外公霍光已逝，但是却未见霍氏族人有所收敛，该来的总会来，不是不报，是时候还未到；现在应该是到时候了。

上官太后看得很清楚。霍光逝后，皇帝刘病已用了两年多的时间将霍家在朝堂的人逐一调整，将兵权和朝政大权牢牢地掌握在自己手中。他已经做好了万全的准备，而霍显等人却骄横依旧，真是自作孽不可活，皇帝等这一天已经等得太久了！

双方礼毕，太后先问道："陛下最近睡眠可好？"

刘病已苦笑一声："国家多事，岂敢安睡。"

上官太后端详着刘病已。嗣子刘病已即位这些年来，她耳闻目睹了这个皇帝的种种作为，深感刘病已的隐忍功夫非同一般。

352

大将军在时，他忍。大将军逝后，他还忍。现在，许后之事已大白天下，他忍无可忍，也无须再忍了。

上官太后幽幽地叹了口气："陛下，这时候请我过来，有何大事？"

"霍夫人谋害许后一事，母亲可听说了吗？"

上官太后沉默着没有马上回答。停了一会儿，却缓缓问道："陛下准备如何处置这件事呢？"

"此事牵涉重大，孩儿正想听听母亲的意思。孩儿已得到密报，霍家欲效仿当年废黜昌邑王的旧案呢。"

刘病已知道，当年废黜刘贺时，便是霍光胁迫上官太后发的诏令。如今霍家的势力虽然远不如当初，但他们准备效仿旧案，却不能不防。他请太后过来，也是提前给她预警，好让她心里有所准备。

上官太后深邃的目光望向殿外，殿外黑乎乎的，什么也看不到。她知道，那黑暗深处便是江山社稷。她仿佛看见了夫君刘弗陵正默然地注视着自己，心中一凛。

霍家欲效仿旧案，简直是太不自量力了！今天的刘病已可不是当年的刘贺，哪里还会任凭他人摆布。再说了，自己这个太后也不会像当年废黜刘贺那样去做。刘病已当皇帝以来的表现已足以证明他是一个好皇帝，废黜他，恐怕天下人都不会答应。

她也知道刘病已的担忧。如果霍家要效仿旧案，她这个太后的立场将至关重要。毕竟在义上，只有她这个太后才能发诏令宣布废黜皇帝之事。

上官太后知道刘病已必是已经做好了万全的准备，此时将她请来商量，不过是通过这种方式向她告知而已。刘病已明明知道太后不可能赞成霍家的阴谋，但是面上的尊重还是需要的。只是，如果她明确反对向霍家挥起屠刀，以太后之尊，皇帝也必须得听。

　　上官的内心处于极度纠结中。她对外公霍光当年诛杀父亲上官安全家一直耿耿于怀，见霍家的报应终于到了，心里还暗暗高兴。但霍家毕竟是自己的外公家，自己的太后之位说到底还是拜外公所赐，在事关外公一家命运的紧要关头，要她明确表态支持刘病已的行动，却是一件难事。但是，劝阻刘病已放弃替许后报仇的话，她也难以启齿，在许后之死这件事上，霍家实在是做得太过分了。上官太后此时还真是进退不得。

第 陆拾壹 回

灭霍氏终除大患　论功过赏罚分明

　　汉宣帝刘病已被迫要铲除霍氏一族，为自己的皇后许平君报仇雪恨。在铲除行动前，得先跟上官皇太后请示一下，其实就是走个形式。上官皇太后想了半天，最后跟皇帝说："陛下，孤乃妇人，社稷大事一概不问，一切听由陛下做主。"上官太后决定不去干涉刘病已的行动，其实皇太后很明智，她知道，现在谁也没能力再推翻这个皇帝了。

　　刘病已知道太后这是默许了。见上官太后眼神里有一种说不出的忧伤，毕竟还有一层亲情在里边。刘病已心有所动，又说道："上官家与此事无关，朕会保证上官家的安稳。"

　　上官太后此时只有一个同父异母的弟弟在世，这个弟弟是父亲上官安的妾室所生。当年上官安全家被诛时，这个妾因为正在孕中而逃过劫难，后来生了一个儿子，成为上官太后仅存在世的唯一亲人。上官太后见刘病已连这一点也已考虑周全，便不再言语。

刘病已见太后默然，心中不忍，想了一想又说道："母亲，朕知道母亲的难处，朕也希望霍家在最后的关头能悬崖勒马。也罢，孩儿再敲打一下他们，如果他们能够就此止步，朕不会赶尽杀绝。只是，霍家恐已是自作孽不可活了！"

霍显到皇宫求见太后，被许舜以太后身体欠安需要静养为由挡在了宫外。

不久，赵平的门客石夏和东织室令张赦被拘捕。石夏和张赦都参与了霍家的密谋，皇帝先拘捕了这两个人，却未见对霍家人动手，不知是何用意。霍家人等赶紧聚集商议对策。

霍云道："石夏和张赦既然已经被拘，陛下很快就会知道我们的计划。应该当机立断，立刻行事，再晚就来不及了。"

霍禹有些犹疑："陛下只是拘了石夏和张赦，并没有对我们霍家人动手。或许陛下是念了皇后和皇太后的旧情，用这两个人来警示我们吧。如果我们就此止步，陛下也许不会深究。说不定……"

霍山赞同霍云的意见："就算陛下宽宏大量，丞相魏相、大鸿胪萧望之那些对霍家有怨的人也不会轻易放过我们。太后既然见不到，只能寄希望让皇后出面劝阻皇帝了。"

霍禹等人来到未央宫外，想进去见皇后霍成君时，却被一个人给挡住了。挡住他们的人，正是史高。史高的理由也与上官太后那边如出一辙："皇后身体欠佳，不宜相见"。

霍禹感觉到脊椎骨里一股凉气上冲，内心涌起莫名的恐惧。他又想去找父亲的老部下张安世求救："那么卫将军呢？我有事情找他。"

史高笑笑："卫将军今日告假，大司马还是请回吧。"

不久又传来消息，继石夏、张赦之后，参与密谋的霍云的舅舅李竟也被拘捕。

霍显不再犹豫。不是鱼死，就是网破，她要孤注一掷，不能坐以待毙。她觉得霍禹分析得虽然有道理，但是皇帝谁都能饶，却绝对不会饶了她。她必须得紧紧抓住霍家残存的力量去反击，否则自己将死无葬身之地。而一旦反击成功，霍家就将赢得天下。

霍山建议，以丞相魏相擅自减少宗庙贡品，不敬祖宗为由，将他干掉。霍显提出，可以趁着宴请丞相魏相和平恩侯许广汉的时候，让范明友、邓广汉假传太后的诏令，将他们杀掉，然后再乘机废黜天子，改立霍禹为帝。

霍家的计谋可谓是慌不择路，漏洞百出。有暗线张章的内应，刘病已早就派张安世、韩增分别带领军队将霍家宅邸包围得严严实实，几乎不费吹灰之力，就将霍氏一族一网打尽。

霍云、霍山、范明友见大势已去，在被捕之前自杀，霍显、霍禹、邓广汉被逮捕。霍禹被腰斩，霍显及霍家的女儿、女婿、孙婿等有姻亲关系的，皆被处死。因与霍家有牵连而被定罪灭族的，竟有好几千家。以至于后来，刘病已为稳定局势，特地下诏："凡为霍氏所蒙蔽裹胁的一般参与者，一律赦免。"

平叛有功者张章被封为博成侯，董忠为高吕侯，杨恽为平通侯；守护皇帝、确保宫禁安全有功者金安上被封为都成侯，史高为乐陵侯，张安世被加官为大司马，即大司马卫将军，刘德晋封为阳城侯。其他在平息霍家谋反中有功人员，如魏相、邴吉等，也分别被封赏。

霍家被诛灭，只留下皇后霍成君一人，很快也被废了皇后之位，从未央宫迁往上林苑的昭台宫居住。十二年后，又迁到云林馆居住，霍成君最终自杀身亡。

刘病已以他的隐忍和智慧，终于稳固了皇位，报了杀妻之仇。他要像一代雄主汉武大帝那样重展大汉雄风，青史留名。

霍氏家被族灭的第二年，刘病已将年号"地节"改为"元康"。这是刘病已的第三个年号，寓意"祸乱已除，重归安康"。

万事都平定，应该没事了吧？哪知道有一民夫上书，说他妻子，名叫则，是当年掖庭里的宫女，曾抚养过皇上，请求赏赐。

刘病已乃有恩必报之人，马上命掖庭令查实。

掖庭令亲自召见则询问当时掖庭里的情形和皇曾孙的状况，见她说得也还真实切合，便问可有证人？则便说当时的廷尉监邴吉经常往来于掖庭狱中，邴吉能证明。

掖庭令当即将则带到御史大夫府请邴吉对证。

邴吉一看，果真是当年掖庭的宫婢则。但是这个叫则的宫婢当时只是偶尔照料一下皇曾孙，而且照料得很不用心，皇曾孙不是冷到就是饿到，有时还把幼小的皇曾孙摔得满头是包，因此曾被鞭打。

邴吉见竟然是则前来邀赏，很是生气："你当年照顾皇曾孙毫不尽心，今天竟厚颜无耻地前来领赏，亏你做得出这么不要脸的事情。渭城的胡组、淮阳的赵征卿才是养育皇曾孙有功的人，要领赏也应该是她们，怎么也不该轮到你这种宵小之人啊？！"

掖庭令将查证的情况如实禀报，刘病已这才知道当年在掖庭狱中救自己一命的大恩人原来是当年的廷尉监、如今的御史大夫邴吉。这么多年，大恩人就在自己身边，自己竟浑然不知。多亏邴吉当年在掖庭狱中找来了两个奶妈，自己才得以存活下来。这便解开了他多年来萦绕心中的一个谜团。

怪不得当初，是邴吉与刘德到尚冠里迎请他入宫的。那一天，刘病已一见邴吉，就觉得这个人似乎是与他极为亲近之人。不知道是因为邴吉看着自己的眼中总是流露出一种特别的慈祥，还是别的什么原因，刘病已对邴吉一直有一种很特别的感觉。

听掖庭令说出当年的实情，刘病已终于弄清楚了这一桩历史公案，很为邴吉的操守感佩不已。自己当皇帝这些年来，邴吉竟然一直瞒着这一段历史，没有过任何的邀功请赏，也从未向任何人说起此事。这个人的品行是多么的高洁啊！

刘病已让邴吉去寻找当年喂养过自己的恩人胡组和赵征卿，却得知二人均已亡故。刘病已唏嘘不已，便对她俩的子孙给予了厚赏，以感念两人的抚养之恩。

刘病已见宫女则投机邀赏，尽管她当年照护自己很不用心，但毕竟也算是照顾过自己的人，而且正因为有了则的邀赏，自己才终于知道了还有邴吉这个大恩人，让自己有了一个报恩的机会。故此，刘病已不念旧恶，下诏免除了她的奴婢身份为庶人，赏钱十万。宫女则满以为这次因为邀功不实会被惩罚，没想到竟是这样一种结果，千恩万谢而去。

刘病已又命宗正府寻找自己母亲王翁须的家人和身世。经过再三查证，终于水落石出。

第 陆拾贰 回

追身世正名祭祖　改帝讳青史留名

汉宣帝追查生母身世，最后得知原来王翁须出身于平民家庭，自幼习练歌舞，后来被当地的豪强看中而强卖他乡。王翁须的母亲王媪和丈夫王乃始想筹钱赎回，却未能得成，后失去了音信。之后王翁须又作为歌女被卖入太子刘据的府中，最后被太子之子所宠爱。王翁须在巫案中被杀，但她的母亲也就是刘病已的外祖母王媪尚在人世。刘病已当即派人将外祖母接进宫。

这一天，王媪和她的儿子王无故、王武随同朝廷派来的使者来到长安。王媪家贫如洗，用不起马车，一家人坐着黄牛拉的车进入长安城未央宫中。

黄牛车进宫，围观者甚众。百姓们知道是皇帝的外祖母入宫，一时传为巷谈。后来，民间称刘病已的外祖母王媪为"黄牛媪"，说的正是她坐着黄牛车进长安城未央宫这段往事。

见到外祖母王媪，刘病已又想起在巫祸中惨死的父母双亲，悲伤难忍，痛哭流涕。

　　见外祖母家穷得用不起马车，竟然是坐黄牛车进的宫，刘病已当即封两个舅舅王无故、王武为关内侯，赏赐万金。不久，又赐外祖母王媪为博平君，以博平、蠡吾两县一万二千户为汤沐邑；封舅舅王无故为平昌侯，王武为乐昌侯，食邑六千户。又追谥外祖父王乃始为思成侯。王家就此发达起来。

　　之后又有大臣上书，建议修筑帝陵。

　　汉朝的皇帝自登基之日起，就开始给自己选择风水宝地修筑陵墓。刘病已称帝以来，没有亲政的时候，因霍光没有发话，无人主动替他考虑筹划此事。亲政以后，刘病已忙于整理朝堂，巩固权力，也一直没有去考虑这件早就该考虑的大事。此时的大汉朝，外无战事，内无党争，社会安稳，百姓乐业，刘病已心中的梦想已初具雏形，到了可以考虑效仿先祖为自己修筑陵墓的时候了。

　　刘病已将帝陵的位置选定在许平君皇后下葬的杜县，取名杜陵，并效仿前朝，迁移丞相、将军、俸禄在二千石以上的官员、资产百万以上的富商到陵邑城居住。

　　杜陵位于长安城南面，和位于长安城北面的高祖长陵、孝武皇帝茂陵、孝昭皇帝平陵，以及前朝其他皇帝的陵邑城相距甚远。陵墓所在地原来是一片高地，旧名“鸿固原”。刘病已年少时曾游于原上，很喜欢原上风光，许平君皇后逝后被安葬于此。刘病已将帝陵选在这里，其用意不言自明，便是百年之后要与结发妻子许平君在此地长相厮守。

362

这年夏季的五月，给皇帝刘病已的生父刘进上尊号的话题再次被提起。有大臣上奏：《礼》曰，'父亲是士，如果儿子做了皇帝，父亲也要以皇帝的标准来祭祀'。悼园应该上尊号为皇考，建立祠庙，在陵园的基础上建立寝殿，按时在此祭奠供享。增加供奉陵户满一千六百家，在此建置奉明县。可尊戾夫人为戾后，设置陵园和供奉采地，还应增加戾园、戾后园的采地民户，各满三百家。"

这次朝臣们对给刘进"皇考"的称号没有再提出任何异议，刘病已欣然准奏。给父亲刘进、母亲王翁须的陵园又建了皇考庙，设置奉明县作为陵邑。戾太子刘据的戾园、戾后园的采地民户也相应增加。

刘病已终于了却心愿，给父母亲和祖父母的陵园做出了妥善安排。

霍成君皇后被废黜后，皇后之位一直空悬。

公元前64年2月，刘病已立王奉光之女王婕好为皇后，封岳父王奉光为邛成侯。

刘病已将当年贫贱之时的赌友王奉光的女儿封为皇后，显然是记念旧情。群臣为之感慨，对皇帝不忘故人称道不已。

那么对于御史大夫邴吉这位于己有大恩的人该怎么办呢？刘病已一直念念不忘。他专门召丞相魏相过来商议，应该对邴吉如何奖赏才能报答深恩。

魏相觉得皇帝刘病已欲报恩于邴吉是对的，但是也不能忽略了其他有恩的人，便奏道："陛下从出生到加冠，除御史大夫外，尚有许多人对陛下有恩情。臣觉得，陛下可对这些人一并封赏，好让天下人都知道陛下是仁义之君，知恩必报。"刘病已频频点头。

公元前64年5月，考虑到让百姓避讳更容易，刘病已下诏，改名为刘询。又下诏，将之前因触讳而犯罪的人全部赦免。

于是，他终以"刘询"之名，留名青史。

到了次年，公元前63年3月，皇帝刘询下诏："朕身处卑微时，御史大夫邴吉，故掖庭令张贺辅导朕学习文学经术，恩惠卓异，其功甚伟。《诗经》说'无德不报'。现封侍中中郎将张彭祖为阳都侯，追赠张贺谥号为阳都哀侯。邴吉、史曾、史玄、许舜、许延寿为列侯。"至此，刘询将那些帮助过自己的恩人和亲人们一并封了侯。

在这一批封侯者中，史家的三兄弟史高、史曾、史玄均被封侯。史家一门三侯，显赫无比。刘询已经故去的舅公史恭也被追封为杜陵侯，也是极尽荣耀。

刘询一直没有忘记被废黜的前皇帝刘贺，从辈分上讲，刘贺与自己既是叔侄，但在太后面前却又是兄弟。自己与刘贺虽不是骨肉至亲，却有兄弟之义。太后几次提起刘贺，甚为关切。霍光逝后，刘贺也屡次上奏，请求皇帝允许他去宗庙朝拜列祖列宗。

许广汉曾在昌邑王府当过侍从，刘贺的父亲昌邑哀王刘髆于许广汉有过恩泽。许广汉也多次劝说刘询要善待昌邑哀王的后人，也就是被废黜的前皇帝刘贺。

见太后和岳父对刘贺如此关切，而刘贺也屡次上书，刘询觉得应该考虑给予刘贺适当的安排，以显示自己乃圣明之君。为此，他特地召见山阳郡太守张敞，询问刘贺的近况。

刘贺被废黜后，昌邑国被取消封国，恢复了原来的山阳郡设置。刘询想知道刘贺被废黜为民后，是不是已经痛改前非？或者仍然和当皇帝时一样任性骄狂？

对前皇帝刘贺，刘询心里一直颇为忌惮。尽管当年自己是被动地继位当了皇帝，但是自己的皇位毕竟是从刘贺手里夺得，而且是通过大将军霍光发动的宫廷政变上的台，因此这皇位的正统性和合法性曾一度颇受质疑。这刘贺本就是大将军当年为制约自己这个继任者而效仿"伊尹放逐太甲"之典故留下的一枚棋子。刘贺虽然已被废为庶民，但是就好比老虎倒了威风尚在。尤其是他父子两代任昌邑王加起来有二十五年之久，刘贺被废黜后朝廷又给了他两千食邑，故昌邑国的山阳郡堪称是他的老根据地。据说山阳一带的百姓人等仍一直称呼他为"故王"。看来"故王"刘贺在山阳还是很得民心。假如刘贺仍然像过去那么任性骄狂，将来有朝一日若振臂一呼欲夺回自己的天下，那岂不是天大的麻烦？

刘贺当皇帝的时候，张敞任过刘贺的车马官，曾经对刘贺犯颜直谏，批评刘贺当了皇帝以后，不能选贤任能，以至于辅国的大臣没有得到褒扬，而昌邑驾车的小吏纷纷升迁。刘贺被废黜后，张敞因敢于忠言直谏而被宣帝提拔为太中大夫，主管谏议，也就是给朝廷给皇帝提意见。霍光主政期间，张敞由于守正不阿得罪了霍光，受到排斥，被派去主持节减军兴用度之事，后又被调任函谷关都尉。宣帝亲政后，特令张敞担任山阳太守，下密令给张敞，要他密切注意故王府动静，实则要他暗中严密监视前废帝刘贺，看看他有没有什么不轨行为。

张敞到任山阳太守后，对前皇帝刘贺的"故王府"特别留心，经常派官吏前往察看，自己也几次亲自上门察看，每次看完之后，张敞都要将情况上奏皇帝。

第 陆拾叁 回

封海昏一石二鸟　报大恩君臣高义

　　山阳太守张敞奉皇命监视汉废帝刘贺。一开始对皇帝将自己任命为山阳郡太守，张敞有些不解。刘贺称帝后，自己给刘贺当过车马官，也算曾经是刘贺身边的近臣。刘贺被废黜以后，被幽禁在山阳郡的故昌邑王府中，并没有什么动静。新帝刘询亲政之前，也未见他对昌邑王府有什么特殊的关切。但是大将军霍光逝后，刘询却突然将自己任命为山阳太守，并给了密诏，要自己密切注意过往的盗贼。

　　张敞分析，刘询对前皇帝刘贺是难以放心的。让张敞百思不解的是，刘询如果真的十分忌惮前皇帝刘贺的话，那么他只要任命一个与刘贺没有什么关联的酷吏任山阳太守，寻个机会将刘贺干掉，不就一了百了了吗？皇帝明知自己曾是刘贺的近臣，与刘贺的关系尚可，却偏偏将自己任命为山阳太守，而且下密诏要自己密切注意过往盗贼，似乎是要自己刻意地保护好刘贺的安全。不知皇帝究竟是何意？是要刻意保护前皇帝刘贺以向天下人表明自己的仁圣呢？还是做做样子给天下人一个交代？

总而言之，皇帝刘询的密诏让张敞对刘贺不敢掉以轻心。好在，也从未出过什么差池。

这一次，见刘询问刘贺的近况，张敞决定亲自上门，对刘贺的故王府搞一次突击检查。

山阳太守张敞突然到访，刘贺头戴方巾冠，耳边插笔，手中持简，穿着一身短衣，蹒跚着脚步出来拜见。

见刘贺这个样子，张敞判断刘贺恐怕已是病瘘难行，整日以书为伴了。

在与刘贺问话试探的过程中，张敞见刘贺前言不搭后语，经常答非所问，显出几分呆傻。王府上下凌乱不堪，尽是破败之相。见过去那位骄狂任性的皇帝竟然成了眼前恓惶呆傻之人，张敞暗自唏嘘不已。

张敞观察判断，刘贺疾病缠身，恐将不久于人世，已绝无非分之想，更无能力起事造反。张敞心生恻隐，便将自己突击检查所见和平时的观察判断据实禀报给了刘询。

刘询尽管对前皇帝刘贺难以放心，但是对刘贺的遭遇却又感同身受。回顾自己称帝以来艰难曲折的历程，假如自己不是刻意隐忍，难保不会成为第二个刘贺。

从张敞的报告来看，前皇帝刘贺已不足为虑，而太后和许广汉又再三地说要关照昌邑哀王的后人。刘询便想着应该怎样给刘

368

贺一个妥善的安排。想来想去，便想到了可以考虑给刘贺封个侯。这样安排刘贺，一方面可以向天下人表明自己乃是仁圣之君，对昏聩不堪的前皇帝刘贺不计前嫌，念及骨肉亲情还予以封侯。另一方面，也可以趁着给刘贺封侯的机会，将刘贺从山阳郡徙往他处，让刘贺远离他的"根据地"，以绝后患。

将刘贺往哪儿迁呢？有人给刘询出了个主意，说是豫章郡海昏县是个水乡。刘贺老家"山阳"的位置是在泰山的南面，适宜万物生长，怪不得刘贺十年庶民都能扛过来。而"海昏"的位置却是一片汪洋的西岸，乃水乡泽国。"海昏"正与"山阳"相对，且相隔千里，将刘贺迁往海昏，他将故土难回。刘贺能够适应山阳的气候，却不见得就能适应海昏的环境。刘贺已疾病缠身，而海昏又是江南卑湿之地，更有"丈夫早夭"之名，把刘贺迁往海昏正合皇帝的意。让刘贺去这样的地方，不仅不利于他的康复，等于是给刘贺判了死刑了，就让刘贺在海昏走完他的人生吧。

这个建议正中皇帝刘询的下怀，他很快下诏："曾闻舜弟象有罪，舜为帝后封他于有鼻之国。骨肉之亲明而不绝，现封故昌邑王为海昏侯。食邑四千户。"

又有大臣进言："当年刘贺当皇帝时太过昏聩。虽然陛下不计较他的过去而且还很仁慈大度地给他封了侯，但是像他这样愚憨不惠的人，是不宜让他进宗庙行朝聘之礼和面见天子的。"

那时的王侯一级官员，每年八月十五的时候，都要齐聚长安，到宗庙给列祖列宗行朝聘之礼，按封地人口献上酎金，每千户人口进贡四两酎金。因此，每当行宗庙朝聘之礼之日，也必定是君臣见面之时。

刘询正不想与前皇帝刘贺照面，所谓眼不见心不烦。见有大臣提出这个建议，正合他的心意，便又诏令海昏侯"不得行宗庙朝聘之礼"。这等于是将海昏侯刘贺"入宗庙朝聘"这一项核心政治权利给剥夺了。

在海昏侯任上，刘贺最大的心愿就是能够去长安拜祭宗庙。为了了却心愿，刘贺年复一年地给宣帝刘询上奏章，请求恢复自己的宗庙朝聘权利，并为此准备了数百枚金饼准备宗庙朝聘之用。这几百枚金饼，已经远远超出了海昏侯四千户食邑的进贡量。刘贺是诚心诚意地想去宗庙行祭祀之礼啊，却因为被剥夺了宗庙朝聘权利，这些金饼一直未能献出，最后都伴着他长眠在海昏墓中。

两千多年后，南昌汉代海昏侯墓考古发掘，出土的巨量黄金给了世人极大的震撼，有的金饼上还有墨书的文字"南藩海昏侯臣贺酎金一斤，元康三年"字样，表明这些金饼乃是刘贺准备去宗庙献祭之用，"元康"正是刘询的年号，元康三年时的刘贺，正是在海昏侯的任上。

接到皇帝的诏令，刘贺万般无奈，只得背井离乡，拖家带口千里迢迢来到豫章郡海昏县就国。山阳郡不少旧部也随着故王刘贺南迁而来。这一次随同刘贺而来的大量人口迁徙，给豫章海昏带来了北方相对先进的生产力和文化交流，海昏国逐渐繁华起来，并影响到了豫章郡之后一两千年的发展。

刘询在大肆封赏功臣的时候却遇到了一个麻烦。就是在决定给邴吉封侯时，邴吉正病重在床。刘询担心邴吉一病不起，就准备派人给邴吉加缀封地，以备不测。

已是太子太傅的夏侯胜见皇帝这是准备要给邴吉料理后事了，便宽慰刘询说道："陛下不必如此。据臣推算，御史大夫虽然病重，但是还不至于会死。臣听说有阴德的人，一定会有好报，并泽被子孙。御史大夫有大功而从不显扬，这样厚重的阴德还没有得到他应该得到的报答啊。臣料定，御史大夫眼下虽然病得很重，但一定不会致命的！"

后来，邴吉的病果真慢慢地好了起来。邴吉病好了以后做的第一件事，却是给皇帝上书，坚决谢绝封侯。说自己当年所做的事不足挂齿，决不应凭空名受赏。

见邴吉不肯接受自己的封赏，刘询便亲自去看望邴吉。

一见邴吉，刘询的眼泪就滚滚落下，动情地说道："没有御史大夫当年在郡邸狱的义举，就没有朕的今天。御史大夫对朕有救命之恩，养护之义，若不是御史大夫刻意隐瞒，早就应该得到封赏了。朕如今封赏于你可绝不是凭的空名啊！朕乃有恩必报之人，若是御史大夫坚持上书归还侯印，岂不是要让朕报恩无门而陷朕于不义吗？当今天下太平，国家正需要像御史大夫这样的贤臣良吏来辅佐。望御史大夫少思虑，多保重，养好身体，报效朝廷，不要让朕挂怀。"邴吉见刘询如此真诚，只好接受了封侯。

张安世得知刘询封自己的儿子张彭祖为侯时，也上书推却。他担心自己一门过于荣贵，以至于会步霍家的后尘。便赶紧觐见皇帝，坚决推辞封赏，又请求减少为哥哥张贺守墓的户数。

刘询很感张安世的忠厚仁义，坚持道："这是朕赏给掖庭令的，不是给将军的。"张安世这才作罢。

张贺有一子，已早早过世。刘询打算让张安世的儿子张彭祖嗣张贺，便先封了张彭祖为关内侯，后又封为阳都侯，赐张贺谥号为阳都哀侯，这样就将张彭祖延续了张贺的烟火。张贺有一孤孙张霸，时年7岁，刘询也赐其爵为关内侯，任命为散骑中郎将。

刘询不忘旧恩，有恩必报，对养护自己有恩的邴吉和张贺以封侯的奖赏，让天下人感动不已。无不称道当今陛下是有道明君！

第 陆拾肆 回

兴文化广推穀梁　止兵戈屯军戍边

汉宣帝刘询在霍光逝后，着力构建朝堂新格局的同时，励精图治，积极推进政治、经济、文化建设，朝堂内外出现了欣欣向荣的新局面。

《春秋》为儒家典籍"六经"之一，由孔子修订而成。然而孔《春秋》着重于微言大义，后人不易理解，所以诠释之作相继出现，以对书中的记载进行解释和说明。西汉时，解说《春秋》的代表为"三传"，即《左传》《公羊传》《穀梁传》。而《左传》着重阐述史事，《穀梁传》《公羊传》两传则着重阐发《春秋》中的"微言大义"。由于各自的观点不同，"三传"对事物看法也有所不同。

汉武帝时，因当初向汉武帝提出"罢黜百家，独尊儒术"而被赏识的董仲舒讲授的是《公羊传》，于是朝廷自上而下均尊崇

《公羊传》。汉武帝甚至诏令太子刘据学《公羊传》,从此《公羊传》便兴盛起来。

太子刘据通晓《公羊传》后,又知道了《穀梁传》,私下里也对《穀梁传》进行了研习,颇有心得。

刘询即位伊始,就听说祖父刘据喜欢《穀梁传》,便问丞相韦贤、长信少府夏侯胜和史高等人,对《公羊传》和《穀梁传》两传异同的看法。这三人都是精通儒家经典的学者,又都是鲁国地区的人,对《穀梁传》有偏爱,便应答说《穀梁传》本是鲁学,《公羊传》是齐学,建议刘询兴学《穀梁传》。

刘询又请教于太傅萧望之。萧望之是汉朝开国名相萧何的六世孙,通晓《春秋》,主治《齐诗》,兼学诸经,是汉代《鲁论语》的知名传人,乃当世之大儒。萧望之对《公羊传》《穀梁传》两部经书都十分了解。他见皇帝刘询隐隐有推崇《穀梁传》的意向,便附和韦贤、夏侯胜、史高等人的看法。

再后来,刘询又诏令萧望之等名儒在宣室殿中进行辩论,公开评议《公羊传》与《穀梁传》的异同。之后又设立了《穀梁传》博士,于是《穀梁传》的学说流派开始兴盛起来。

《公羊传》与《穀梁传》均为儒家经典,《公羊传》强调大一统,而《穀梁传》则强调礼乐教化。汉武盛世时推崇《公羊传》,至宣帝刘询时,推崇《穀梁传》。这两部经典在汉朝发展的不同阶段,都对国家治理产生了广泛的影响。刘询通过倡导《穀梁传》之学,推动了文化争鸣和建设。

刘询自幼生长于民间，知道吏治好坏与百姓生活、社会安定紧密相关，也深知百姓对官员贪腐的切齿痛恨。于是，他在亲政后便开始整顿吏治，亲自考察郡国丞相、刺史的人选，颁布对于官吏的考核和奖惩制度。并不定期派遣使者巡行郡国，对官员进行考察。

大司农田延年因修建昭帝平陵，趁雇用牛车运沙之机，贪污账款钱币3000万而被丞相议奏为"不道"罪。宣帝诏令田延年到廷尉处听罪。田延年畏罪自杀，朝野震动。

在朝议制度上，刘询恢复了丞相实权体系，并施行宽政。

由此，刘询建立起了一整套官员的选拔和治理体系，并且使得官吏的办事能力大大提高。而吏治的进步也带来了社会更加繁荣稳定，促进了经济社会的发展。他延续了汉昭帝时期与民休养生息的政策，大汉朝的国力已超越汉武盛世时期，达到新的巅峰。

经济民生发展起来了，边患怎么样了呢？

经历了汉武帝时期的数次惨败，到了汉宣帝时期，匈奴不再敢直接侵扰大汉边境，转而针对西域和在西域屯田驻守的汉军发动袭扰。

西域本为匈奴传统势力范围，从前各国多臣服于匈奴。而自汉武帝时期开始，汉朝不断拓展在西域的影响力，又经过汉昭帝一代及刘询即位后的近十年时间经营，汉朝基本实现了对西域的控制。匈奴对西域诸国依附于汉朝十分不满，煽动西域部分小国叛乱，攻打西域依附于汉朝的国家。

汉将郑吉、冯奉世等率军平叛，在西域车师国等地和匈奴反复对峙拉锯，边患渐有趋向打持久战之势，牵扯了汉廷很大的精力。

刘询召集群臣商议是否需要像孝武皇帝时期那样再次出兵攻打匈奴。主管军事的赵充国建议派兵攻打匈奴右地，使其不敢再骚扰西域。而丞相魏相则反对大规模用兵。

魏相反对的理由是："匈奴侵扰我朝边境，都只是小规模的袭扰，远不到当年孝武皇帝时期侵扰的规模。孝武皇帝征伐匈奴创下不世之伟业，却也几乎耗尽天下财力。虽说自陛下登基以来，励精图治，我朝国力已经恢复，不惧匈奴，但是这些年来匈奴的力量也在增长，不可小觑。此时我朝若效仿孝武皇帝派大军远征匈奴，必定大张旗鼓、劳民伤财。而边境百姓已十分疲苦，经不起战争的折腾。目前，宜继续与民休养生息，朝廷可韬光养晦，做足准备，不宜仓促征伐。"

刘询听从了魏相的意见，决定不与匈奴发生大规模战争。派遣常惠率军接应，将在车师国与匈奴对峙的汉军撤回，只留下少量屯军与匈奴军队周旋。

公元前62年，大司马卫将军张安世去世。刘询感念张安世多年来勤恳辅佐之功，对张安世予以厚葬，谥号"敬侯"，让其子张延寿嗣其爵位。

张安世逝后，刘询封韩增以大司马车骑将军领尚书事，接替张安世，辅弼朝政。

次年，刘询的岳父平恩侯许广汉去世。刘询感念岳父过去对自己和许平君的养护之恩，厚葬并赐谥号"戴侯"，葬于杜陵南园旁，置园邑三百户。封许广汉的弟弟许延寿为大司马车骑将军，参与辅弼朝政。

张安世、许广汉之后，刘询的岳父许家、叔叔史家、外祖母王家的子弟屡获晋升，逐渐身居朝廷要职。刘询依靠这些外戚力量来制衡其他朝堂重臣，将汉室江山社稷牢牢掌控在自己的手中。

在大汉帝国西北面，多个部族的总称叫作西羌，曾经与匈奴勾结侵扰大汉边境。汉武帝时期，卫青和霍去病率军对匈奴作战取得了一系列胜利，将西羌由湟水流域赶往西南。武帝为了扼制匈奴，在河西一带设立了郡县，使西羌与匈奴之间难以往来。朝廷设置护羌校尉，管理西羌事务，也监视西羌各部族的动向，防止羌人与匈奴互通声气、联合攻汉。刘询亲政之后，这项政策也一直延续。

刘询亲政，天下安定后不久。有一年，朝廷派遣光禄大夫义渠安国巡视羌人。义渠安国祖上也是羌人，因此与羌人有割舍不断的联系。西羌中的先零部落酋长出面向义渠安国请求，希望汉廷恩准他们到自己祖先的故地湟水以北，去水草丰美的地方放牧牛羊。义渠安国未想太多，未及向朝廷请示同意，先斩后奏，答应了羌人的请求。

赵充国在边境与匈奴、羌人打了多年交道，熟悉匈奴与氐羌的习性。听到义渠安国允许羌人回到湟水以北的草原，赵充国意识到问题严重了。

赵充国急怒交加，连夜上奏："羌人十分狡猾，所谓得寸就

377

进尺，若是允许他们回到故地，他们便会图谋获得更大的利益。当初把西羌从湟水以北赶往西南，就是为了使西羌与匈奴不能相接。如今他们过了湟水，便能够方便地与匈奴接触，进而互相勾结，大汉朝的边患将会因此而持续不断。"

刘询听赵充国这么一说，意识到了问题的严重性，立刻给义渠安国下诏，不予准许先零部族的请求，并把义渠安国召回朝。

但是，此时的西羌各部落已经纷纷北渡，过了湟水。羌人如同过江之鲫，势不可当，纷纷占据了故地。当地驻守的汉军人手不足，难以阻挡。

公元前 63 年，渡过湟水的先零部落与其他羌人部落酋长二百多人歃血为盟，立下誓言，共同反汉。

第 陆拾伍 回

西羌族结盟反汉　赵充国运筹帷幄

西羌部族返回故土，立即结盟反汉。赵充国的忧虑成了现实。一霎时，边境号角声声，每日往返于边境和长安城的信使络绎不绝，形势骤然紧张起来。

刘询紧急召见赵充国，询问对策。

赵充国很是镇定："羌人之所以容易被控制，是因为他们分为许多部落，部落又有各自的首领，彼此争斗不休。按照过去和羌人打交道的经验，一旦羌人各部族解除仇怨结成盟誓，不久就会发生叛乱。"赵充国顿了顿："陛下曾记否？多年前西羌人造反起事，便是先解除仇怨订立盟誓的啊！"

赵充国说的是公元前 112 年汉武帝时期的事情。当时，西羌的各部落化解冤仇结成联盟，与匈奴暗中勾结，会合起十多万人马攻打汉朝的边塞。汉武帝派遣将军李息率领十万人征讨方才平定了叛乱。之后，朝廷设置护羌校尉，李息便成为首位护羌校尉。

历史再次轮回。正如赵充国所预料的那样，羌人各部落渡过湟水北进一个多月后便结成了盟誓。盟首派遣使者到匈奴借兵，欲攻打鄯善、敦煌，以断绝大汉与西域各国来往的通道。这份情报为汉军截获，送达长安。

刘询接报，焦虑不安，赶紧召见熟悉西羌部族情况的赵充国商议对策。

赵充国判断，羌人不可能单独做出这样的计划，极有可能是匈奴的使者已经到达了羌人部落中，羌人部落才解除仇怨订立了盟约。等到秋天马肥，庄稼收割，粮草充足时，羌人的变乱必然发生。朝廷宜早做准备，以备不测。

刘询紧张起来："那么将军有何对策？"

赵充国胸有成竹："眼下事态紧急，宜采取两手应对。其一是立即派使者督视边防部队，做好征战准备，以随时应对突发情况。同时派得力使者尽快前往各羌人部落，宣扬大汉和陛下的恩义，破坏瓦解其盟约。"

见赵充国说得有理，刘询立即下诏整顿兵马，准备应变。同时派遣使者去西羌，了解羌人动向，稳住羌人部落，劝告羌人部落从湟水流域返回之前的居住地。

因为义渠安国与羌人的特殊关系，刘询再次选他为使者，前往西羌。

义渠安国见此前自己先斩后奏让羌人越过湟水北进这件事，给朝廷带来了很大的被动，给边境造成了严重的祸患，就想着要

380

将功折罪，凭一己之力尽快解决羌人的问题。他一到羌人居住的地方，便以商量事情的名义召集了先零部落的三十多个首领。待这些首领到齐后，义渠安国突然发难，以他们狡猾凶残出尔反尔为由，将他们全部斩首。又乘先零部族不备，突然发起进攻，斩杀了一千余人。

义渠安国这场无端的杀戮使尚在观望甚至已归顺汉朝的羌人部落十分惊惧，也十分震怒。先零酋长归义羌侯杨玉趁机起事，联合羌族各部落，胁迫其他较为弱小的部落，一起反叛。义渠安国所带的军队不过三千人，被羌人盟军打得大败，只得紧急撤退并向长安告急。

得知义渠安国贪功冒进以致兵败的消息，刘询又急又气，立即派御史大夫邴吉去见赋闲在家的赵充国，询问对策。

此时赵充国年已七十有余。他见皇帝派御史大夫亲自过来问询，判断边境的军情一定是十分忧急了。

赵充国成竹在胸，对邴吉说："御史大夫尽可奏请陛下放心。眼下情势虽然危急，但老臣已有应对之策。臣恳请陛下能够准许老臣率军出征。"

邴吉有些担心："可是将军都已经这把年纪了，还能亲自上战场吗？"赵充国却让他只管回去禀报皇帝，不必担心。

见赵充国以古稀之龄请求亲自出征，刘询心里很是感动。又派人去问："我军应以多少人出征？"

赵充国奏道："臣在长安，难以断定。只有尽快赶到边境，了解情况后再行定夺。不过羌戎是弱小的夷族，臣料定他们此次起事，是逆天而为，只要我朝应对得当，不久他们就会灭亡。望陛下将此事交给老臣去处置，不要担忧。"

刘询素知赵充国之能，诏令赵充国全权处理平羌事宜，一切按他的意图行事。

当年 4 月，赵充国前往边境。他调集一万骑兵，前往西羌。他知道羌人人数众多，因此不与羌人正面开战，只是固守。赵充国心知，若是硬碰硬，杀敌一千自损八百，己方就算胜利也会损失较大，何况年复一年，边患将长期存在，不仅会长期损耗国力，还会使得民族仇恨日渐加深。

赵充国深知西羌各部落并不是铁板一块，许多部族只是被先零部落酋长归义羌侯杨玉胁迫而反。赵充国在边塞征战多年，在匈奴、西羌之中素有威信，有信心镇住并招降羌族多数已叛乱的部落。

赵充国先是展开了攻心战。将已经俘虏的羌人放回，让其传告各部族，尽快与谋逆之人断绝关系，并发布通告说羌人自己诛灭叛党的，会予以厚赏。

在赵充国的恩威并施之下，羌族的盟约还真的逐渐瓦解了，不断有羌人部族前来投降，陆陆续续的归降者竟有数万之众。

后来，赵充国说服皇帝刘询和朝廷其他大臣，只拿率先谋反的先零部落归义羌侯杨玉开刀，对其他被裹挟结盟的部落，暂不攻杀，以安抚为上。

刘询接受了赵充国的建议，命许延寿为强弩将军，辛武贤为破羌将军，一同进军。

在汉军优势兵力的集中打击下，先零部落的杨玉部族很快被击溃。汉军没有乘势进攻其他西羌部落，采取了首恶必惩、胁从不问的策略，西羌部落纷纷归顺。

在对西羌用兵取得压倒性胜利后，赵充国又提出"以兵屯田"的主张，以此作为持久的防备之计，并建议朝廷撤去大部分军队，以消除西羌各部落的疑惧。

第二年，西羌部族就纷纷返回了之前的故地。率先叛乱的先零酋长归义羌侯杨玉也被部下杀死，这场叛乱就此被彻底平定。

在平定西羌叛乱的过程中，赵充国采取招抚与打击相结合、分化瓦解敌人的策略，对于顽抗者，集中攻击以溃其志，对于被裹挟反叛者，攻心为上，不战而屈人之兵。政治军事策略的成功使得汉军仅花费较少的人力物力，就得以平定了叛乱。这也使得刘询在位期间，朝廷虽然时常也动兵事，却没有像汉武帝时期那样，几乎耗尽国力连年征战，以至于影响到国家的根本。

汉宣帝派郑吉作为汉朝驻扎在西域的武官，负责屯兵开荒、筹备粮草，也是朝廷与西域各国打交道的"使者"。他处事果敢，又因为之前与匈奴在车师国拉锯战有功，被任命为卫司马、护鄯善以西南道使者。

这天，匈奴日逐王派遣使者前来求见，带来了一个十分意外的消息："日逐王愿统领部属，归顺汉朝。"

匈奴的日逐王是匈奴中十分重要的贵族。其下设有童仆都尉，负责与西域诸国打交道收取赋税，利用西域诸国的人力物力与汉庭对抗。匈奴之前在西域长期有强大影响力，日逐王发挥的作用十分重要。

　　得知匈奴日逐王愿意率部归顺，郑吉很快就打探清楚日逐王愿意归降的缘由，原来是匈奴内部出现了内讧。

　　匈奴单于因病去世，握衍朐鞮密谋篡位，引起了匈奴各部族的不满。匈奴贵族中，多数部族认为日逐王先贤掸应为继承单于之位的最佳人选。这引起了握衍朐鞮对日逐王先贤掸的忌恨。先贤掸实力难敌握衍朐鞮，为求自保，便决定带领自己的数万族人投奔汉朝，以寻求庇护。

　　郑吉当机立断，调集西域屯田的汉军，又征发西域诸国的军队，共五万兵马，迎接日逐王归顺，将日逐王安全送达长安。日逐王这才长安面君。

第 陆拾陆 回

日逐王臣服大汉　蛮匈奴祸起萧墙

　　匈奴日逐王归顺大汉，长安面君。作为匈奴投奔汉朝的王还真不少，汉武帝时期便有浑邪王和休屠王投奔，由霍去病率军迎接。之后投靠汉朝的杂号王也不少，但是像日逐王一样地位之高、部族之大的王前来归顺，却是从来没有过的。

　　得知日逐王率部归顺，刘询十分高兴。他将先贤掸封为归德侯，让他留居长安，封招降有功的郑吉为安远侯。

　　日逐王统领的正是匈奴在西域一带的势力，他的归顺也意味着匈奴势力从此从西域退出。机不可失时不再来，刘询和众臣商议后下诏，在西域的乌垒城建立西域都护府，正式在西域设官、驻军、推行政令。封郑吉为第一任西域都护，统辖西域诸国，管理屯田，颁行朝廷号令。

　　自汉武帝时派遣张骞出使西域起，到刘询手中，汉朝终于得以在西域颁行朝廷号令，西域也正式并入大汉的版图。刘询完成了曾祖父孝武皇帝都没能完成的不世伟业，初步实现了心中梦想。此刻，他又将目光投向了草原深处的匈奴王庭，谋划着有朝一日降服匈奴，一举实现宏图伟业。

不久，匈奴内乱再起。草原上出现了五位单于，彼此征战不休。匈奴内战的消息传到长安，刘询召集群臣商议对策。此时魏相已经去世，邴吉代为丞相，萧望之为御史大夫。

群臣多数建议，匈奴为患边境已久，此时内乱，正好趁机发兵，一举剿灭，永绝后患。

御史大夫萧望之不同意其他大臣的观点，进言："据《春秋》记载，晋国士匄率领军队征伐齐国，听说齐侯去世，就率军回国了，君子都称赞他不征伐正在办丧事的国家，认为他的恩德足以使齐国新君臣服，道义足以震动诸侯。从前的单于仰慕我朝教化，以弟辈自居，派遣使者请求和亲，四海之内都很高兴。眼下匈奴内乱，如果趁机征伐，是乘人之危，他们一定会逃走远避。而我朝不以仁义而战，恐会劳而无功。只有在他们衰弱的时候帮助他们，在他们有困难的时候救助他们，四方夷狄，才会感服我朝的仁义，到那时一定会向我朝称臣。这可是享万世太平的德政啊！"

萧望之还分析了打与不打的利弊："匈奴如今四分五裂，较为衰弱，若是兴兵征讨，虽能谋得一时之利，但匈奴迫于压力则有可能再次联合起来一致对汉，将会留下无尽的后患。而如果朝廷保持中立，或是扶持较弱的一方，便可以平衡匈奴各方势力，使其持续内战不休，无暇侵扰我朝。如此，则边疆可得安定，朝廷也可节省大量财力。"

刘询踌躇不决，又单独征求大司马、车骑将军韩增和丞相邴吉的意见，两人也对萧望之所说表示认同。

刘询决定听从萧望之的建议，不趁乱出兵征讨，坐等收渔翁之利。

草原上的五位单于混战不断，最终呼韩邪单于胜出，成为草原上唯一的单于。呼韩邪单于回到王庭后，见因连年征战，各部分裂，牲畜损失了十之八九，部族只剩下几万人，决心放下兵戈，安心生产。

然而，树欲静而风不止，没过多久，匈奴又生内乱。呼韩邪单于的兄长呼屠吾斯由于战功，从左古蠡王升为左贤王，渐渐有了野心，自立为郅支单于，盘踞在东面，与呼韩邪分庭抗礼。之后两年，郅支单于击败呼韩邪，占据了单于王庭。呼韩邪单于虽被击败，却仍是草原的王者，保存有一定实力。

呼韩邪单于在南，郅支单于在北，若汉军挺进漠北和匈奴开战，呼韩邪单于必先受敌。左伊秩訾王向呼韩邪建议，为避免彻底倾覆，应早日向汉称臣，求得援助。

呼韩邪单于召集众臣讨论，多数大臣都反对降汉："我们匈奴人的习俗，向来是崇尚勇敢和力量，靠马上的征战立国立威，所以才能在草原众多部族中享有盛誉。战死沙场，这是壮士的豪举。现在你们兄弟争夺草原王位，胜利者不是哥哥就是弟弟，即使战死沙场也是英雄，子孙仍可以在草原上称雄。汉朝目下虽然十分强盛，但是一百多年打下来，汉庭并没有能力兼并匈奴，我们的实力依然强大，草原的王者怎么可以主动向汉称臣呢？如果那样做了，定会玷污先辈单于的名声，被草原各部族所嘲笑！将来还怎么在草原上继续称王？"

左伊秩訾王反驳道："强有强的时候，弱有弱的时候，现在汉朝正是兴盛的时候，连西域的乌孙国都已经向汉称臣。我们自从且鞮侯单于之后，国土日渐缩小，虽然现在我们还可以暂时在这儿逞强，但哪儿有一天安静的日子好过。现在的情势下，如果我们向汉称臣，就能求得生存。否则，在汉庭和北方的郅支单于的挤压下，用不了多久就会灭亡。除了降汉这条路之外，难道你们还有什么好计策不成？"

左伊秩訾王看得很透彻。此时，汉朝与匈奴的实力已经发生了根本性的改变。汉朝十几年来不曾有过大规模的征战，国力正盛。而匈奴各部几年来的相互征战已经元气大伤，短时间内难以恢复。本部族若想存活下去，就只能依附于汉朝。

双方争执了很久，谁也说服不了谁。呼韩邪单于权衡许久，终于做出了一个艰难的决定："向汉称臣。"

呼韩邪单于想明白了："若是命都没有了，还有什么指望称雄草原呢？"

公元前54年，呼韩邪单于派遣弟弟谷蠡王入侍汉廷。次年，又派其子右贤王前往长安入侍。换句话说，就是做汉庭的人质。

郅支单于知道后，担心汉庭与呼韩邪联手起来，也派儿子到长安做人质。

刘询对双方人质平等相待，不动声色，继续观望。

朝中大臣先是不解,但不久之后就明白,陛下这是在用赵充国平定西羌的"以夷制夷"之策。陛下对匈奴南北两个单于都保持不偏不倚的态度,目的就是让他们消除对汉庭出兵的疑虑,只有让匈奴内部继续争斗不休,边境才能安全。

在郅支单于的挤压下,呼韩邪单于终于撑不住了。公元前52年的冬季,呼韩邪正式向汉庭请求,在来年正月朝拜大汉天子,正式归降。消息报到长安,朝野轰动。

呼韩邪单于可不比其他投奔汉朝的匈奴王,他虽然失去了王庭,但却是"正统"的单于,是草原的王者,在匈奴各部族中影响力巨大。自汉初高祖白登之围起,汉朝和匈奴打了近150年的仗,互有胜负,虽然最近几十年来,汉朝胜多负少,但匈奴始终是汉朝的心腹大患。如今匈奴的最高单于向汉称臣,这是足以彪炳史册的大事。

刘询召集群臣商议,在如何对待呼韩邪单于归降的礼仪安排上,朝臣们出现了分歧。

这时的丞相黄霸和御史大夫于定国认为,皇帝接见匈奴单于的礼节应该和诸侯王一样,单于属于投降者,其位置还应该在诸侯王之下。萧望之却认为,不应该以臣下之礼对待匈奴的王者,而应以对待贵客的礼仪召见。

萧望之陈述的理由是:"匈奴来降,将彻底解除边患,实乃百世之功。但接待匈奴王的规格应高于诸侯王,既体现陛下的怀柔,又彰显大汉的谦谨大度。而且外族毕竟难以一时驯服,若是以后万一匈奴再度反叛,因我朝对其用的是宾客之礼,便不能算是汉庭的叛臣，那样便不至于会影响我朝的声威。"

刘询斟酌再三，最后采纳了萧望之的意见，决定以宾客之礼对待匈奴单于，并免行臣子的跪拜之礼。等于将匈奴作为附属国的友邦来礼待，先服其心，最终令其臣服。

汉宣帝长安城才亲率文武要纳降匈奴王。

第 陆拾柒 回

降单于归附四海　大一统汉室中兴

公元前51年春正月，匈奴呼韩邪单于来朝。刘询特地到泰畤坛祭天神，随后派车骑都尉韩昌前往迎接，并命令呼韩邪单于沿途经过的七个郡出动二千骑兵，沿路警卫。

呼韩邪单于在甘泉宫朝见了汉天子刘询，受到了特殊而隆重的礼待，地位远在诸侯王之上。

呼韩邪单于参见朝拜时称"臣"，刘询下诏给予呼韩邪单于厚赏，赐予"匈奴单于玺"印。随后，呼韩邪单于被安置在长平。

次日，刘询亲自前往长平，呼韩邪单于上前接驾，礼官传皇帝的诏令让其免礼。随后，呼韩邪单于被迎往长安，其所经之道，两旁的人群夹道欢迎，包括此前已经降汉的匈奴部族人等，迎接呼韩邪单于的有数万人之多。当刘询登上长安城外的渭桥时，人群高呼万岁的喊声如山呼海啸。刘询与呼韩邪单于感慨万千。

对于刘询来说，他生长于民间，深知和平的可贵，大汉王朝历代帝王未能完成的和平大业，终于在自己手中得以实现，可谓圆满完成了。就连拥有卫青、霍去病这等名将的一代雄主孝武皇帝都没能将匈奴彻底降服啊！这份功绩，足以告慰列祖列宗了。

而对于呼韩邪单于来说，曾经强大不可一世的匈奴，如今为了生存落到了投降强敌的地步，确实让他十分愧疚。但大汉天子并未由于汉匈之间的百余年仇恨而对自己赶尽杀绝，又让他心生感激。

到了长安，汉宣帝刘询在建章宫中举行盛大宴会，为呼韩邪单于接风，使呼韩邪单于极尽荣耀。

呼韩邪单于下榻在长安的官舍中，住了一个月即将返回草原。临行前，呼韩邪单于请求刘询允许自己带领族人屯驻光禄塞下，一旦汉庭边境有危急情况时可以协助保卫汉朝的受降城。光禄塞和受降城都是汉武帝时期派人所筑，位于边界之外，是防备匈奴的战略要地，有汉军驻扎。遗迹分布在现今内蒙古自治区固阳县、乌拉特中旗及乌拉特后旗境内。

刘询准许了呼韩邪单于的请求，派长乐卫尉高昌侯董忠、车骑都尉韩昌率领一万六千骑兵，又出动边塞州郡的人马，护送呼韩邪单于返回草原，屯驻光禄塞下。

董忠按照刘询的诏令，率军驻守在光禄塞一带保卫呼韩邪单于，帮助他讨伐叛逆不服的人，又转运了许多粮食到边塞，送给呼韩邪单于。

呼韩邪单于之前投靠汉朝，只是为了自保，以便击败郅支单于，回到王庭。然而当他来到长安，看到汉朝军队之威武，长安之富庶，皇帝刘询对他礼遇之隆重，使他十分震撼。他朝拜称臣却得以免臣子之礼，让他保住了单于的面子。而之后又派兵护送和供给粮食，让他大为感动，终于甘心臣服。

呼韩邪单于臣服汉朝后，郅支单于不得不远遁。呼韩邪单于在汉军的支持下，重新占据了漠北王庭。匈奴从此安定，汉朝的边疆也从此和平。

这一年，西域归附，匈奴臣服，天下太平，汉宣帝刘询建立了不世之功。他心中那个比肩曾祖父孝武皇帝纵横宇内、威震四海的伟大梦想，终于实现，甚至远远地超越了祖辈。

刘询皇帝心生感触，想起自己从小到大，自登上皇位至今，辅佐自己实现梦想的有功之臣实在不少。他选出十一名功臣，令画工描摹他们的肖像，悬挂在未央宫的麒麟阁中，以励后人。这十一人被后世称为麒麟阁十一功臣。麒麟阁位于未央宫中，因汉武帝元狩年间打猎获得麒麟而命名。

十一人中，为首的不是别人，正是大司马大将军霍光。拥立刘询称帝有大功，辅政期间安邦定国，给刘询的中兴局面打下了雄厚的基础。霍光死后霍氏家族因谋反被诛灭，他是十一人中唯一没有列出名字的功臣，仅以"大司马大将军博陆侯霍氏"来称呼。

其次是张安世。拥立刘询称帝有功，霍光之后辅弼朝政十多年，尽忠尽责，有功不傲。张安世之后，张家世代富贵。

第三位为韩增。张安世之后，韩增继任为大司马车骑将军，辅弼朝政，忠心耿耿，是刘询在军事上仰仗的忠厚之臣。

第四位赵充国。平定西羌、臣服匈奴有大功。

第五位魏相。平定霍氏叛乱有大功，忠心辅政，是刘询在朝堂内政上的得力助手。

第六位邴吉。于刘询幼年时有救护大恩，拥立刘询称帝时又有大功。忠心为国，有大恩大功而不骄。

第七位杜延年。为人安和，勤勤恳恳做事，战战兢兢为官，是官员中的榜样。

第八位刘德。与刘询相识甚久，宽厚仁爱，算是刘询的半个师长。

第九位梁丘贺。深得刘询的信任和器重，开创的《易》学在当世和后世都影响很大。

第十位萧望之。通晓经术，办事稳重，见解高远，长期为刘询出谋划策。奉诏组织诸儒讲《五经》同异，在文化上贡献卓著。

第十一位苏武。出使匈奴被扣留19年之久，始终威武不屈。苏武进入麒麟阁，是匈奴臣服后的特殊褒奖。

公元前49年12月，汉宣帝刘询病重。他自知自己时日无多，便诏命侍中、乐陵侯史高为大司马兼车骑将军，太子太傅萧望之为前将军光禄勋，少傅周禄堪为光禄大夫，共同辅佐太子刘奭。

当月，汉宣帝刘询于未央宫驾崩，时年43岁，谥号为"宣"，即孝宣皇帝，后世追封孝宣皇帝庙号为中宗。刘询也是西汉有庙号的四位皇帝之一，其他三位分别是太祖高皇帝刘邦、太宗孝文皇帝刘恒、世宗孝武皇帝刘彻。

中宗常常作为中兴之主的庙号。也正是因此，刘询当皇帝期间所取得的卓越成就，被史家称为"孝宣中兴"。

公元前48年正月，汉宣帝刘询下葬杜陵，在许平君皇后的少陵不远处。这对恩爱夫妻终于得以黄泉相会，长相厮守。

汉宣帝刘询，长于民间。自幼饱经磨难，勤奋好学；长成之后，行侠仗义，敏思笃行；由一介布衣而君临天下，深知人间冷暖；于国家大事、百姓生活，有切实的感悟和卓识。亲政之后，励精图治。对内整肃吏治，宽松税赋；对外恩威并施，归服四方。在位25年，举国上下，人尽其才，百姓安定，匈奴臣服，西域归附，西汉国力达到巅峰，不愧为中兴之主。其功业，延续汉武盛世，比肩文景之治，足以彪炳青史，堪为后世称颂。

此正是：

孝武皇帝一脉生，

天降大任命多艰。

权臣欺主善隐忍，

涅槃浴火开新篇。

各位听众朋友，由黎隆武先生倾力著作的海昏侯三部曲第三部《布衣天子刘询》说到此处全部结束，谢谢各位的收听。